長生殿

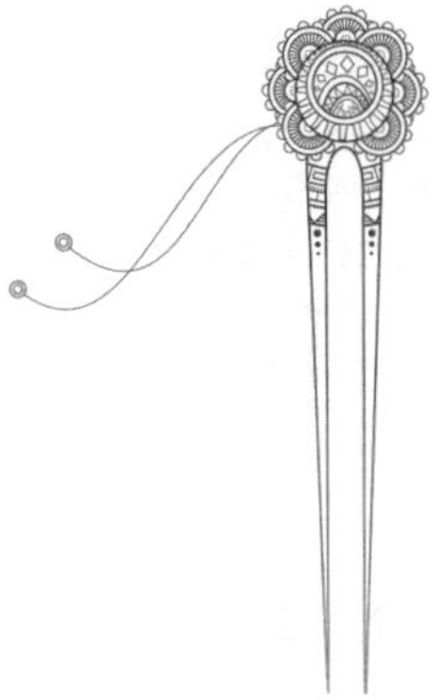

石德華——著

國家圖書館出版品預行編目資料

長生殿／石德華著. －－初版一刷. －－臺北市：三民，
2018
面；　公分. －－(新新古典)

ISBN 978-957-14-6424-4　(平裝)

857.7　　　　107007539

© 長 生 殿

著 作 人	石德華
責任編輯	邱文琪
美術設計	吳柔語
發 行 人	劉振強
著作財產權人	三民書局股份有限公司
發 行 所	三民書局股份有限公司
	地址　臺北市復興北路386號
	電話　(02)25006600
	郵撥帳號　0009998-5
門 市 部	(復北店) 臺北市復興北路386號
	(重南店) 臺北市重慶南路一段61號
出版日期	初版一刷　2018年7月
編 號	S 858340

行政院新聞局登記證局版臺業字第〇二〇〇號

ISBN 978-957-14-6424-4　(平裝)

http://www.sanmin.com.tw　三民網路書店

自序

去啊，去寫《長生殿》啊！

石德華

今生

我已有多本著作，我想，我還會有多本著作，但沒有一本的意義可以超越這一本。

完稿那一天，我走進書房對我先生的遺照大聲說：「哥，《長生殿》寫完了！」

我習慣在固定的咖啡館寫作，從簽約後，每天下午兩點，我先生就會對我說：「去啊，去寫《長生殿》啊！」《長生殿》不好寫，我寫得拖拖拉拉，加上那一年，他的病情穩定，我們國內國外的旅遊，《長生殿》的進度因此極慢。

二〇一〇年十一月中旬，我們去到長灘島，下午，兩人從海邊躺椅午覺醒來，在沙灘上玩得像孩子，洪昇的《長生殿》就躺在海灘椅上笑看著我們。在安寧病房的時候，他對我說，這一生最好的旅遊是長灘島。

十二月三十日，他住進北榮病房，二〇一一年五月七日病逝中山安寧病房。

我的《長生殿》一直停止在長灘島，三萬字。無法做任何事，只能讀佛法，我有太多疑問需要求解，關於這場人生，佛法為我解答的是今生與去來。

一直到他周年忌日之後，有一天，我突然想起，我要用他的風格過我的餘生，那麼，怎可以忘記他的這句話：「人身上有一樣才華，是很不容易的。」他一生都在成全我的文字書寫。

我重新找回書籍、資料，重新再開始閱讀、感受，可以了，我告訴自己，打開電腦、找出檔案，重讀先前寫的那三萬字，陌生到不似自己的作品，然後，天天哭著寫，一直到可以不哭為止，發現自己已經習慣在讀在寫，下午兩點出門，六點回家，騎著摩托車划破黃昏暮色回家途中，依稀以為他仍在家等我，我一開門叫：「哥」，他便微笑應我。

我寫道士楊通幽，木訥寡言，絕聲利，遠囂塵，願意負責與成全，有著我心愛丈夫的疊影。三萬餘字寫到了成與住，重新動筆之後，我寫成的是壞與空。

「去啊，去寫《長生殿》啊！」永生的疼憐與鼓勵，最後的病榻上他告訴我：「你好，我就好」，書寫這本書的日子，他在天上應該時時俯身微笑在看我，他最知道，在文字跟前，我安好。

我用這本書，見證我與他今生的恩情，永續的情緣。

姊妹幫

浪潮湧上沙灘，退下，再一波向前，我的書寫一如修行，偶而也有退一下的時候。

FB 非我族類，我只是因應潮流，但扞格不入，但我由此擁有「姊妹幫」這個社團；不敷衍，不打屁，誠心說點話，有事相幫忙。

我開始自導自演在上面 PO：「不滿七萬字，不上姊妹幫」，於是，七萬字了，我又 PO：「七萬二，請大家吃薏仁。」薏仁真的吃了。有時沒到預定的數目，我還真的吃了晚飯後，自動自發繼續再衝一下，好歹就寢前要上網，對姊妹們有個交待。

有一天，有個姊妹在上頭 PO 了一句：「十萬字，我們請你吃飯。」就真的十萬字了，小山西館請吃飯那天，我已經寫到十一萬字。

隨手會 PO 上一段正在書寫的內容，有文字傳來：

「I like your story and words so much」。

書成

謹以此書，獻給先夫施純德先生。

謝謝姊妹幫，於這段日子的相陪。

謝謝三民書局的體諒與成全，從不給我催稿的壓力。

謝謝永遠的小妹翁秀緞，一字一字校對我十二萬字的長稿。

目次

導讀

我選擇，我定位，我書寫

1

有梗與爆料，這世代流行這個。

《長生殿》一點梗與料都沒有，真的。並非唐明皇與楊貴妃的故事貧乏無趣，是因為它太奇情異色，梗已多到無處鋪梗，料被爆到無料可撈。

還能出其右嗎？色情與腥羶，腐敗與爭鬥，戰爭與死亡，苦難與重生。

公公奪兒媳的亂倫，兒媳通姦乾兒子的敗德，七十歲老夫配二十八少妻，祿山爪、木瓜乳、鴛鴦浴、豪門、奢侈、權謀、政爭、惡鬥、裙帶關係、利害依附，長達七、八年以上的殺戮戰爭……，以及，在在都是的，人的極醜陋及極高貴。

這故事一路走來上千年，正史、野史、外史、演義、逸聞、詩歌、傳奇、小說、戲曲，以及多如繁星的二手傳播不斷為它滾大雪球，一直到二十一世紀的今天，你打開電視，宮廷大戲還是在播放《楊貴妃傳》，裡頭的唐明皇，兩撇仁丹翹鬍子，舉止間急吼吼、色胚胚，整齣戲的劇情，顯然非常忠於它「穢史」的定位，廣告的時間，林美秀又出來泡著湯在那兒唱著：「為了生活每日就來洗身軀。」

就連楊貴妃的死，都有好幾個版本：她死了，她死了成仙，她沒死逃到江南淪落風塵當妓女，她沒死遠遠逃到日本去了，還幫日本天皇挫敗過一起宮廷政變。一九六三年有一位日本姑娘向電視觀眾展示了自己的家譜，說她就是楊貴妃的後人，不過，我還蠻喜歡聽到那一則電視新聞報導，說是日本那已息影的著名影星山口百惠，她也自稱是楊貴妃的後裔；山口百惠，那種大家閨秀的美，是的，就是大唐風。至今，日本還有兩座貴妃墓呢。

不必再多說你都明白了吧，這故事被榨乾到連渣滓都不剩。

全都因為它實在太膾炙人口，太中國，太經典，太被華人世界熟知。

那我還寫什麼？

2

我跑我的書店，我上我的網，我搜集我的資料，我讀我的書，我消化我的史料，我編我的故事，我天天坐在桌前敲我的電腦，我寫我的《長生殿》；我，身邊依傍的，主要是洪昇的那本《長生殿》。

是洪昇的唐明皇與楊貴妃。

所以，沒有壽王妃、不是兒媳婦，楊貴妃是很一般的，廣選天下美女時，被選進宮。

所以，安祿山與楊貴妃有交情，但並沒有姦情。

所以，楊貴妃有缺點，但並不穢亂宮闈。

所以，後宮有佳麗四萬人，情欲與肉體，青春與美色當然是最訇然火熱的易燃面，但是，洪昇的《長生殿》，全書一共五十齣，第二十五齣就是〈埋玉〉，沒有了活色生香，他仍用了二十五齣，去寫貴妃的死後，這又是為什麼？

他在《長生殿．自序》說：「凡史家穢語，概削不書」，為什麼？

他說自己也並非專為唐明皇、楊貴妃護短匿過，但他這樣下筆，為什麼？

他為了詩人風致的「忠厚」，他為了「樂極哀來」四字，真足以垂戒人世，他為了主張自覺與懺悔是生命的轉契，他為了情至思想。

「萬里何愁南共北，兩心那論生和死」，痴情兒女、忠臣孝子、萬般情誼，那感金石，回天地，昭白日，垂青史的，全都因為一個字，這個字，他在《長生殿》第一齣〈傳概〉就說了：

情而已。

第二十五齣之後，洪昇用最細膩的文字在表達，歷經變亂與生死，唐明皇與楊貴妃的情感經由災難的淬鍊，昇華出情欲的超越與靈魂的淨化，最後，他們的真情感人心扉、穿越幽冥，終於能在明亮晶瑩的月宮重逢，一起達到圓滿永恆之境。

請再容我很自我的加一句說明，洪昇在說，一切華美無非成空，唯有溫暖可感的真情，能幻化不同形式的永存。

我選擇這樣的純一，我如此為我的《長生殿》定下主調。

套用我的《長生殿》裡，李豫（唐代宗）的一段OS心語：

不知為什麼，李豫竟有著微微的妒意。

他們怎麼能，他們只是無依無靠的孤兒，很多事對他們而言為什麼都可以這麼不慌不亂，人生只有一個定向，就恆一不變的走去？

而自己呢？(pp. 296–297)

再加上一段禁衛軍莫前與宮女蝶朵的戀人絮語：

「大災難的毀滅下，請讓我還擁有這一點點不變就好。所以，除了你，我誰都不要。

你懂嗎？我只認你。」莫前說。

普安寺鐘聲響起，他們一起抬頭，天意如此遼闊。明白了也篤定了什麼的相視一笑，他們一起轉身，牽妥手，滿山秋色醉酡顏紅。

「神武大將軍迎娶美麗的公主，簡直是天下男人都痴心妄想的齊天鴻運，莫前，你的損失真的很大，真的很大很大喔。」蝶朵笑了起來，小梨渦深深陷在嘴角。

莫前看著眼前熟悉了一輩子，他寶愛無比，見之忘憂，始終清純憨厚，他心中永遠的小女孩，不能完婚的心酸突然一陣湧升，但他真的可以用笑容速速掩去眼眶裡的潮溼潤熱，是真的毫無怨尤能相見相愛就好，全然承容天地一切，莫前真心真意的說：

「誰叫我，愛上了，就是愛上了。」(p. 301)

總有些什麼，可以對抗這快速、混亂、急成、倏滅、淺掠、浮誇、多變的，我怎麼也不能適應的世界吧？

我選擇，我定位，我書寫，文學呈現的原來是我自己。

3

洪昇（西元一六四五—一七〇四年），詩、詞、曲、文皆負盛名，四十四歲完成《長生殿》，此書歷經十餘年，三易稿而成。

洪昇與朋友談及開元、天寶間事，偶感李白之遇，作《沈香亭》，不久削減李白故事，加入李泌輔佐肅宗中興的事，更名《舞霓裳》，後來感念情之所鍾，在帝王家實在少見罕有，於是專寫釵盒情緣，作成《長生殿》。雖寫情緣，但書中自然縱深至戰爭離亂、社會悲涼的家國興亡之恨。

推本溯源，《長生殿》創作動機的原點是「偶感李白之遇」，那麼，你可以想像洪昇是個怎樣的人——

錢塘望族，心志高遠，性格傲岸，遭遇家難，受到嫉妒，久處貧賤。

冠冕堂皇之氣，落拓失意之遇。

物理學有共振原理，人與人之間有同情與共鳴，一如洪昇與李白。康熙四十三年（西元一七〇四年），洪昇自江寧返回杭州，行經烏鎮，酒醉後登舟，失足墮水而死。時年六十歲。

「一時勾欄多演之」，洪昇《長生殿》完稿後，梨園弟子傳相搬演，觀眾有如堵牆，造成極熱烈的迴響，不但成為家庭宴會的必備曲目，連偏鄉僻壤也都有此戲曲的演出。康熙二十八年（西元一六八九年），洪昇在家宴請朋友，招來聚和班演出《長生殿》，因此時尚是孝懿皇后國喪期間，演出《長生殿》為違反禮俗的大不敬之舉，洪昇因而被彈劾，革除國子監監生之職，這是《長生殿》為洪昇帶來的「國喪之禍」。這件事對洪昇影響極大，他從此結束在京城十幾年的生活。

經典，永遠值得一讀再讀；越細讀《長生殿》，所得越多。

明明情而已，弔詭的是，它又不只是情而已。

如果少去過程中的挫敗、自覺、悔懺與超拔，亦即未讓真情帶來生命內涵純化、深化、淨化的新蛻變，那麼，情，將一無是處。雖然《長生殿》結局安排唐明皇與楊貴妃忉利天宮永為夫妻，表現出洪昇「要使情留萬古無窮」的創作意圖，但我還是看到洪昇在〈自序〉的文末說出了「情緣總歸虛幻」這句話。是矛盾，也並無矛盾，情至上，是現象的主張；情虛幻，是本質上的明白。

我因而特別心喜於他用來結語〈自序〉的那一句；仲秋時分，他獨自一人在西湖畔的孤嶼草堂，序文將成，「清夜聞鐘，夫亦可以蘧然夢覺矣。」

我看洪昇的《長生殿》，情與夢覺。

4

如果你隨口問一聲：「你寫這小說的主題是什麼？」所有寫小說的，都會傻愣一下。

他們回答了，因為不回答，便有失禮或連你也不知道自己在寫什麼嗎的顧慮？但是，我坦白告訴你，他們沒說出來的比說出的多得多。

他們沒回答，因為一說，會比別人預料的要長、要深，會有唯恐別人明著哈欠暗的眼眶逐漸泛紅的顧慮，他們便沒開口說。

很難只以一句話或一個語詞歸類一部作品。我的《長生殿》，我還真的很怕你會後悔開口問：「主題是什麼」：

疊印著大時代變亂的宮廷愛情。

情。

覺。

情愛的轉換與提升。

情緣總歸虛幻。

一切有為法無非夢幻泡影。
成、住、壞、空的宇宙法則。
戰爭無堅不摧的毀滅性。
慈悲與悔懺的淨化力。
生命是一首迴環不已的哀歌。
……
可以了，很多了，不要再說了，但我還有可說的。
日日又月月，我一心於此，無暇及他，天天逡巡踱步於長生殿，已習慣唐宮的明暗與朝暮，十二萬字，字字推敲，我借著別人的故事訴說自己今生的發現與體會，猶覺不足。
不過寫著寫著，我發現，從分卷的命名，其實就已經提挈了主題線索：
金之卷：小宮女蝶朵的天寶紀事——繁華的成。
木之卷：多情多惱多風波的年光——繁華的住。
水之卷：時光真像一場魔法幻術——一切既有已在悄悄變化之中。
火之卷：天地一夕大裂變——安史之亂，巨大破壞的實錄。
土之卷：榮枯與絕滅——絕滅成空與迴環。

小說主題有主有次，而小說法則之一：所有情節都為了主題而服務。我的《長生殿》裡，每一人每一事各有曲折的際遇與景況，各種企圖呈現的觀點也在在從字裡行間流露，但其中含有一個最大公約數，一言以蔽之，我的《長生殿》的最大主題還是成、住、壞、空，那不變的宇宙法則。

這就是我，真真確確的今生體會。

5

我的《長生殿》，最宜用的閱讀觀點是——對比。有與無。榮與枯。生與死。成與敗。得與失。明與暗。忠誠與背叛。幸與不幸。沒有兩端不成全局。先通曉全局然後才能由兩端，允執其中，選取挑高一點的生命觀照。但明白生命的究竟，何其遙遠與艱深，我於是著重於過程中的漸悟與學習，大時代止不住的變化，李隆基與楊玉環從現實之愛轉變為精神之思，每樁小個人的生命史也自有一番扶搖而上，我於是借由書中人的口在說：

永新點點頭：「其實，我哪能真懂什麼色與空，只是，比從前不害怕。」(p. 221)

「永新，那你想，楊娘娘死的時候，會有怨嗎？」

「如果她覺得是在完成該做的事，就無怨。」(p. 223)

平嘉公主說：「你要相信，眼前一切會有變化，都會消失，或者，已經在變化中了，一切都會和現在不同，所以，不能只任眼前如此，也不能只貪戀自己的享受而已，以今日楊家權勢蓋天而言，可以先從節制與慈悲開始，娘娘，請以兩事時時為念：蒼天與蒼生。」(p. 94)

「因為失去，我反將世事看得深透；情感的澄澈專一，讓我清晰鑑照自己。」上皇淒然一笑，握著貴妃的手說：「太遲，太晚？或者不遲，不晚？」(p. 282)

我個人最滿意的對比用在皇家與小民身上。貶抑皇家，稱揚小民，皇家複雜陰暗，小民平凡純摯。因為最能代表一個時代重量的就是平凡眾生。

以親情而言，皇家父子的李隆基與李亨、李亨與李倓、安祿山與安慶緒、史思明與史朝義。對比著升斗小民的蝶朵與父母、張果與果子。

以愛情之情而言，李隆基的「君王掩面救不得」，李亨的睜睜看著張皇后被拖走。對比著莫前、李開、李暮之於所愛。

以罪愆而言，國君的任性一念，眾生的屍疊成山。

以戰爭而言，該勝未勝，該決斷未決斷，扭轉千萬人回不了頭的人生。

而我擅長寫情，書中於是出現好幾種不同的情感形式：唐明皇與楊貴妃，莫前與蝶朵，皇甫政與李尋雲，李暮與何多嬌，永新與念奴。他們的故事，抽離可獨立，各自有發展，參差可互照。

比如尋雲聰明靈活，她從更美麗有才華的梅妃身上映照了自己：

> 比之梅妃，自己何其平凡渺小，自己的失去，更顯得微不足道。尋雲從這一點，開始慢慢尋思自己。(p. 133)

蝶朵實心眼，仰頭崇拜著貴妃，她在貴妃身邊安頓了自己：

> 娘子這樣，娘子那樣，蝶朵把別人口中的娘子當成天外的玄說，她只相信自己一向的看見。

她是如此如此實愛眼前這個小世界。(p. 39)

那麼，李尋雲與楊貴妃之間沒關連了吧？不，參差可互照，洞澈覺悟生命的真諦這件事，楊貴妃在在來自己身的際遇，尋雲則借由旁觀別人的經驗。

李隆基與楊貴妃的陽冥追尋，情感的深濃並無二致，但同中自有相異之處，楊貴妃的思念全在於痴心，李隆基的思念必定要多加「內疚」。「我們都有錯」，李隆基錯得當然較多，特別難寫，我仍要寫的幾場歷史上關鍵性的戰役，背後我都指向最高位者的失策。

非常建議在書中人物發展的情節之外，閱讀者可以在人物正反襯托、參差比對的交互作用中，玩味出更多細節。

我認為這本書另一很可看的亮點在「人」，有好幾個的章節，我乾脆直接就以人名為命題。比如我寫楊貴妃，就賦予她「統整性人格」，也就是西方心理學所謂的「不分裂人格」，她絕頂聰明、品味高、主動、勇敢、有嚮往、有主張、敢爭取，她具有自我風格，她像個「人」。她一定得具備其他女子沒有的，特殊且恆久的特質，否則，如何說服大唐盛世天子對這女子的生死情鍾？

洪昇的《長生殿》最大成功在於純化唐明皇與楊貴妃的愛情，他讓這二人是皇帝與貴妃，同時也是李三郎與楊玉環，這一點，在我筆下，非常忠實的繼承著。人物真是小說的靈魂，我盡力讓筆下人物立體化呈現，在生活中，我對人的體會本來就極其深細，於是筆下的人物，我除了賦予靈魂，也不避去心中隱晦著的幽暗，因為光明與黑暗都在人心。

比如我寫人性中很微妙如芒刺的「嫉妒」：李林甫因嫉妒賢能臣子內居高位，外領兵權，極力促成邊關用番將的決策，賀蘭進明因為嫉妒張巡的用兵如神而不出兵相救，造成千古遺憾的睢陽城破，貴妃因嫉妒不願分愛，遷梅妃於上陽冷宮，嫉妒如星星之火，跨越時空造成永遠無法彌補的傷害；小則喪身，大則傷國。

尋雲也曾經嫉妒蝶朵，但當她這樣看著蝶朵朝她走來的時候，再多餘的心思都消泯了，她們已然會是一輩子的好友：

蝶朵梳上翹雙髻，眉眼秋水一樣清澈，那平日是一，認真或困惑起來就成八字的眉毛和小時候一模一樣。好個小蝶朵，你善良純厚得連當情敵都不夠格。(p. 136)

人性會駁雜，但際遇與歲月都會帶來改變，我《長生殿》裡的人物，每一個都在成長與改變，尤其經歷那場為時長久、天地裂變的安史之亂。富貴修行難，也許生命中所遭逢的各式坎坷苦難，都為了成就一個更富靈性更尊嚴的個人。

唐明皇對楊貴妃的寵愛是逐步加深，愛情是從不專一到專一，楊貴妃從一味享樂、愛找樂子到願意試著去體會生命，莫前原是個單純直率的憨小子，你看，經過戰亂中的生離死別再回馬嵬坡尋找蝶朵的他——

薄脆羸弱是他新學會的生命認知，弟兄們在他身邊一個個倒下，敵人也從他的刀下一個個倒下，倒下的人都有著相同的死之眼神，驚的、恐的、不解的、害怕的、空洞的……，不知從哪一刻開始，他已不敢再想絕對與執著，不敢相信完整的擁有。(p. 245)

在同一個人的身上，我一樣也用心的提供了對比。啊，時光真像一場魔法幻術。所以，最後，莫前不能如願娶蝶朵，這事對經歷劫變看懂生命的他倆而言，並不特別牽葛滯重了，他們能所愛俱在且相安，就足夠。

6

我最想分享另一款對比：實與虛。

歷史是實，小說是虛。

人間是實，仙界是虛。

根據是實，編織是虛。

我寫《長生殿》，梭織在實與虛之間，困難度空前，卻也成就感十足。

史料要全面、要消融、要取捨，洪昇《長生殿》是戲曲，我的是小說，長篇小說尤其要補足背景，比如安史之亂，根據的全是史料，如此巨大的歷史背景，我做了最精細的篩選，將焦點集中，留下能推展情節的關鍵事件，於是在我的書中，安史之亂有過程、有首尾、有輕重、有繁簡，其中大將封常清、高仙芝、哥舒翰，以及常山攻防、潼關對峙、靈寶大敗等戰役，都站在歷史的扉頁上，但那是史實是記述，我下筆書寫，卻要處處填補細節，將敘述形成畫面。

我並且打開自己塵封許久的想像，在書中虛構了很多人物與他們的人生，我發現自己於此深深上癮，彷彿找回很久以前，會在陽光下跳起來觸摸樹葉的自己。

寫仙界，是完全忠於洪昇設定好的嫦娥、織女與月宮，但他們的形貌、景緻仍是任我想像翩飛，我於是運用魔幻寫實的技法於歷史小說中，比如貴妃遊仙夢裡所踏的天階，比如嫦娥、織女的造型，甚至我自己添加的地府，孟婆一定要很老嗎？遺忘使人回春。又比如寫心靈狀況，我讓痛苦無告幾近窒息的李開，眼前青苔隱隱陰陰慢慢的占滿整個空間，難以呼吸。

模仿《紅樓夢》，這篇小說的敘事觀點並不單一，隨事件重心而靈活移轉，時間貫串全文，如流水一般的順敘中，偶有逆溯洄瀾，日期、季節、紀年、年號我都儘量符合史實，只是為了成全中秋月宮的相逢，李隆基的去世必須變成八月十五日，事實上史載他的去世日是在四月五日。

而書寫李尋雲的失蹤，是因為我認為戰爭充滿諸多非理性，人間蒸發是離亂中悲慘的常事，只是寫完那個章節，幾天都在心中記掛著「這樣的安排妥嗎」，結果無意中看見一段史實，記載唐玄宗幸蜀，很多沒來得及隨駕的諸王、妃、公主大多陷於敵手，有位沈妃，是廣平王李俶（後改名李豫，唐代宗）的妃子，被燕軍拘押在洛陽掖庭，李俶收復洛陽，解救了她，但未及將她送長安，後史思明再陷洛陽，等到史朝義敗走，唐軍再次收復洛陽，沈妃卻永遠失去下落。代宗即位，派人四處尋訪，十餘年寂無所聞，帶著遺憾而辭世，德宗皇帝即位，沈妃是他的生母，他一面繼續尋找沈妃，一面詔令沈妃為皇太后，然而終究無所聞。

這段史實與本書「土之卷」之〈一座悲傷的城池〉吻合到宛如孿生，我憑空的織造竟與歷史如此貼近！這樣的發現讓我開心了許久。

虛虛、實實，實與虛，實中虛，虛中實……，雙線、平行、交叉、互扭、立體交錯，我於錯綜複雜的虛實裡井然有序，指揮若定，驚訝看見從容專注的自己，正在找回遺忘已久的自信與飽滿。

7

時代背景夠深巨，空間跳躍夠多次元，面目鮮明的人物如此之多，我寫作最在行的結構嚴密、有照應、線索連貫等特色，適足以在此書中全然展現。

百多個日子，我天天坐在桌前敲我的電腦，寫我的《長生殿》，像一種忘塵、無我的修行，安定、沉澱、意志與完成，我好久沒與這樣的自己相見了。志氣是，沒忘了自己有多好。

洪昇《長生殿》的五十齣，我全涵融於內無一遺漏，又添加許多自己的織就與發揮，兩者諧融為一，如天衣之了無縫痕，全書五卷，五十三章節，書成。

寫成之日，《長生殿》在側，洪昇來在我身邊，與我擊掌慶賀。

沉香繚起，燭火影搖，
許多事，就這麼織、織、織，
織成巨大的永恆。
不死，不滅。
傳說如鬼。

金之卷

小宮女蝶朵的天寶紀事

1 傳說

傳說不死。

消失了，還在。

像一間流過血的屋子，無論時隔多久，空氣中始終殘留一絲，隱隱的腥味。

何況，皇宮，每每就是血案的第一現場。

於是，深宮內院的不死傳說，便如一縷一縷悠盪的魂，風裡飄，雨裡泣，入了夜，從牆、從井、從暗角、從床頭忽忽紛紛的全現了身……。

掖庭宮門邊有幾幢小屋，一屋住著十個宮女，有老宮女、有大宮女，一同調教著幾個剛習成內宮禮儀的小宮女。

蝶朵是個人人都可以在她面前賣個老，今年春天才進宮的小宮女，暫時被派在尚食局司職。

每天入睡前一小段時光，蝶朵有時幫著老宮女篦篦[1]髮、有時替她們捶捶腿、捏捏膀，就這麼沉香繚起，燭火影搖，今天聽了貞觀年、明天聽了大周朝，聽著聽著，還真聽足了滿空星星一般多的宮廷故事。

小宮女稱老宮女為「姑姑」。姑姑們十二、三歲就進宮，同一個地方一待三、四十年，不出宮、不嫁人、不入觀，青春削削磨磨，一個回神竟已用盡，髮頂染了霜，眼底一泓秋潭，誰能不老？更難言的，還有心底那一抹清楚雪亮；不知從什麼時候開始，也輪到自己站在那無夢無望的局外，成了皇帝眼裡的一抹空氣了，這，才最令人老。

老宮女們說故事的嘴，真像一只只梭子，漸漸的，織成蝶朵腦海裡的想像，橫絲豎線交錯的織、織、織，織成一疋又一疋的布帛，每疋一攤一展，綿延好幾十里。

而宮裡的傳說，咳，椿椿叫蝶朵張大眼，則則都好聽。

她們愛說聖帝天后武則天的故事，說她為自己取一個新鑄的「曌」字當名號；日月光明照耀宇宙天空；說她年過七十了，遠遠看去還似三十模樣，豐頰廣額，輝煌光燦。登基前幾天，萬眾神宮的屋頂上百雀齊鳴，有鳳凰飛到皇宮西面的御花園。說她活到八十三歲，這個大半輩子自己想要當皇帝的女人，臨死遺言卻是要以「皇后」身分和高宗皇帝合葬……，她給自己墳上豎個「無字碑」，功過隨人說，無語問蒼天；老宮女說：「當什麼都說不清的時候，無字，無言，空白；大、氣。」

她們愛說那些年，諸王、妃子、公主、皇親一個一個死，李家都快死光了，宮裡低沉

篦[1]：音ㄅㄧˋ。原指細齒梳。此處作動詞用，指用篦子梳髮。

陰霾，太子弘就是和自己父母親在合璧宮吃飯，「吃錯了東西」死的，王子旦的兩個妃子竇妃、劉妃，陪武后上嘉獻殿，武后回來了，那兩個妃子卻從此不見了。竇妃就是當今聖上的親娘親，聖上那時候才六、七歲呢，登基後，聖上追封親娘，想讓母親遷進祭廟和父親合葬，哪找得到遺體？「空棺裡裝著皇后的鳳袍和徽章就代表了。」

她們愛說太平公主，風流嫵媚愛玩愛鬧，下命在皇宮仿造了一條熱鬧的長安市街，街景、民宅、各色店家、酒肆、行號、小販、雜耍悉如民間，讓一些宮女、內官們充當賣家，一些伴著一群皇親國戚們就當買客，還有一些，扮成各國使節、商人行走來往於街道，彼此買賣吆喝、論斤稱兩的，連說話的口氣用詞，都得粗鄙俚俗一如鄉里巷弄。

那些年，女子好強氣盛，內宮多事端，韋后、太平公主都有氣概，都想仿效聖帝天后，「只是」，老宮女的眼神遠了遠：「當皇帝，要帶天命的。」

然後，她們會眉眼陡然一彎，撇一下嘴低聲說：

「那時候，控鶴府簡直像個仙宮，裡頭的美男子好多，敷粉、施朱，天上神人似的，一個比一個好看，武后最愛『五郎』張易之、『六郎』張昌宗，兄弟倆都二十出頭，梳著髻，口含香料，面貌有如蓮花粉嫩優美。尤其張昌宗，他穿上道士羽衣，手持橫笛，駕著木製的仙鶴在花園裡遨翔，真讓人看呆了眼、著迷不已。那控鶴府後來改了名，就是現在的奉宸府。」

她們也愛叮嚀沒事夜裡別單獨一人出屋，說宮裡冤死的鬼魂多，陰魂不散，常在宮裡宮外徘徊著，夜半若醒來，側耳諦聽，總聽得遠處絲線一般斷斷續續的鬼哭。

「那一天，三位皇子同一天被賜自殺——」，老宮女突然噤一下口，四下睃[2]了睃，放低音量：

「聖上仁厚，瞧他對待自己兄弟，當了皇帝還特別縫製長枕頭、大被子，跟兄弟們睡一起，在大床上說說笑笑，各親王退朝後就一起飲宴、踢球、打獵、作詩賦，皇上也常參與他們……，賜三位皇子自殺的事——，咳，全是李林甫助長了武惠妃的野心，還不就是，惠妃一心想讓自己兒子當太子？」

「武惠妃是武后的親姪女，美豔光照，聽說和則天皇帝年輕時候一個樣，有人還說更勝卻幾分，武惠妃一進宮，聖上立刻就冷落了趙麗妃、皇甫德儀，後來還為她廢了王皇后……。」老宮女眼神譎閃了一下：「王皇后後來死在冷宮……，大家都說她人好，但，各為各的主不是嗎？那時候，我伺候的是武惠妃。」

「三位皇子死後，武惠妃就得了狂病，一到晚上披著髮、赤著足，滿宮亂跑，口裡嚷嚷：『別靠近我，別靠近』，一臉恐懼，我拉不住她，拿她一點辦法也沒有，聖上召道士進

2 睃：音ㄐㄩㄣˋ。斜眼看。

宮作法，道士說有三條鬼魂血淋淋飄在宮裡，問了模樣，不就是太子李瑛、鄂王李涓、光王李琚？」

「行了，別再說了，宮裡禁止談這些是非」，總有大宮女過來制止，但老宮女不睬，半瞇著眼，燭影一個明滅，又繼續說：

「惠妃後來血崩死的，才三十六歲，進宮十七年。她死後，皇上悲慟想念不已，後宮佳麗數萬人，再沒一個能入他的眼他的心。咳，我告訴你，聖上不只仁厚，還是少見的多情──。」

「說真的，開元這些年，可真是我這輩子最感到清寧的好日子，河清海晏天下太平的，多繁盛華茂的一片景象，反襯得聖上一個人孤單寂寞、落落寡歡。」

「所以，內宮給事高公公就開始下江南、走江北，為皇上廣選天下殊色美女──」

「可以了，姑姑，夜深了，宮裡禁說的，您是明白人！」這會兒，老宮女才甘願止住嘴，因為，這次發聲的是大宮女多嬌。

故事，今兒個止了，明兒個可以續；王朝，中宗表過了，還有睿宗。

但無論怎麼說，現下老宮女們最最愛說，重複性極高仍是一說再說的，還是要屬二年前，天寶四年的那一樁。

平日說故事時的老宮女，縱然她們的語氣神態都一貫的從容平靜，但蝶朵總能感覺得到她們心底有波濤，時而柔緩，時而澎湃。若說，有哪樁往事能叫她們不只內心，是連眉色都按捺不住的飛舞起來的，也唯屬那一樁。

蝶朵百聽不厭的那一樁。

2 一人占盡春光

天寶四年，八月十七。皇帝冊封貴妃。

中秋才過二天，金風爽颯爽颯的，宮殿的琉璃瓦片朝陽下輝煌莊嚴，儀仗鐘鼓齊鳴，那一天，天空特別高淨藍亮。

含元殿裡朝臣羅列，靜穆高敞的空間突然鐘磬大響，樂聲響遏行雲，只見華蓋冉冉，貴妃由侍兒扶擁出來。

「就這一下子，天地所有亮的光的金的照眼的，全咻的一聲，都收攝兜過來聚在妃子一個人身上」，老宮女總是這樣形容：

鴉黑的峨髻[3]高高聳起，綴棲著一隻十八翅碧眼金鳳凰，兩翼高舉，金絲褸瑩閃閃的好若要飛天，尖尖的鳳嘴，銜啄著十二串玉石瑪瑙，隨貴妃上瑤階，一步步光搖，一步步芒動，「聽說，人在當場，看著看著眼睛移不開，被那一波波金光銀澤撞得，人都要發暈」。

海藍的緞袍，繡有彩虹色澤的飛鳳，那天，站在東方，妃子穿的是皇后穿的典禮褘衣[4]，一條寬寬的錦繡紅緞帶從裙子中央垂下，上繡紋，下懸玉，舉手投足行動時，環佩清脆的叮噹聲響起，像在一聲一聲提醒人們：

「這不是夢，是真實的世間富貴。」

皇上親令：典禮比照封后。將來後宮起居，冊名貴妃，禮同皇后。

賜宴百官後，皇上攜貴妃起程前往驪山溫泉宮。通常十月，才是皇上赴驪山的季節，今年，破了例。

能跟去的人回來都說，走過這一趟，也算此生不虛。

那天，馬車早已等在宮門外，藍金色車身朱紅車輪，八扇紫框車窗，簾幕掩映，車頂和車側分列不少長長的雉尾，旌徽儀隊前導，禁衛隊開道，車蓋盈盈冉冉，王公、公主、朝臣隨行連綿三十里，而貴妃的家人也全在那一輛輛鮮麗華美的馬車上同享榮光顯耀，「人只活這一次，就夠了」。

當年，多嬌隨侍上驪山，回來後，聽說，一向話不多的她，這回也忍不住了。

她說，輪不到自己侍候，貼身陪在貴妃旁邊的是念奴與永新。

到達溫泉宮那天賜宴，皇上是當著所有人面前說：「朕得楊貴妃如得至寶」，後來，皇上真的為此事新作一支曲子，曲名就叫〈得寶子〉。

有一天，她為貴妃的家人傳私話、遞茶點，去到溫泉宮的蓮花湯，好巧，正是貴妃出

3 峨髻：音ㄜˊ ㄐㄧˋ。古代婦女的一種髮式。指高高的髮髻。

4 褘衣：后妃禮服中級別最高的一種。褘，音ㄏㄨㄟ。

浴的時辰，念奴、永新索性留她當個幫手。

隔著杏紅銀痕輕紗帳，她看見玉瑤石池一片氤氳白霧，水從池中一朵白玉蓮花流洩，黛綠的池裡，娉婷立了個晶瑩透亮的女體背影，身姿曲柔舒和，斜身伸臂曲肱輕攏髮，沁雪的質，淡月的澤，綽約軟膩的腰身，是一朵出水的瑩白芙蓉，婉轉盛開在迷濛幻美的月光下。然後，她側身緩緩轉向……

這是她此生所見，最水透澤亮、熟甜芳馥的，裸。

忽然，念奴挽起那襲軟雲天絲袍，拉著直了眼的多嬌快步趨迎，一起扶起浴罷的貴妃。

多嬌近身看貴妃。

神采光麗，肌體豐美，凝脂一般的肌膚，觸手軟溜滑膩，讓人不自禁的連呼吸都得放輕，深怕它吹彈即破。步出浴池的貴妃，嬌若無力，柔似無骨，攲倚著念奴、多嬌，被兩人翼翼護擁著回寢宮。

永新等在寢宮，早已備妥貴妃最鍾愛的嬌杏色襦衫、明黃色湘裙，說是皇上即刻會到，快快與念奴一起完成了貴妃的更衣，又忙著準備鏡奩梳髮理妝。

多嬌一面幫忙，一面貪看貴妃。

新浴的容顏分外光潔皙白，兩頰暈染淡天三月的桃紅，額的弧度如此飽滿美好，短短的稚氣的蛾眉，圓長的杏眼睏意半開闔，正乖順無語的等待上妝。

宮裡都稱她「娘子」，她的衣飾裝扮從來就引領風騷，她的豔麗無雙從來就領袖嬪嬙，她的神韻質氣從來就叫人失彩無光，但這一刻，她脂粉褪淨的素顏，竟有著，少女的清純、孩子氣的天真。

鬢輕撩、鬢細整，永新說：「請娘娘貼花鈿」，念奴說：「請娘娘點胭脂」，永新說：「請娘娘畫眉」，念奴說：「請娘娘戴櫻桃花」，永新說：「請娘娘看這小顫金步搖」……。

滿屋子好聞的瑞龍腦香靜靜飄逸，晚香玉的花氣與晚風一起送進窗櫺，明霞色芙蓉綃帳便在香風裡掀翻一波波的微浪，那翠豔豔的銷魂衾被，軟軟擁簇在白玉床上。

貴妃說睏，怕會抹去新添的妝，便托腮支頤，倚靠著床欄邊疊高的錦被小眠。

當皇上無聲無息出現，著實驚得三人跌足失聲，慌得要下跪，「噓」，皇上示意別忙別出聲，躡足走向床畔。

流盪著滿眼笑意，皇上凝視端詳著貴妃的臉，眼神溫柔的像那軟筆毫毛，謹慎的將貴妃的眉、眼、鼻、頰、耳一筆一畫細緻臨摹，再工筆描脣細細，至脣峰再陡峭再峰起再坡緩，然後，忘卻前世與來生的，看，一看，再看，再看，怕一不看它就要融化似的，不停看。

貴妃微張眼，看見皇上就在眼前。

5 攲倚：音ㄑㄧ ㄧˇ。斜靠。

多嬌說，她這輩子在宮裡見過多少美人，哪個不是一見到皇上就慌得拽裙行禮，深恐稍有差池，就要出錯失寵。只貴妃一人不同，多嬌這樣說：「枉我二十載青春，今天，她真叫我領教了，什麼才叫做女人。」

貴妃星眸半睜，不起身、不慌張，靜靜睃睇皇上懵騰[6]了一會兒，才慵慵懶懶遞過去一朵輕顰淺笑，春語嬌聲軟膩膩一句：

「三郎。」

「怎麼就睏了？」皇上喜孜孜，卻低氣柔聲。

「溫泉。」仍鴛衾側臥。

「怎麼不等朕？」皇上低聲。

貴妃嚶嚀一聲回應，只是瞅眼[7]笑。

皇上從袖裡拿出一枝百寶翠花金釵，和一個鈿盒，放在貴妃手上說：

「你看，特地讓金工局為我們打製的。這金釵是雙頭旖旎、兩股合體的，你試一試，可以拆開成兩枝；這鈿盒是個兩扇團圓盒，也可以分開的，你用它裝香囊，藏在袖裡。這兩樣寶物，成雙成對，是朕與妃子偕老的盟誓信物。」

貴妃旋即正色直身，將釵鈿緊緊護在胸前，淚盈眶，漲紅一張粉臉說：「妾本寒姿，消不得天恩浩盪。」

皇上將手輕按在貴妃的唇，阻止她再說，深情正色對貴妃說：「但願恩情美滿，地久天長。」

「懂嗎？朕只要地久天長。」

「我懂，釵不單分，鈿盒永完」，貴妃星眸漾盪，凝視著皇上，皇上忽然一陣刷到頸項的臉紅。

「然後勒？」有小宮女這樣問。

「然後，然後我們就立刻告退了，還有然後？」多嬌說。

「多嬌姊，那你們也偷看過皇上洗浴嗎？」大家花拉拉笑成一團。

多嬌彎著眼也笑了，她在十幾隻仰頭等待答案的眼睛前，頓了一下說：

「是念奴說的，說皇上與妃子共浴時，怎麼總是看著妃子的身子就傻傻的呆了——。」

小宮女問「為什麼？」大宮女不接話，老宮女一笑。

多嬌說，就侍浴那一天，她一個人穿越迴廊複道，出殿回王府去，月兒小銀鉤一枚鑲在墨碧汪汪的天空，只幾顆曉星疏疏陪著，她心念紛亂亂，又亂得沒來由，她放慢腳步，

6 懵騰：迷糊。

7 瞅眼：指斜著眼看或不正看。瞅，音ㄔㄡˇ。

逼自己將內心爬梳釐清。

是一個女人的風情迷魅萬般得寵，令她羨慕嫉妒嗎？

自己不就是個宮女，燕雀原不必和彩鳳相競，她是認命知分的，那麼是什麼，究竟是什麼，衝撞她原本平靜的心？究竟是什麼，而就是這一點什麼，讓她心底不能透氣舒坦，讓她從此開始有了一絲絲蠢蠢欲動的想望？對著天心星月，她釐得又猛又深，原來——

她第一次見識到了一個男子，繾綣婉轉的溫柔。

冊妃典禮後，很快的，皇上追封貴妃已逝的老爹楊玄琰為兵部尚書、叔叔是光祿卿、堂兄不是大官就是駙馬，貴妃娘娘三個姊姊，全都賞賜長安住宅，享不盡的榮華富貴。其中尤其一個叫楊釗的堂兄，精於玩牌，深懂會計帳目，陪在皇帝身邊，從供奉已晉升成金吾參軍了，成天自由出入皇宮，將來官位不知要怎麼個飛升呢？嫌「釗」字帶刀，皇上還親賜他一個絕頂好名字叫「國忠」。

「不是沒看過什麼叫風光，但這楊家還真不一樣。」老宮女說。

「蝶朵」，老宮女突然抬起眼端詳眼前這小女孩：「你幾歲？」

「十四。」

「為什麼進宮？」

「我家在鄯州邊境石堡城，平日跟著父母在駐軍附近的小市集賣油，五年前有一天，吐蕃軍隊攻陷石堡城，爹娘將我和莫前藏在油桶裡，等我爬出桶子，爹娘都死了，鄰居也都死了，後來是皇甫惟明將軍收留我們一群沒爹沒娘的孩子在軍營裡做雜務，尋雲是早就先在那兒的。就這樣過了幾年，有一天皇甫將軍要上京城，從孤兒群裡選了幾個獻進宮裡。」

老宮女點點頭：「難怪沒家人來探望你。蝶、朵，女孩兒取名兒叫蝶朵，想必爹娘都疼，不過，邊關窮民賤命，哪比得上天子跟前的長安。」老宮女話沒停繼續說：

「在宮裡，要比人強，就得長得美，可美麗還分兩種，一種沒用，一種有用，你模樣好，但沒用，因為，你心眼實，本分老實，就沒用……。」老宮女沉吟了會兒又問：

「你會什麼？」

「什麼也不會。」蝶朵小聲說。

「更沒用了。若有點本事，像小蠻能舞，像永新、念奴那樣懂音樂會唱歌，就會有機會，陪在娘娘身邊。」

「對了，你剛說那個叫什麼的，在尚衣局當值的那個小丫頭呢？」

「她叫尋雲，她前不久被選去服侍梅妃娘娘了。」

「服侍梅妃？」

「上回尋雲告訴我，皇上常差人送東西去給梅妃，有時也臨幸呢！」

「臨幸？難囉，以後，我說，貴妃會成為專寵，不信你看著好了，她眼梢斜飛得高，絕對容不得別的女人。梅妃的美貌是沒用；貴妃的美貌才是大用。」

「我不太懂。」蝶朵迷惘，老宮女輕笑著搖頭：

「那個尋雲就比你靈巧，可惜，她到了梅妃那兒去了。」

「尋雲很聰明，她父親原在軍中當官，誤了軍機被殺，全家淪為奴，她讀過書，會寫字，梅妃娘娘很喜歡她，讀書寫詩的時候，常讓尋雲陪著。我在軍營那些年，和她、和莫前三個人最要好。」

「莫前？小伙子？」

「是啊，莫前現在正在陳玄禮將軍跟前背箭袋學當差。」

「皇甫將軍的兒子皇甫政和莫前常一起摔角、射箭、打獵，他和我們很要好。我們叫他阿政。啟程長安那天，他拿一把彎刀擋在馬車前，央求他爹，不准帶我們去京城，皇甫將軍氣得臉都發青，大聲喝斥痛罵他：『沒用的畜生，難道你要讓他們一輩子當奴！』

「那時候，阿政還急著分辯，說莫前可以跟著他們一起打仗。將軍罵他『混帳東西，莫前比你強多了』。」

「一旁有人拖開阿政，還聽他掙扎哭叫：『我不要他們走！不要——！』」邊塞的記憶對蝶朵彷如昨日：「阿政還大喊尋雲的名字。」

「喔！後來呢？」難得，今晚老宮女有興致。

「皇甫將軍真的騎著大馬，答、答、答的踱到尋雲面前，高高的往下看，盯到尋雲的眼底問『你，去不去京城』，可尋雲一點也不害怕，她站起身就回答一個字：『去』。」

「嗯，這女孩——。」

「你呢，姑姑，你有好朋友嗎？他們現在呢？」蝶朵反問老宮女。

「好朋友，原也是有二個，像你這麼大，初進宮的時候結交的，後來，一個出宮入觀當女道士去了；一個，王皇后病死，她上吊陪著去陰間事奉。我曾將她無意中告訴我的，王皇后批評皇上和武惠妃的小話對武惠妃說了，武惠妃一狀告向皇上，皇上生皇后好大的氣，唉，這事，她到死也沒原諒我。」

「是這樣啊，但——你為什麼要傳話兒？」

老宮女暗一下神情，旋即輕輕笑了起來，邊整理榻鋪邊說：

「鬥，主子鬥，身邊哪個不鬥，宮廷不就一個鬥字，唉——，那時候不懂，換成現在，我說什麼也不會去說。」

「姑姑，那你為什麼不出嫁？」

老宮女深深看了蝶朵一眼笑著說：「你可記住了，別、像、我、一、樣。」

多嬌又來催促熄燈火。

臥榻上的蝶朵一時還無法入睡。

窗外月光清亮，樓角翹飛，她突然好想念自己死去的爹娘，她好想念爹爹在昏黃煤燈下含笑看著娘和自己的模樣，她想起鬣馬上吐蕃兵一刀砍向爹，娘縱身以自己的身體護住爹，無情的刀刃便一刀又一刀瘋狂的砍落……。

蝶朵感到眼淚流過頰邊的溫熱和枕頭的濡溼，她想，尋雲、莫前也都入睡了嗎？她想，隴西邊關那片空曠的褐黃天地；她想，自己來在內宮，一天又一天，聽得一星空的宮廷故事，那麼，等待著自己的，又會是怎樣的人，怎樣的事？

會有一天，故事裡有個宮女叫蝶朵嗎？會有一天……。

有一天，小宮女變成大宮女，大宮女變成老宮女，老宮女讓小宮女幫著篦篦髮、捶捶腿、捏捏膀，沉香繚起，燭火影搖，許多事，就這麼織、織、織，織成巨大的永恆。

不死，不滅。

傳說如鬼。

3 華宴

六月初一，貴妃娘娘誕辰。

今天，尚食局天未全亮就人影幢幢，不久，食香四溢，一片氤氳熱氣，隨著白花花陽光的東升，一起蒸騰在偌大的尚食局裡。

日近當中，王母飯、萬壽桃、紅綾餅、駝蹄羹、熊白凍、金鈴炙……奇鮮異品、山珍海味色色都以雕花牙盤盛裝，聽到金叩鐘鳴，幾十名穿戴齊整的內侍，隨即捧著龍鳳朱漆盒將美食送進宴席。

蝶朵剛鬆口氣，正在舒展筋骨，看見一名內侍公公慌張跑來，「斟酒的宮女腿一軟昏了過去，還好宴沒開始，快來個伶俐的頂替頂替。」

宮女面面相覷，事情來得太突然，誰都沒跟上，而斟酒這事，是靠訓練得來的本事，做不準，是要挨打受罰的。

「我行。」蝶朵出聲。

「我家原是賣油的，從小爹就讓我斟油玩，杓子將油拉越高越不沾瓶口，爹還放個中空銅板在瓶口，讓我試。」

「將就是你了，你先去頂替著，快，快，小心仔細先頂著，做不好大家都沒命。來人啊！你們哪個人，還不快去找個司酒的宮女來！」內侍公公慌得回頭就走。

蝶朵快步追隨內侍公公，邊走邊整理衣衫，剛好趕上列隊進殿的宮人行伍，欠個身，插隊入伍如匯進水流的小水滴，順手接過內侍公公遞來的長嘴冰玉晶碧壺。

蝶朵戰戰兢兢、亦步亦趨，全神貫注在手中的酒壺，依序、站定、就位，抬眼一看，她侍候的是，貴妃娘娘。

宜春殿裡開華宴。

真像仙境，蝶朵在心裡想；兩旁的羽扇陣陣搖來涼風，座中人個個裳明妝新，滿殿釵光鬢影，眼前食物香膩鮮馥，和器皿參差煥發著光澤。

「合歡果桃生千歲」左座有人揚聲道賀，「花並蒂蓮開十丈」右座有人高唱，皇上大樂，索性吆喝：「大家一起賀貴妃，來，舉杯——。」

「妃子，但願你年年有今日，歲歲有今朝。」皇上側首，臉龐挨近貴妃輕聲說。蝶朵第一次看見皇上，笑紋深深，鼻高挺，丰神修潔，但比起想像，要老。

然後，皇上高高擎舉夜光杯，大聲邀杯：「來，大家一起，南、山、遙、映、霞、觴」，座中眾聲齊喊，響徹殿宇，落下，迴盪滿屋宇的歡騰。

「用膳！」內侍一聲，絲竹樂起，杯觥交錯閃輝，好一世間華貴風景。

六月天，貴妃攏一條薄紗的帔，蟬翼一般熹亮透明，肩與頸的彎弧優美，羽扇搧風，鬆鬆垂在頸彎些微的墨黑髮絲，就拂度頸彎那一片白皚皚崩雪的崖。

「多蒙天寵，願為陛下進千秋萬歲之觴」，一直用餘光瞄貴妃背影的蝶朵聽到貴妃軟軟甜甜的聲音，立即上前一步，把穩了盞。

這一刻，她全然沒看見豐饌佳餚、閃耀的器皿、沒聽見響遏的樂音、歡樂的笑語，那杯口在她眼中霍然巨大，自成一個寂靜的宇宙，她舉壺。傾壺。將酒壺嘴對準，假想爹爹剛放上一枚方孔的圓幣。

貴妃纖手擎杯，淺啜飲，一頌一祝酒一回：「一願陛下千歲」。再飲「二願妾身常健」。三飲「三願，釵鈿永完，地久天長」。賓客們開始紛紛賀祝獻禮，蝶朵的手一直沒閒過。

內宮給事高公公稟告：「啟萬歲爺，韓國、虢國、秦國三位夫人的賀禮到。」

皇上回覆：「回覆她們，楊家的專宴在晚上另外擇地舉行，嗯，就望月臺吧，望月臺夜晚最佳。」

高公公再稟告：「啟萬歲爺，涪州、海南進貢的鮮荔枝到。」

皇上宣立刻取上來，對貴妃說：「朕特令地方飛馳進貢的，壽宴初開，佳果來得剛好，妃子，再進一觴。」

這就叫荔枝？纍纍成串，果皮布滿不平滑的顆粒，像紅染的綃紗那般光彩奪目，果肉如透明的晶丸，果核墨亮。蝶朵聞到一股新鮮的甜香。

慶賀節目拉開序幕，永新、念奴的歌，小蠻的舞，李龜年率梨園子弟的演奏，衛王李隆範戴著面具的〈蘭陵王〉陸續登場，其間摻和各式技藝雜耍，其中最令蝶朵印象深刻的是胡姬的歌舞。

羯鼓鼕鼕響起，十個碧眼胡姬娉婷婀娜，頭戴蠻帽，金黃半截裏衣的下沿，綴著密匝匝的金鈴鐺，裸露的小蠻腰緊箍亮紅錦綢緞，綢緞下沿，同樣綴著密匝匝的銀鈴鐺，白紗透明蓬鬆束腳褲內，個個都有一雙修長白皙的腿。

鈴鐺密密清脆，是一位活潑嬌俏的女子，鼓聲沉厚有力，是一個健康矯捷的男兒，舞蹈如此柔媚而剛健，鈴鐺聲與鼓聲時而諧奏，時而追趕，時而你虛我實，時而你呼我應，攝住所有人的耳朵，而胡姬舞時時旋轉若飛，蝶朵的眼睛偷偷柔一下焦，場中流金與幻白就高速迷離成一汪晃晃閃閃的光影世界——，突然，鼓聲乍停。

蝶朵忽一聲回到現實，只見十個胡姬粉汗微沁，雙手高舉纏繞於頂，立地，不動。然後，裸露的肚皮一起扭動搖旋，漸次加快搖疾再快，乳如濤，臀如浪，萬千鈴鐺清脆齊響，飽滿有致，一波又一波，響徹整個殿宇無遠弗屆。

鈴鐺聲停。滴水不漏的靜，好一會兒，掌聲才排山倒海的傾洩。

然後，蝶朵看到一個人從座位起身走到場中，先在地上鋪上一塊手帕大小的圓形毛氈，人，就站在圓氈上，好胖壯的一個男人，肚皮垂垂墜下及膝，紫虯髯，深目，他讓羯鼓快拍再起，獨自在場中旋轉了起來，步履穩健、身軀矯捷，垂下的肚皮旋轉中如橫帶迤拖，在不可能的急速下旋迴千轉，滿殿掌聲與歡呼齊鳴不絕，舞止，他依然站在小圓氈上。

這是宴的高潮。

那人一頭大汗，虎虎走到皇上貴妃的跟前跪拜：

「臣平盧安祿山以家鄉康國胡旋舞，為娘娘祝賀。」

皇上笑紅了臉開心的問：「安祿山，你可知罪，你不先叩拜皇上，倒先向娘娘請安。」

安祿山正色的回答：「在我們胡人的眼裡，只知有母，不知有父，臣當然以娘娘為尊貴。」

貴妃紅了臉，皇上哈哈大笑：

「那就這麼說定，你就當貴妃的義子。今晚楊家專宴望月臺，你就來吧，你和楊家兄妹相見，今後就像一家人。」

安祿山回座拿出一頂金絲籠，再回到皇上貴妃跟前說：

「以此佳禽做為兒臣孝敬阿母的祝壽禮，願母親萬壽無疆。此鸚鵡來自契丹，不但能言，還聰明機伶知曉人意，是隻母鳥，剛好可陪伴阿母。」

貴妃見之心喜，看這鳥渾身雪白，紅喙綠爪，可愛異常。

「雪衣女，我就叫牠雪衣女！」貴妃開心的說。

這叫安祿山的番將，顯然很受皇上和貴妃的喜愛；蝶朵心想；他外表肥胖而顯得憨魯愚直，但身上透露一股說不出的奇特不凡，他深凹的雙眼流動間閃著銳利精警的芒光，就像他剛才的胡旋舞，旋轉中每一躍跳的步伐都有點晃搖傾斜，但落地的腳卻穩定固密得像一座，無法拔移的山。

但不看這些，光聽他與皇上妃子的言談應對，真令人感到他的誠樸討喜。

「你那麼大的肚子，到底裝了些什麼？」皇上問。

「我肚子裝的，只有一物，就是對大唐天子滿滿的赤熱的忠誠。」

皇上與貴妃相視，大笑。

宴，如此暢快的淌流。

無預警間，貴妃突然回首，鴉黑的堆雲高髻、花的靨、流眄的眸，兩頰醉酒的媚紅，她半露著雪白豐美的胸。

近距離面對美豔逼人，光燦燦的貴妃，蝶朵著著實實倒吸了一口氣。貴妃笑吟吟對蝶朵說：

「你的酒斟得又長又細又穩，真像一門特技雜耍。你叫什麼名字？我以前怎麼沒見過你？」

蝶朵小心的應對。

「原來你是後宮尚食局宮女，嗯，那從明天起，你就到我宮裡。先向永新、念奴學規矩。這事讓高公公去辦。」一旁聞言，高公公已經一個箭步迎上前：

「遵旨。請貴妃娘娘放心，我會讓內侍省立刻著辦這事兒。」

蝶朵腦門轟地聲響，沒法思考。

那天望月臺楊家夜宴，蝶朵又專司為貴妃娘娘把盞斟酒了一回。

夜裡回寢屋，大家都知道消息了。老宮女、大宮女人人都多囑咐了蝶朵一些話。

蝶朵特地再為老宮女搥搥腿，真心說著：「姑姑，以後不能常聽你說故事了。」

老宮女說：「去到娘娘身邊才是正事。你要用心，快點學會規矩。」

蝶朵說：「我知道，姑姑，我有空會回來再給你梳頭搥腿」，老宮女笑了笑，意味深長的說：「你是個實心眼的孩子。」

那夜，臨睡前，蝶朵都還仍有一種虛飄飄的不實感。

今天，貴妃芳辰開華宴，可是，蝶朵深深覺得，今天，其實是自己平凡生命中一場連空說瞎想也摸不到邊的，盛大無雙的華宴。

4 靠近

多美好，從天寶七年的夏之末起。

水綠南薰殿，花紅北闕樓，鶯歌聞太液，鳳吹繞瀛洲。

皇宮巨麗宏偉，承載恢宏史事與邦國大業，但所有剛性的民生與戰功都漫不到承平時代的幽深後宮，那雍容舒慢，精雅細緻，貴妃身邊的日子，對蝶朵而言真正是一場夢，一場絕倫的美夢。

蝶朵先是向大宮女學薰香、捧硯與持譜，又專司貴妃一人的斟酒，慢慢的，她可以獨當一面，念奴不只一次對她說：「你，敢情是來接我們班的。」永新也曾說：「你不是靈巧，是本分，沒雜念，就『澄明』兩個字，一潭水是靜的，岸上景物就映得清楚，煙嵐風雨過去，還是一潭靜止的水。」

日子，實在比勾勾指頭都還簡單，她值不值勤務都一樣，只要她醒著，心中就只有貴妃的身影。老姑姑曾說她「心眼實」，這會兒她真的實得像塊石磨，沒其他用途，只管轉啊轉的只為一種心思，只有一個核心。

貴妃的美，有著一致性；美麗之外，她卻深具爭議性。

嬌縱、任性、霸氣、善妒、精明、工心計、手腕高、潑辣狠毒……蝶朵曾遙遙聽說過很多種不同的楊貴妃，如今，她深深確定在極近距離的，自己的楊貴妃。

貴妃是蝶朵生命中聰明女子的魁首。

會詩賦、善歌舞、工音律、懂樂器，尤其精通笛藝，但蝶朵認為，貴妃最大的本事是——找樂子。

像手上紮的細綢宮紗，捏一對羽翼，鳥兒就飛，拈個耳朵，兔兒就蹦，後宮生活的形形樣樣，其中最好玩有趣的，每每令人眼睛一亮的，老是令人興奮期待的，哪一件不是按著貴妃玲瓏剔透的心思去打造出來的？每天大家都說：「今天不知娘子又有什麼逗趣好玩的？」

清明盪秋千，她會讓每架秋千都結上尚未打開的曳尾七彩帶，然後秋千一起盪高，鼓聲一響，彩帶齊解開拋落，盪得越高彩帶凌空撒飛得越絢美，地上的人人張著口，皇上端著酒也看傻了眼，那一天，她讓近百架秋千齊飛。

貼額花鈿人人競豔，那一天，她斜紅一抹，從耳際到嘴邊，用桃紅托出星眸流光的晶瑩靈動。不一會，宮裡人人仿效，相襲成風「曉霞妝」。

初秋，與慶池最後一場蓮花開放，她將印度貢奉的瑞龍腦香放些許在蓮花心，後來花枯萎了，一縷幽香卻始終馥馥如新，閉上眼，會以為夏天沒過，蓮花仍然密密的開滿池塘。

她親手畫出個薰香座讓工藝局去製作，是個銅製的宮女跪在地上，左手從底部扶燈，右手舉燈，衣袖形成煙道，讓薰香的煙恰好循袖散去，那成品果然別緻，工藝局匠師人人稱奇誇巧，成了送各國使節的大唐贈品。

皇上喜歡下棋，她常一身素服，肩繞披帛，神清氣爽的與皇上端坐對弈，四周涼涼靜靜，嶺南新貢的顧渚紫筍茶白氣氤氳，清芳四溢，她朱紅的唇因專注而微微嘟起。

而那一次皇上與岐王下棋，樂師彈奏著琵琶，貴妃在一旁觀棋，眼見皇上即將輸局，她突然一放手，讓抱在懷裡那隻他邦進貢的「雪猧貓兒」狗跳上棋盤，棋局霎時被攪亂，岐王氣得漲紅臉大叫，皇上開心得哈哈大笑。

皇上和貴妃嬉樂遊戲，用黑布蒙眼去尋找對方，貴妃輕捷，皇上總是找不到她，於是貴妃就用金繡線特地縫製一個小香囊藏在袖裡，內裝自己專屬的花香料，追躲間，讓皇上可以尋索那隱約的迷人花香找到她。「捉迷藏」，皇上為這遊戲命了名。

而若非近身貼近，人們哪裡會知道，貴妃男裝陪伴皇上遊獵，高公公直問：「娘子呢，娘子到哪去了？」連他都沒認出一旁黃金鞍勒鮮怒白馬上的英颯男子，就是貴妃娘娘。

秋天到了，內侍宮女不忙中秋節，忙的是千秋節。

千秋節，八月初五，皇上華誕。

往年常例，皇上會將招待百姓參加的「賜民大酺」典禮也設在同一天。勤政務本樓下綿延百十里桌桌相連，御賜的筵席席開不夜有如長河流水，皇上、諸親王、皇親國戚、公主妃子們、及特別的賓客、各國的使節都在勤政務本樓及花萼相輝樓上。

天未亮，官員就領著披金甲、穿繡袍的儀仗隊整齊排列，旋即太常寺卿也率領雅樂及胡樂來到。演奏開始，皇家樂曲就有如九重仙樂下凡塵，舞臺上的宮女魚貫走出，絢麗炫亮得像春臨大地花團錦簇，她們一起擊雷鼓，表演〈小破陣樂〉，鼓聲一聲聲，節奏著大臣們謹慎的步伐，紫袍的、紅袍的、體面的、猥瑣的、賢的、愚的、忠的、狡的，他們一個個的來了。

而樓前陳設的百戲，從早上就開始：大宛馬舞蹈、大象跪拜、犀牛行禮、趙解愁的頂竿、公孫大娘的劍舞、何無閔的踩樁、羅必勝的蹴踘[8]……。

後宮傳喚聲不斷，妃嬪還在梳妝，來催促的內侍們跑軟了腿，好聞的殿前香不斷飄進後宮，白蓮花一朵朵盛開在興慶池裡。

百姓們習慣準備香料小絲囊在千秋節互贈，今年，皇上倒特別賞賜一面結有長綬的鏡子給臣子，他希望這青銅鏡使照見的人都能審視自己，令雜念全消，心跡光潔。鏡背那條紅絲綬，就是君王深遠的心意。

夜晚降臨，勤政務本樓和相連的花萼相輝樓彎成一幢璀璨光華的綵閣燈樓，梨園弟子

8 蹴踘：音ㄘㄨˋ ㄐㄩˊ。一種古代軍中的遊戲。藉著踢球以習武，類似今足球運動。

的〈涼州〉、〈高樓月〉響徹，樓下百姓人山人海，喧嘩不止的笑鬧聲掩蓋過樂聲，高公公當下傳念奴唱歌，寧王的紫玉笛聲像一把冰涼出鞘的劍，銳利切開熱烈的吵鬧聲，念奴朱脣破，清音發，頓時，樓下萬人悄然靜聽，就一鉤月牙好輕巧的鑲在天心。

所有音樂都靜止，一群挽籃宮女走出來，一個緊臨一個貼近樓邊，突然將盛在籃裡的黃金錢幣撒向樓下。

金雨繽紛，萬民爭拾競搶。

每個人都在叫、在笑、在作樂。擲完錢幣的嬌氣宮女氣喘噓噓，倚在欄杆指著樓下，笑不可支。

當蝶朵向莫前、尋雲描述千秋節這樁事兒的時候，莫前說他在大明宮當值，沒能躬逢盛會。聽不出話裡是褒是貶，尋雲冷哼一聲說：「長安城裡太平人。」

勤政務本樓上，蝶朵聽見酒酣耳熱的皇上對著賜坐在東側金雞帳前的安祿山說：

「朕與朕的子民共樂，愛卿，你，見識見識，二十九個開元年，連年豐收無災變，小小村鎮也能有上萬戶人家，公家私家的倉廩都很豐實，史官已經在史冊記下了『開元盛世』四個字。就昨日，朕還特地問清楚長安洛陽米價，每斗才十五文賤價，哈！物價這麼低，那就證明，沒有一個百姓會挨餓，如今的天寶年，天寶，天賜寶物，朕要讓『天寶』登峰造極，盛世永續。」

安祿山回答：「我們邊關歌謠有兩句：『八水帝王都，一平天子李』，連三歲小兒都知道當今皇上英明睿智。」

皇上呵呵笑說：「朕識人。想當年，姚崇、宋璟、張說、韓休個個都是賢相，那韓休，正直得像魚鯁，他最常與朕爭辯，但有他，朕就能安心睡覺。他們都是輔助國家的人才，但一個接一個，老病、去官、辭世，唉，一個個都離開朕了。」

「當年朕特別挑選幾個有才幹的大臣，外放到各州當最高長官刺史，送行時，朕一定讓他們將朕的叮囑一條條抄寫貼在座位邊上，天天看、切勿忘，朕是這樣說的，『視人當如子，愛人亦如傷，講學試誦論，阡陌勸耕桑，訟獄必以情，教民貴有常，恤窮且存老，撫弱復綏強——』。啊，好久之前的事了，那時候，朕年歲正盛壯。」

「王父春秋永如日月。」安祿山說。

「知予眷顧四方——，咳，朕沒有一時一刻忘記百姓，天佑我大唐，如今，天下太平，四夷服順，朕內事交託給能臣李林甫；外事，就仰仗像你這樣勇猛忠誠的戰將。」

安祿山正色應命且說：「兒臣忠純可鑑，甘心犬馬奔馳，不僅盡忠且是盡孝。只是，邊關事邊關知，最了解邊務邊情，最適應邊地戰守的莫過於胡人，兒臣請王父多用胡將以奏戍守邊界之功。」

坐在西側的太子李亨突然開口說：「稟父王，將在外，軍令有所不受，胡將野性難馴，反覆不易掌控，會多生變故。」

安祿山錯愕啞口，一旁的國舅楊國忠立即追補一言：

「太子所言甚是，朝廷多良將，不必仗恃胡將。」

「嗯，最近邊關多事，戰績不彰，兵書說知己知彼，百戰百勝，安祿山的意見也不無道理，——」皇上沉吟。

坐在太子身側的張九齡沉聲說：「啟稟皇上，茲事體大，此時不宜輕議此事。」

蝶朵記得莫前說過軍中聽來的傳言，說張九齡第一眼看見安祿山，便力諫皇上斬殺此人，因為「此人有異相，將來必反叛」。

楊國忠上前一步似乎還想說話，高公公撣一下拂塵，他就將話吞了回去。

空氣霎時凝了一下。

全場只有隨侍太子身邊那白衣年輕人最是悠閒淡定，蝶朵知道他，他是太子的至友，他叫李泌。

宮裡的人都知道李泌。有一種人，一眼，就令人難忘。李泌就是。

因為，他身上特有一股飄逸靈慧丰姿，叫仙氣。

他自幼就是能吟詩作賦的神童，皇上喜愛他的聰慧，特別命令他於翰林院陪太子讀書，遂與太子自幼相識，結為太子的布衣友人。長大後，他再三辭謝官職，終而告歸隱居，但只要太子思念他，便會遣使者徵召他回宮，事無大小，都會與他商量。

但這一刻，太子嚴肅急切，李泌卻瀟灑自若。

梨園恰巧奏新曲，皇上舉杯，群臣共效，一波歡樂的浪頭襲捲，適時覆滅了適才那樁尷尬的問題。

蝶朵同時也注意到，宰相李林甫。

蝶朵覺得有趣的是，李林甫和李泌都不言語，但李泌放鬆，宰相專注，彷彿一個在事外，一個在事裡。

這是蝶朵第二次體會到綿裡的針。

第一次，是貴妃和梅妃初見面的那一天。

梅妃雅淡清逸，一經選入宮中，便大見寵幸。她性喜梅花，皇上就封她為梅妃，宮苑遍栽紅白好梅。梅妃有文才，能吹白玉笛，尤其擅跳〈驚鴻舞〉，她輕盈弱質，羅衣長袖舞成一波波雲影浪濤，舞罷，翠鬟綠鬢一絲不亂，亭亭玉立於殿中，真像早春一枝傲向青天的清麗紅梅，在座無不目瞠神馳，皇上往往忘形笑喚：「梅精，江采蘋，你是朕的梅精。」

然後，貴妃進宮。

一直都很知道彼此的兩人，那一天終於面對面。她們深深的第一眼注視之後，眼神便不再交會。酒過三巡，梅妃趁酒說：

「素聞貴妃豐肌之美，我且為貴妃題一七絕。」

「撇卻巫山下楚雲，南宮一夜玉樓春。冰肌月貌誰能似？錦繡江天半為君。」

貴妃一見，知道梅妃用「錦繡江山半為君」嘲笑自己的肥胖，便立即取箋回和一首：

「美豔何曾減卻春，梅花雪裡亦清真。總教借得春風早，不與凡花鬥色新。」

梅妃一看也知道，對方既以「梅花雪裡亦清真」笑自己瘦弱，也以「不與凡花鬥色新」譏諷自己的過時失寵。

梅妃一向以謝道韞[9]、班婕妤[10]自居，但這一回合初交鋒，她並沒勝。

這場宴席，貴妃機靈伶俐，處處占上風，明顯對應出梅妃的柔緩拘謹。

據說，從那天起，梅妃的眉頭就未曾舒展。

後來就發生了翠華西閣的事件。

那一日，皇上在翠華西閣，因早春的第一枝梅花，想起被冷落的溫柔的梅妃，顧忌著娘子會取鬧嗔怒，他祕密讓高公公偷偷傳召了梅妃。隔日清晨，貴妃娘娘獲悉，未及梳妝，水火一般趕抵翠華閣，內侍抄小徑先一步通報，梅妃已從熱被褥倉皇披衣藏進夾層複室，再由密道送回梅苑。

站在皇上寢臥的龍床前，貴妃粉臉含威，邊怒斥，邊揚手胡亂掀錦被、扯絲帳：

「堂堂一國之君不早朝，成何體統？」

「朕今日身體違和……」

刷地貴妃漲紅了臉，拾起地上一隻翠玉珍珠絲履：

「那您說，這鞋又是誰的？」瘋狂似的貴妃撲向床頭一把抓起枕畔的珠珥玉甸金步搖，嘶吼著大叫：

「這是什麼？您說，您說，這是什麼？那賤人、賤人、賤人——。」

嘩！摜在地上的翡翠、瑪瑙、纓絡、珍珠一顆顆滾啊滾……

皇上索性拉高棉被蒙著頭，任貴妃潑野，好一會才突然掀開棉被坐起，喝斥：「大膽！你眼中還有朕嗎？朕可是一國之君，宮裡有規矩，容得了你如此放肆！」

9 謝道韞：東晉人，生卒年不詳。謝奕之女，王凝之之妻。聰識有才辯，以詩著稱。

10 班婕好：西漢人，原名及生卒年皆不詳。班況之女，班彪姑母。成帝時選入宮中為婕妤，後世以此代稱。賢才通辯，能詩歌，為趙飛燕所譖，退侍太后於長信宮，作賦自傷。

風波是平了，但貴妃幾天不吃不睡，第三天，皇上來了，貴妃柔靜無語行禮如儀，在皇上捧起她的臉說道「你瘦了」的同時，一直滴溜溜在眶裡轉啊轉的眼淚，這才斷了線的墜落不止。

後來蝶朵聽尋雲說，皇上為彌償梅妃的委屈，私下叫永新拿夷國進貢的一斛珍珠賞賜，梅妃賦了一首詩，央求永新帶去給皇上，並且退還了那一斛珍珠，詩上寫著：

柳葉娥眉久不描，
殘妝和淚濕紅綃。
長門自是無梳洗，
何必珍珠慰寂寥？

「沉默的絕望，她只是安靜，每次我看她的背影，都覺得她快要化成一縷輕煙，嘆口氣就會消失。」尋雲這麼形容失意的梅妃。

皇上覽詩，悵然不樂，令樂府譜上新曲，名為〈一斛珠〉。

很快的，梅妃被令遷居洛陽上陽宮。

5 最幸福的時光

娘子這樣，娘子那樣，蝶朵把別人口中的娘子當成天外的玄說，她只相信自己一向的看見。

她是如此如此寶愛眼前這個小世界。

一心一意的薰香時溫柔，捧硯時專一，持譜時細膩，斟酒時，每一次那夜光杯口就是蝶朵眼前的天地乾坤，而蝶朵感覺得到，每一次貴妃都用背影在誇許她，但漸漸的蝶朵發現，自己最鍾愛且感到最接近幸福的時光，是貴妃吹奏紫玉笛的時候。

一個懂得取樂的尊貴女子，聚神作樂曲時可以不眠不休，半垂杏目，纖指輕敲節拍，沉靜端凝在工尺譜前一坐數個時辰。

貴妃吹笛之前，先滿室燃馨香，一番沐浴、更衣之後，然後肅然端坐，敬慎無比的伸手取笛。

下頷微微抬起，手指在笛孔靈活的逗、折、墊、飛、顫、倚、喚、導、滑、歷、剁、贈。

笛音有時似軟綿綿的遊雲，有時摹仿間間關關的鳥叫聲，有時是強烈的碎音，有時讓人憂愁，但有時它只是流暢的訴說。多聽幾次後，蝶朵不再零碎聽音，她放鬆讓自己整個人都融在笛聲裡，於是她感覺得到悠遠、飛揚，或開闊的獨特空間感，皇宮褪沒去了，大漠、黃沙、草原、邊關無止境的延長開展，窗外就是柳邊鶯啼錦繡的深宮苑囿，但蝶朵在笛聲中，感到自己與空間有著濃淡不同的距離感，尋雲、莫前忽而小時候，忽而長大了，爹爹和娘在燈下在刀下……，貴妃娘娘近在眼前似乎又很遙遠。

有時貴妃在興慶池邊吹笛，月光下，笛聲隔水飄來，帶著水的潤月的亮，天地像真空的虛境，蝶朵會忘我，沒有過往也沒有明天。

她真耽溺這種感覺，祕密的。

「笛，滌也，可以滌蕩邪氣，出揚正聲。」娘子曾這樣對蝶朵說。當然，娘子吹笛，皇上敲羯鼓的時候，每每最叫蝶朵在心中讚嘆不已。「夫妻相愛」這事，自己從小就從爹娘身上看會的，他們辛苦拚命的護愛自己的家園；而娘子與皇上盡享尊榮富貴，日子都用在尋歡作樂，但彼此眼裡似乎也只有對方，若不召梨園子弟，只他倆切磋音樂的時刻，他們形神相似，聲氣相通，契合得宛若彼此就是對方的靈魂。

宮裡常宴樂，但蝶朵早就體會，能參與皇上及娘子的宴樂自是一番殊遇，但能親睹這般清音笛鼓相和相諧的美好時刻，才是自己的萬般榮幸。

那麼，宮裡全沒有蝶朵極不樂見的事吧？不，有一樁蝶朵無人可說的事。

她非常厭惡安祿山。

聽內侍說，安祿山是一個營州雜胡，部落敗散後逃到幽州，投託在幽州節度使張守珪麾下，受張守珪喜愛收為養子，便常以軍功被引薦，平步青雲官拜平盧討擊使。後來他討伐奚契丹失敗，依法當斬，張守珪不忍心，便將安祿山解送京城，等候聖旨定奪。安祿山早一步賄賂打點許多內侍及朝臣，於是，皇上耳中聽到的都是安祿山的才幹及忠誠，尤其「會六種番邦語言，精通於斡旋買賣」這句話更是深入皇上的耳鼓，「邊關需要這樣的人才」，皇上如此低語。

謁見後，皇上果然很喜歡安祿山的靈活乖巧，降旨特赦安祿山，讓他恢復原職並帶罪立功。只要有朝臣使者到平盧的，安祿山無不厚賂善待，讓皇上聽聞的全是安祿山的耿耿忠心、知恩圖報。終於，安祿山晉陞為營州都督平盧節度使。

去年秋天，他奉召入朝，留京侍駕，常陪在皇上身邊侍宴，後來，竟然被特准可以隨時謁見，而且可以自由出入宮苑。

一個該上戰場的男人，成天在宮裡善媚討巧，已令蝶朵不順眼極了，她尤其噁嘔安祿山稱貴妃為「阿母」，他四十四歲，娘子才二十八。

蝶朵的娘曾對蝶朵說，鷹靜止休息的時候，眼皮搭垂著彷彿在睡覺，一飛翔俯衝攫掠獵物，便猛銳凌厲莫擋。安祿山讓她想到邊關鷹隼，以及莫家的事——

娘常提醒爹要知人識人，別胡亂和外人剖祖相見，莫家飯鋪出事之前，娘就說過那軍爺不是好人，才來第三次，藉幾分醉意調戲莫前他娘，莫叔出手攔阻，便在鋪子裡活活被打死。街長不許爹和莫家人去告官，說「咱們的天子不在長安，就在這兒，那武人是節度使的親戚，你們別招麻煩，免得整村莊都有事」。

出殯那天，娘帶蝶朵去給莫叔上香，莫嬸不哭不鬧，一陣風吹來，掀起她雪白喪服的裙角，裡面竟是一條猩紅裙。黃昏爹送殯回家，帶莫前來家裡吃飯，娘手裡的碗匡的一聲摔碎在地，湯汁潑濺，大叫一聲「不好」，奪了門衝向莫家，拚了命大喊：「來人，快來人！快——。」

但莫前他娘沒回家，她吊死在莫叔墳前的大枝上。

娘一直自責，說自己早該陪上山，「穿紅衣裙是要化厲鬼死後報仇，我看見紅裙，心頭老覺得怪，沒想到她狠心到連家也不回。」

爹背底對蝶朵說：「你娘聰明，人聰明才能一點點星火就看見燎了原，只可惜遲了一步。」

那一點點星火，蝶朵看見的是安祿山的眼睛。

內宮人人歡迎安祿山，他一來，熱油下鍋，氣氛爆起喧囂歡鬧。

人們貪愛的是新鮮。

安祿山粗獷率性，大跨步行走風生，一路呼喳吆喝，胭脂花粉稀奇古怪好玩的小品件，遇人就賞，裝傻裝拙的逗得每個人都在笑，在皇上貴妃面前，回話往往出人意表又在在窩心，坦直的神情彷彿天地間他只為眼前這兩人而存在。

但蝶朵看得見不說話的安祿山，眼底抹過的一絲不耐。

尤其皇上展示炫新奇異的遠方貢品，安祿山嘖嘖稱奇讚賞的時候並不真正看這些珍寶，待到無人注意的時候，他才以眼為舌，細細的將那些寶物一件件，周身舔舐個夠。

他也這樣看娘子。

正月那次安祿山進見貴妃，左一聲孩兒右一聲孩兒，不知誰起的鬨，嚷嚷安祿山乾脆扮個嬰兒，讓貴妃玩嬰兒出生三日「洗兒」的習俗。

於是內侍果然脫去安祿山衣褲，將他用一襲大錦緞包裹起來，像個巨大的襁褓嬰兒，然後抬來一頂彩轎，抬著嬰兒繞行宮中，所過之處人人叫笑跳鬧，鬧烈如風之披靡，連娘子也笑紅一張臉，隨轎奔跑。皇上本來御駕在宜春院，遙聞喧鬧聲，一問，知道娘子與安祿山在玩「洗兒」的遊戲，不僅移駕前來共笑樂，還賞賜金錢銀錢供大夥盡興，號為「洗兒錢」。

這件事，蝶朵整整生了兩天的悶氣。

當然，蝶朵不會不懂，只要你是一個小宮女，所謂歡喜與憂愁，兩天、三天、一整個春夏或秋冬，或者是長長的一輩子，都沒有什麼不同。

每天，娘子開心就好。

6 距離

蝶朵很久沒見到尋雲與莫前了。

剛到長安的時候他們就約定，無論如何都要相聚，宮女每個月有一次回家的機會，士兵也有輪休，他們總是想盡辦法互通消息，將出宮日排在同一天。

第一次出宮，他們逛朱雀大街，被長安的富庶繁華驚訝得張口結舌像三個傻子。

鐵行、肉行、筆行、大衣行、秋轡行、藥行、秤行、絹行、麩行、魚店、酒肆、帛肆、衣肆、寄附鋪……，街兩旁密密都是商行店鋪，商業興隆繁盛，街頭各色雜耍技藝，行人雜沓車馬絡驛於途，塵土裡夾雜多種香氣，三五步就傳來音樂及歌舞，從中午開市到太陽下山休市，這條五公里的朱雀大街，他們一家一家去見識，走了好幾次才走遍。

光是行人都令他們傻眼，綾羅綢緞的男子、裝飾珠翠的婦女，以及與他們擦肩卻是他們看都沒看過的：高鼻碧眼的、凹目白膚的、黑膚赤足的、高髻的、披髮的、蒙紗露臍的、剃髮袈裟的、遣唐使、留學生、道士僧侶……，後來他們才慢慢學會那是波斯人、那是印度人、那是大食、回紇、吐蕃、高昌、那是新羅、那是日本……。

長安，比他們所能知道的還大、還久、還多樣、還深邃、還廣遠。

後來，他們也去到長安幾處知名地方遊玩，慈恩寺、大小雁塔、韋曲、渼陂，都有他們的行跡。夏天，他們很喜歡划著小船穿梭在曲江涼風的荷田，但他們最喜歡的是樂遊原。

樂遊原位在曲江北，是長安地勢的最高點，登上原頂，可以東瞰灞橋，南眺終南山，西望秦漢故都，北俯整個長安城，晴朗天，他們甚至可以看見西北方隱隱的昭陵。

而整個長安城多麼井然有序，筆直的南北大街十一條，東西大街十四條，百戶千家宛如圍棋局，一坊一坊的也好像是菜畦。居高臨下才看得清楚，原來長安城最多的是寺廟，它擁有一百多座佛教的大伽藍、幾十座道教的道觀、數座波斯教的寺廟以及摩尼教和基督教的教會。

他們極愛驅車登上秋天的樂遊原，爽颯藍淨碧空下，滿山滿谷燃紅的秋色，莫前一下車，被眼前美景一撞，曾驚喜的說：「真像被滿山楓紅劈頭呼了一巴掌。」

莫前變了好多。長手長腳大骨架依舊，但人整個抽條的長高，一身晒得黝黑，一垛牙齒森森的白，還有一雙發亮的眼睛。去年他正式編進神武軍禁衛營，滿口陳玄禮將軍和說不完的行伍趣事，他說過安祿山的許多事跡，上一次，他整整兩天都在說新科武狀元郭子儀。

「那叫郭子儀的，不只百步穿楊，收靶的弟兄說，中靶心的簇頭拔不出來。」

「長鎗、刀劍、飆馬、武術、舉石、搏擊場場奪魁，沒人勝得他。」

「陳將軍說，大唐有幸得此英傑。」

初起尋雲還勉強聽會兒，後來莫前一提行伍她就安靜走開。莫前也曾捎來皇甫政問候的訊息，有一回還帶來阿政的手箋，上頭問尋雲願不願再回邊關？

尋雲沒動靜。

莫前急了問：「至少你回他個口訊行吧？」尋雲低下頭。

「或許，尋雲不願意提起邊關，不喜歡聽軍伍。」蝶朵說。

「是嗎，是嗎，是這樣嗎？阿政打了幾場勝仗，跟在皇甫將軍身邊，馬上會升官。」

突然尋雲抬起頭，眸光瑩瑩盯著莫前說：

「你呢，你也想一輩子當軍人？」

莫前說：「有什麼不好嗎？陳玄禮將軍一直說我可以的——」

「可你從前也說過，將來你要和自己老婆做個買賣，買些田產，蓄些牛羊，把孩子養得又胖又壯。」

「那時候年紀小吧，那是來長安之前不是嗎？誰料到我們會有長安。」

「長安很好嗎？」尋雲眼睛眨也不眨的追問，莫前搔搔頭：

「奇怪，那時候我和蝶朵不想來，是你說服我們的，你說，長安是一塊我們無可企望的寶物，到手了怎能不要？我們是跟著你來的。」

「那麼，將來，如果我選擇出宮。你呢？」

莫前有些摸不著頭緒，胡亂說著：

「將來？我不就跟著陳將軍嗎這一向，他是禁軍將領，我就是羽林軍，他在京城，我就在京師；他調到遠邊，我就去遠邊，將來會怎樣？將來，我沒想過什麼——。」

尋雲沉默了會，轉身走開。

莫前向蝶朵求救：「尋雲怎麼了？」

蝶朵說：「可能是你說的她全都不喜歡。你記不記得我們曾去過朱雀大街的許記布莊？那天尋雲不就說過，她希望將來能像那布莊娘子，和丈夫天天守著店，不高興拿起剪子胡亂鉸布，丈夫一旁急得忙搶布，高興時兩人共吃一個燒餅你一口我一口；記不記得第三次去的時候？他們添了個胖娃，老闆老叫他娘子屋裡歇著去。」

「這我記得，尋雲要的是這個啊，那阿政沒法給，阿政要當大將。」

莫前搔著頭說：「可尋雲，她變了，越來越——怪，唉，我摸不透她。」

尋雲是變了。

從小，每一次決定，尋雲總是最果決，每一種開始，尋雲總是最勇敢，她以前總是愛說：「試試，不試怎甘心。」

來長安後，蝶朵感到，一次次相見，尋雲的美一次次驚人，沉默一次次加深，後來，蝶朵看見尋雲，會有一種抓不住她的心慌。

去年秋天夜宿華陽觀，尋雲說：「怎樣都是奴，主人的、皇家的、命運的、自己的，奴」，蝶朵不懂，尋雲說：「層層細細，以前我以為努力就可以掙脫改變些什麼，現在明白，很多事用盡力氣也不能。」

「尋雲，你有事嗎？」蝶朵問。

「不一定要真有事。」尋雲停了一下淡淡的說。

「我們是孤兒、是宮女，命本來就不如人。」蝶朵說。

「貧賤和富貴都一樣。」尋雲這樣回答。

蝶朵似懂非懂，隔壁廂房正好傳來一陣陣莫前的鼾聲，那一片刻，蝶朵真感到這熟悉的沉睡鼾聲的節奏，才令人有著說不出的安心。

梅妃遷到上陽宮後，他們就斷了尋雲的訊息。尋雲不再回他們的話。

或許，自己也變了，蝶朵心想。

見不到尋雲，她連莫前也不想見。

莫前氣急敗壞的問：「為什麼、為什麼、為什麼？」

蝶朵說：「當初約定的是三個人。」

莫前慌得：「尋雲她──，我們──，咳──。」

後來，蝶朵一直都沒忘那天離開時，莫前咆哮的那句話：「你爹娘要我照顧你一輩子！」

一輩子是多久？蝶朵比較熟悉的是每一天。

一天過了又一天的每一天。

那天蝶朵餵完雪衣女，正教牠哼新曲，聽到念奴在說：

「現在連雪衣女都只聽你的話。」

永新走過來笑著說：「蝶朵什麼事都學得快，你不覺得她來了，讓你我省了好多力，你最近練的新曲子比從前多了，不是嗎？」

「你都來了兩年」，永新轉身對蝶朵說：「下一批小宮女進來，你得學著，幫忙調教。」

如何能將相思訴得盡？
燄火跳動，
紅燭銷香帳。

木之卷

多情多惱多風波的年光

7 三月三

曲江，三月三，天地都瘋狂。

百花以迷眸的妍彩，流水以初汛的淨冽，長安以春天的新景，人民以奔走競邀的熱絡，皇家以世間極至的奢華。

一起到水邊修禊[11]祛除邪穢啊！全城熱鬧翻了。

皇家去曲江，不僅修禊，還有杏苑御賜新科進士的瓊林宴，更是皇親國戚挑選乘龍快婿的好時機。今年，楊氏五家，姊弟奉旨齊赴曲江。

一大早，集慶坊楊銛、楊錡、三位夫人的五楊豪華巨宅門前，早已衛士羅列車馬俱全，待大門開啟，各家魚貫走出一隊人馬，只見紅、綠、藍、白、銀，五家各著一色衣裳一色旗幟，姬侍女從們各各妝新色奇，炊具、杯盤、器皿、生鮮蔬果、珍饈食材一車又一車。然後，這五色長長的涓流，五道匯聚成一條絢彩大河，汩汩占滿且流動在整條市街，路旁爭著觀看的人密密擠得像一道厚丕丕的牆堵，所過處捲起一陣陣驚嘆歡呼。

撤去傘蓋遮蔽，韓國夫人、秦國夫人、虢國夫人並轡揚鞭，彼此戲謔談笑，楊銛與楊錡騎在高大的玉花驄馬來回逡巡。

陽光燦爛，夫人們頭上、身上不時晃閃著令人張不開眼的黃金星芒，侍女、褓母的襦裙、披帛柔麗飄逸，她們懷裡的小孩不安分的摘下頭飾衣飾的黃金葉片、翡翠、珠玉扔向路人，圍觀的人群立即一片騷動……。

車隊過後，人們轟一聲瘋了似的搶拾車上遺漏下來的每一物件。

中午用膳，侍官騎馬傳喚走告，司膳供餚絡繹不絕，御廚的鸞刀未曾停歇，一會翠釜盛起紫駝之峰，一會水晶盤托著發亮的鮮魚，象脂熊掌翠玉羹，犀箸錦茵紫金綃，尊貴的賓客齊聚，簫鼓一時鏗鏘爭鳴。

舉踵、延頸、遙指、語說、目瞠、口張、舌結，人如潮水在路邊不斷推湧。

紫陌紅塵，繁華蒸騰裡，最吸人睛目的，卻是那一派天然明媚。

虢國夫人。

淡掃蛾眉，明眸皓齒，眉宇間流盼生彩而風致楚楚。她不著華服，一片高髻、步搖、半臂、金蹙重臺履之間，她竟然一身絲綢白，圓領、長袍、珠玉腰衩、小蠻烏靴，再素素束起一個驚鵠髻。那綾羅衣裳晃流著光影，靠近桃花就映紅，走過樹邊就映綠，衣褶間總讓人感覺時而金的澤，時而銀的輝，時而天的光，時而雲的影。

11 修禊：古時在農曆三月上巳日（魏以後定為三月三日），臨水宴會，以祓除不祥，稱為修禊。

胭脂能添數分顏色，天下只有虢國夫人，脂粉反會汙了她獨特的美；大家都知道，她連晉見天子都是素顏進宮。

楊家姊妹都長得美，常進出宮廷，皇上稱呼她們為姨，於同一天封大姨為韓國夫人，三姨為虢國夫人，八姨為秦國夫人，每人每月僅脂粉錢就賜錢十萬，凡珍寶服食器用，賞賜無限，就在去年，皇帝賜他們最華貴的宅第於長安最繁榮的集慶坊。

楊家五府相連，拆了原宅造新第，用的全是大內的規格及工法，這一家造的要勝過那一家，若見那家造的華麗，這家便拆了再造，一座廳堂，少說也要花費上千萬貫錢鈔。

從此集慶坊五楊、楊國忠府邸，及虢國別居連屋的宣陽坊，成日冠蓋雲集，大小官員一干公卿捧禮品、攜古董、牽羊擔酒的不絕於途，前不久，楊銛的家僕與宜平公主的駙馬爭道，駙馬被打傷了腿，公主哭泣央請皇上主持公道，皇上一笑置之，賜傷藥了事。

只要一棵松樹高大得濃蔭如潭，旁邊那些蔓爬的蔦蘿攀著松樹生長，就都能顯得高大榮茂。貴妃一人得到專寵，楊家一族封官加爵，男娶公主女嫁皇族，皇族的親事幾乎全包在楊家手裡，外戚寵盛至此，恣享世間富貴之極。

突然人馬一陣喧囂，腳步雜沓紛亂，侍衛斥喝聲暴起，楊國忠遠遠奔馳而至，侍衛急稟：「有一人騎馬亂撞進來，已經派人驅趕。」

楊國忠望向遠去的煙塵，瞇著眼忿忿的說：「別追了，我知道是誰——，他那雙眼睛化成灰我都認得，忘恩負義的混帳東西，好大的狗膽，全天下能有幾人的肚子像那廝，仔細著保護三位夫人。」

混亂間，人牆崩潰了會兒再慢慢聚攏堆厚，新豐酒樓側門有個年輕孕婦支靠著一根豎直的扁擔，坐在兩個空了的籮筐邊，見狀高呼：「果子他爹，小心別讓果子摔倒啦！」

四歲的果子正被他爹張果扛在肩上看熱鬧。

為了趕今天曲江宴的熱鬧，張果一家三口天不亮就擔著兩籮筐青菜順路搭乘別人的板車進城作買賣，滿滿兩籮筐青菜今天新豐樓全買了，他們開心的索性留下來看熱鬧。果子問他爹：

「爹，我們看得到皇上嗎？」

旁邊那老秀才回頭笑說：「小伙子，皇上哪那麼容易見？皇宮有夾城複道，直接就通向曲江望春宮，前兩天白日裡，長安街上看不見半點人馬，光聽到天驚地變雷霆車馬聲，那就是皇上和妃子一隊車馬從複道往曲江去了。」

老秀才繼續說：「你們爺倆別急著走，等車隊過了，你們眼明手快點，去撿些好東西。」

果子和他爹回身走向孕婦，「娘，等車隊走完，要撿東西」，果子開心的嚷，孕婦微笑看著兒子：「好玩嗎，果子？」

「好玩，娘，撿東西的時候，我要幫爹的忙。」

「真乖，要當哥哥了，變得懂事了。」

張果說：「果子，你來猜猜看，你娘的肚子裡是妹妹還是弟弟？妹妹叫梨子，弟弟叫棗子。」

「是妹妹。要像那車上的阿姨那麼漂亮。」果子回答。

張果夫妻樂得笑開口，張果一把抱起果子高舉著兜圈圈，天藍淨，暮春的楊柳開始飄絮，雲朵和絮花一樣輕盈若夢。

長安城新近有首歌謠，不分春季秋季、日裡夢裡都一直一直被傳唱著：

生男勿歡喜，生女勿悲酸。

男不封侯女作妃，君看女卻是門楣。

8 安祿山

「看我在草叢裡撿到的簪子，是金的，上頭一粒緋紅寶石。」
「好造化，我拾了一隻鳳鞋套，可惜另一隻，眼裡看著，卻還是被人先拾了去。」
「你娘子能穿嗎？」
「啐！半腳鞋，只能穿一半，踩一半啊，她哪配，不過，鞋尖這粒珍珠值錢，就摘下來。」
「你瞧他撿了個金麒麟臂釧，看來怪值錢的。喲！你撿的附璣珠珥還齊齊一對呢！」
「喂，那你拾了什麼？拿出來大夥瞧瞧。」
「一幅鮫綃帕兒，裹著個金盒子。」
「打開來，打開來！」大夥圍著起鬨。
盒裡裝了黑黑的黃紫的薄片兒。「咦，這是什麼？」大夥全湊過來。
「聞起來有香氣，莫非是春藥。」怪聲怪氣大夥笑成一團。
「這叫『茶』，可以吃的。」老秀才踅了過來，拿起葉片端詳：
「這大概是南方來的皇家貢品，清明前貢焙的新茶『顧渚紫筍』。」

有人伸手拿了一片放進口中嚼，旋即呸了出來：

「苦的，還是澀的，一點都不好吃，你白撿了這回！」

「不識貨，茶要用沸水泡的，皇上喝醉了酒都要喝茶，茶是罕見的珍品，只賞賜給近臣哩。」哄鬧中老秀才忙著解釋，大夥持續擾攘吆喝……。

曲江新豐樓，沸騰的情緒熱度一直滾動，卻一點沒潑濺到二樓靠窗的一位客人。

那客人一桌一人，叫了滿桌的菜餚，細細嚼肉，大口喝酒，眼睛直直盯在窗下，楊家車隊剛走過煙塵未盡的大街。

他咀嚼食物，更品味適才自己突發即興的惡作劇。

他就愛看楊國忠那笨驢發窘，他打從心底瞧不起這不學無術的丑蛋。

聽說三月三，長安的美女都到水邊修禊，一大早，安祿山特地換上平民裝扮，騎馬自在賞遊，聽見有人說三位夫人的車馬正在前頭，他立刻拉低氈帽，巾帕蒙口，突然勒馬狂飆衝進人群，直直逼向三位夫人的翠鑾寶駕，衛士們一驚，眼看一切都要失控的瞬間，一個急勒轡，馬頭轉向，他又揚鞭急馳而去，還來得及用眼角餘光瞄見不遠正火急奔馳趕來的楊國忠的噴汗蠢相。

輸誠討好、厚賂行賄，這幾年安祿山接觸長安官場生態，實在是如魚得水，加上皇上貴妃的寵愛，他幾乎到了無入而不自得的地步，「幸好」，安祿山由衷佩服著自己，「我善等，我按捺得住自己。」

全朝廷，他只畏懼兩雙眼睛。

一是翰林學士李白。

渤海國上貢書那一天，滿朝無一人看懂渤海國書蝌蚪文，安祿山明明懂六國語卻不想使力，他很想看一場好戲。不料，幾天後憑空冒出了個李太白，在朝廷上，見他聲音洪朗當眾轉譯、朗誦，隨即揮毫、回函，函文內容一針戳破蠻國要脅的野心，恩威相濟，鏗鏘有力的展露大國泱泱氣度及強大國力，當下讓渤海國使者伏地叩首，頭都抬不起來。更叫人眼睛無法離開的，則是李白那爽颯俊利、自信大氣的瀟灑意態。

「好個能臣！」安祿山在心底暗暗叫好。

渤海國使者出了朝廷忍不住探問身邊的大唐官吏：「是誰啊，剛才那個人？」

「他不是人」，不等使者茫著眼張著口還想再問，已有人接著說了：「他是天上神仙下凡來贊助天朝的。」

在金鑾殿上，皇上特賜李白換上御用的吳綾雲頭朱履，坐在御前錦繡墩，當眾草詔。初到長安求仕的時候，李白曾受楊國忠高力士的輕慢羞辱，為了一償昔時挫辱，李白以「回函需要氣勢壯大」為由，要求國舅楊國忠為他磨墨，讓高力士為他脫靴。

「天真」，當場安祿山就在心裡暗笑，想自己當年帶罪初抵長安，鎮日忐忑不安，不知花了多少時間、心思、金銀、財寶奔走在權貴顯要的豪門宅第間，李白啊李白，安祿山用別人不察覺的複雜眼神看著李白當下無上的風光：

「你——，正踮腳尖走在崖岸的繩索上。」

同朝為官後，他發現李白果真一點也無法取悅，有一次擦肩而過，李白回頭，用手比劃一下心頭，意味深長的對他說：「人，要有良心」，眸光一射，熾亮令安祿山倉皇不敢迎視。

不過，李白官位太小，翰林供奉橫豎是沒作為的風雅官，皇上並不真想重用李白，安祿山太知道，李白沒有長安個性，李白值得憚懼，但終究不具威脅。

春日正盛的那一天，興慶池東沉香亭牡丹花遍開，像是一疋鋪地的彩繡錦緞，隨地勢起伏，牡丹是揚州貢品，紅、黃、粉、橘、白、紫，各色名種，一色色爆亮人的心眼。

牡丹是花中王，皇上為今春的花景分外開心，特令賜宴沉香亭，讓貴妃、安祿山與一干親王、近臣隨侍。置身花間的貴妃，與豔麗華貴的牡丹花竟然有如天工一般的相得益彰，直令人的眼光片刻也無法轉移。

樂工李龜年引領梨園弟子各執樂器前來承應，一時奏樂唱曲。皇上說：

「今日賞名花，對妃子，怎能用舊曲？李龜年你速召李白前來，為眼前佳新美景，作別調新詞。」

李龜年在長安酒樓找到酩酊的李大學士，安祿山記得，李白是醉臥馬背直接走馬入宮的，到了皇上跟前還站不直，口中醉言醉語說著：

「天上有酒星，地下有酒泉，為人不愛酒，豈不愧天地？」皇上仰頭哈哈大笑，命御廚將越國所貢的鮮魚酢造三分醒酒湯。

冒白氣的魚羹湯太熱，皇上拿起牙筯親手調涼熱羹，賜李白飲。李白一飲，心神清爽，惶忙的叩頭謝恩，隨即領命，瀏覽一會四周，不假思索的振筆疾書。

大家竊竊私語著皇上對李白的獨寵厚愛，但安祿山不然。

安祿山始終沒忘記初在朝廷見到的李白：

紗帽紫袍，金魚象笏，雍容立於殿陛，高鼻凹目，兩眼碧晶晶的閃亮著，他安穩的站在那兒，像棟樑也像殿柱，不算高大的身材，卻讓人感到可以撐起一整座廊廟。

眼前的李白雖備極恩寵、才情奔縱，但醉夢乍驚，緊急換上的袍服襟扣未扣齊，鬍髭殘留，帶紅的眼仍有一絲未及整妥的狼狽。

能臣，放對位置的能臣，不會這樣；大家稱奇道好的景象，正是李白難言的落寞。安祿山將一切看在眼裡。

李白很快呈上〈清平調〉第一章：

雲想衣裳花想容　春風拂檻露華濃
若非群玉山頭見　會向瑤臺月下逢

「仙才！」皇上大樂，命李龜年與梨園弟子立即將此詞譜新聲。李白兔毫筆一揮，第二章第三章連篇全出。

一枝紅豔露凝香　雲雨巫山枉斷腸
借問漢宮誰得似　可憐飛燕倚新粧
名花傾國兩相歡　常得君王帶笑看
解釋春風無限恨　沉香亭北倚欄杆

「李龜年，朕要新曲！」皇上拊著掌張大眼對著樂工大喊，然後別過頭深睇著貴妃，貴妃持玻璃七寶杯酌西涼葡萄酒，正含笑領受李白的歌詞，皇上縱聲大笑。大賜西涼葡萄美酒，那一天人人同歡大飲，牡丹花變成一波波彩色浪濤，唰過來明紫一波，唰過去豔紅一波……。

音樂聲一直沒停，煞是好聽，安祿山看見興慶池邊，馬仙期吹羌笛、賀懷智擊方響、雷海青撥琵琶、張野狐吹觱栗、黃幡綽按拍板，這些人全都是無上的人才，絕頂的俊秀啊！
安祿山一時為之神馳。突然皇上拉起貴妃走到樂工面前：

「李學士的〈清平調〉清新俊逸，花容與紅顏一齊寫盡，簡直妙不可言，你等暫且停止奏樂，朕吹奏紫玉笛，娘子彈琵琶相和，念奴與永新同聲而歌。」

單純的配樂，讓念奴與永新的歌聲更圓潤嘹亮，讓李白的詞更加俊秀，讓李龜年的曲更加悠揚，飄拂過池水的樂音帶著水意的清亮柔淨，所有人都停住嘻鬧，在一場明媚春光的映照下，靜靜的聽傻了……。

李白呢？

那天李大學士歪倚在花下，醉得不醒人事。

安祿山最害怕的眼睛是宰相李林甫。

看不見，是你在李林甫眼中唯一的看見。

他總是謙和的對著你微笑，婉言微笑，冷詞也微笑；誇你的時候微笑，損你的時候也微笑。他最怕李林甫笑裡那份「我什麼都知道」的深。

李林甫的笑，曾讓安祿山在大冬天出了一身浹背的大汗。

自從到長安，安祿山很快就看出楊國忠的不學無術只會鑽營，便打從心底鄙夷並存心戲弄，後來，楊國忠開始在皇上面前進他的讒言，他更加以給楊國忠難堪為樂。那天兩人下了朝窄路相逢，當眾人面，安祿山老遠就高聲嚷嚷：「我的好國舅，多久沒見了，你還忙著訂價錢，忙著賣官鬻爵嗎？」

楊國忠紅著臉怒斥：「你在胡說些什麼！」

安祿山嘻皮笑臉的說：「要不是這樣，我也到不了今天呢，我的大恩人！」

他最愛，楊國忠的一臉陰青。

前兩天，楊國忠要設宴為安祿山餞行，遭安祿山託故拒絕，但李林甫的餞別宴，安祿山一點都不敢怠慢，誠惶誠恐的早早赴了宴，明明就要離開長安了，不知道為什麼，李林甫在席間舉杯那一幕，安祿山卻仍刻意想忘都忘不掉：

「恭喜你出鎮大藩。」李林甫一說好話安祿山就緊張，他趕忙回應：「全賴丞相照拂。」

「不過，擔當重任者，凡事須審慎小心，力求合、情、中、理，我雖在朝廷，各地藩鎮的利弊，我還是有能力知道的。」安祿山稱是。

「一干文武百官，我沒看錯眼，我相信你最足以當朝廷的屏障。」李林甫讓你不安之後必回過頭來安撫你。

呸！安祿山甩下頭，不愉快的畫面，很不堪的感受，他不會忘，他得討回損失。

幸好，自己並不蠢；安祿山忍不住得意；從前還懷有數分疑慮與觀望，然後，裝拙扮愚將自己包裝得還不錯，他開始在朝廷政治的矛盾結構中，聰明的獲著利，他很快就看出朝廷的多邊角力：

政治惡鬥。

高力士擁太子李亨，李林甫反太子擁壽王瑁，楊國忠在其間擺搖。

李林甫鏟除異己手段殘酷，楊國忠腐敗貪婪極其無品；李林甫高明的做壞事，楊國忠赤裸裸做壞事。

皇上固然是個能開創盛世的英主，但畢竟老了，疲倦了，如今，他只想要有可靠的人幫他擔負治天下的重責，他要追尋他這一生不足的，再遲一些就永遠不會再有的東西。

而這個老了，疲倦了的開創盛世的英主，最大的弱處是，在位四十年來，對外界的事物越發隔閡，越發相信自己不會有錯，他以為榮盛是永遠的。

「朕經常親閱庫藏，那真是財貨充盈」、「朕的百姓安好，天下太平」、「夜不閉戶、路不拾遺」、「行路人不必宿旅店，隨手到民宅敲門就能被留宿」……，安祿山別臉呸一塊骨渣落地，啐，看不見，就以為不存在？

張九齡告老還鄉，哥舒翰、皇甫惟明在外，封常清不務實，高仙芝不足恃，承平日久，朝廷其實未凸顯特別的人才，政治大權掌控在李林甫一人手中，他可以一手遮天，尤其在

「立仗馬」事件之後。

爵賞太濫、楊家勢盛、女寵專擅、宰相玩權，總有些不怕死的朝臣不時在上疏糾劾，這也不行，那也不可，漸漸的皇上顯得不耐且不悅，朝廷下旨「再有瀆奏者，定行重處」。

李林甫於是召集眾諫官，對他們曉以大義：「國君聖明，臣子就要懂得順服，諸君不見宮門外排列的那八匹南衙立仗馬嗎？每日都以三品官員的俸祿飼養著，毛色亮，神態好，但牠們只要一亂叫，馬上就會被拖走宰殺。」

從那一天起，朝廷不再有人彈劾糾舉，李林甫與楊家的恩寵更加深固不可動搖。

但是最近李林甫病了，楊國忠早已沉不住氣在躍躍欲試，他終會取代李林甫的。

楊國忠與李林甫有時同黨營私，有時則敵陣對立，沒一定的準則，他們只站在自己的利益上。

楊國忠厭惡安祿山越來越不遜，一心想將他趕出長安；李林甫忌憚邊鎮節度使都是有才略、有威望的能臣，在邊關立功，便可以回朝廷主政，意同於出將入相，所以處心積慮推行邊地用番將的政策，以杜絕邊臣入相之路，於是極力保舉安祿山回邊地，從此邊鎮節度使一概改用番人。

這一事，就是在楊國忠與李林甫的合力促成之下圓滿達成，安祿山仰頭飲盡一大碗酒，啪一聲大力覆碗於桌，忍不住心中狂喜奔騰——

平盧、范陽、河東三鎮節度使，賜爵東平郡王，即日走馬上任。

皇上聖旨一道，安祿山感覺自己是一頭打開柵籠的猛獸，已聞到叢林暗處活體的溫熱氣息，弓腰、飛馳、捷健如箭。

東北一帶要害之地，都由自己統轄，地闊沙平萬里雲，他一到任就要查點軍馬錢糧，要日夜演習武藝訓練兵馬，要囤積豐富的糧草，史思明、何千年、崔乾祐……，他一概要用番將。

然後，群臣賜宴，興慶池畔馬仙期吹羌笛、賀懷智擊方響、雷海青撥琵琶、張野狐吹觱栗、黃幡綽按拍板，他龍袍一襲，左擁嬌媚的楊貴妃，右抱風流的虢國夫人，讓李龜年在一旁譜新調，李白紗帽紫袍，金魚象笏，正在對自己稟報四海皆平……。安祿山猛一記敲桌，在心底吼哮：

「長安——，是我的！」

9 郭子儀

走進新豐樓門，郭子儀和一個出店門的人挨撞了一下。

好個奇特異相的人，高壯胼碩，肚皮垂到膝頭，醉了，步伐卻穩得像巨柱，郭子儀被撞的右肩隱隱麻痛，那人回頭瞪郭子儀一眼，眼小，眸光銳利如電。

選個角落坐下，一盤菜、一壺酒，滿樓喧嘩裡，郭子儀獨飲自己的失意。

武舉奪魁年餘了，他仍以「武狀元」之身在京城謁選待職，今天趕熱鬧來到曲江，無非悶得慌，想置身人潮忘卻憂煩。

自幼就思量要做個頂天立地的男子漢，幹一番定國安邦的事業，如今，一官半職未得，整日只在長安無所事事。有時夜半起身舞劍，看著月光下自己捷利敏健的影子，招招式式都寂涼，只覺空有一副銅筋鐵骨，天地偌大，不知等到何時才能為朝廷效力？

天下雖號稱承平，但外戚隆寵，帶起社會奢侈糜爛的風氣，貴族的享受都是民脂民膏，可憐百姓，朱門高大，有誰看得到餓死凍死在路邊的骸骨，而邊地也並不真正安寧，皇上卻似乎什麼都不想知道。

那天，聽李泌閒說宮廷，說到皇上想把國家一切政事交給宰相李林甫，高力士只是婉轉表示：「邊關地區好像還不太寧靜，請皇上您多加考慮。」結果皇上大為生氣，嚇得高力士立刻跪在地上磕頭謝罪。後來高力士對太子說：「從此以後，我再也不敢跟皇上談政事。」

望著窗樓下熙攘的人群，遠方綠楊畫樓處，楊家車馬揚起的煙塵，郭子儀不禁嘆了口氣。

幸好，李泌近來在長安，科考那年，意外在岐王府裡逢識了李泌，兩人一見如故惺惺相惜，李泌最常對他說的一句話是：

「雲從龍風從虎，賢弟，你會是股肱之臣。」

郭子儀苦笑了一下，為自己再斟滿一大杯浮白。

小二哥咚咚咚上樓來，朗聲問添酒否？郭子儀要了酒。小二哥說：

「客官，瞧你長得方面星目，高大魁梧，絕非等閒。你哪兒人？添酒是自飲，還是待客？」

「小二哥別說笑，我只是個高陽酒徒罷了。我是華州人氏，來到長安求取功名。」

「我的眼倒是認得幾個人的，你會成氣候的。只不過當今想派個一官半職，憑的不是真本事——」小二哥向窗外努了努嘴，「得雙腿勤快多跑跑集慶坊、宣陽坊。」

郭子儀笑了笑，隨意找個話問小二哥：「牆上這首詩好詭奇，有人能解嗎？是什麼樣的人題的？」

只見粉白的牆上數行黑字：

燕市人皆去

函關馬不歸

若逢山下鬼

環上繫羅衣

「這首藏讖詩自從去年題在牆上那天開始，至今尚無人能解。」小二哥答道。

「李遐周題。」郭子儀輕輕唸道。

「這李遐周是個術士，據說能知過去未來，那天，他題詩壁上，能解者賞十錢，大夥鬧了好一會兒都沒轍，後來，老秀才還請他卜吉凶道流年呢。」

「這術士倒是說了，三年後，你們再回來看此詩，人人能解。」

說話間，只聽得一陣喧嘩，幾名衛士率先開道，一官員及一書生上得樓來，白衫一襲，仙氣一股，是李泌！

李泌劈頭就說：「賢弟，我四處找你。朝報到來，你快領旨。」

官員拿出兵部一本，宣讀：「為除受官員事。奉聖旨，郭子儀授為橫塞軍使。欽此。」

等到官員衛士呼嘯離去，李泌立刻把酒敬郭子儀：「小小偏將，賢弟，大材小用了。」

「若非大哥相助，我永無報國機會。」郭子儀由衷道謝。

「是太子暗中幫的忙，他並且保舉你先到并州哥舒翰將軍麾下，你及早收拾行李上任去。」

郭子儀起身再拜：「雖則官卑職小，從此卻可報效朝廷，郭子儀敢不肝腦塗地赴湯蹈火？」

李泌躬身挽起郭子儀，微笑著說：「大鵬展翅扶搖九天，也得從低處起飛。賢弟，我說過的，你終究會是股肱大臣。」

青帘在春風中飛舞，斜陽透過窗軒，打照著白牆黃忽忽亮洞洞的，郭子儀與李泌大聲猜拳、灌酒酒興酣暢，誰也沒再去注意牆上那首藏讖詩，一筆一畫都在伸筋舒展，一個字一個字的都活了起來。

10 楊怡

一大早，韓國夫人就來到虢國夫人府。

「大事不好了，怡妹妹！」什麼都顧不得，韓國夫人一陣風似的直捲深閨內室。

虢國夫人正在梳妝，一回頭，流麗天然。

「玉環妹妹忤旨，前天被皇上攆出宮，現在住在楊釗那兒，她不吃不喝不准人進去，一個人悶在房裡，一家子人只會哭，全都不知如何是好，惶恐著會有什麼事發生。」

「怎麼？這也需要你這麼火燃似的著急找我嗎？」

「嘿，人說話要憑個良心，誰能不急？我是說我們整個楊家。你這下吃的住的用的享受的，你的權你的勢你的位你的尊你的榮，你所有的所有的今天，不靠玉環妹妹還靠誰？」

「不靠玉環妹妹，我雖當不成天子的小阿姨，卻仍是裴尚書家的寡居媳婦，一樣吃得飽穿得暖。」

「你別嘴硬，這事兒還是你惹起的，八妹妹氣得不想理你呢！」

「奇怪了，前幾天曲江修禊，大家不都好好的？怎麼才幾天沒見，天地就變了色，有人就想斷了姊妹情？」擱下菱花寶鏡，虢國夫人站起身子。

「正是曲江這件事。」韓國夫人追在身後繼續說：「我問你，那天望春宮裡你做了什麼好事？」

三月三那天，一行人歡歡喜喜在曲江望春宮謁見皇上和貴妃，皇上賜夜宴，所有人包括韓國、秦國夫人都在別殿另開宴，單單留虢國夫人在望春宮侍宴。秦國夫人撇一下嘴說：「沒想到並蒂蓮旁邊又多開了一朵。」

虢國夫人早經人事，皇上心中想什麼，她一直很明白，對這位天子老妹夫，在要與不要之間，她只是好玩；忽謔忽莊、忽遠忽近的玩，這樣反而始終不曾減去皇上偷腥試探的興頭。

望春宮那一晚，皇上擎酒相敬時的眼神意味分外深長，一有醉意，帶笑的眼睛避著玉環妹妹就黏膩她，眸裡的桃花一朵一朵閃爍，她愛玩，故意熱烈應和著皇上，她知道，玉環妹妹的粉臉繃得越來越緊。

皇上促狹的說：「三姨，長安人都說宣陽坊住有一位富貴閒人、逍遙教主，你打宣陽坊來，你知道那是誰嗎？」

虢國夫人回道：「逍遙教主我沒聽過，倒是知道四海承平，美人在抱，長安有個福壽無雙的逍遙天子。」

皇上忘情大笑，涎臉挨近虢國夫人，曖昧著說：「姨，你就是那長安城逍遙教主，阿瞞我可以進你的逍遙宮，當你逍遙教主的大護法麼？」

「夠了，三郎，您醉了！」楊貴妃粉面含威，雪白的頸脖都紅了，虢國笑著，搖杯，品酒。

皇上悻悻然。毫無預警，突然虢國夫人起身告辭，楊貴妃並不相留，皇上支吾的說：「別、別、別走，三姨，再坐會兒，陪我，娘子，留三姨，幫我留住三姨……。」

楊貴妃眼沒抬，一個字也沒出口。

「然後呢，我問你，皇上責怪玉環妹妹沒挽留你，兩人吵了一架，玉環妹妹當晚就備車馬單駕回宮，皇上自己在望春宮住了一晚，隔天才回駕興慶宮。」韓國夫人近身盯著虢國問：「我問你，那天夜晚，皇上可有重召你回望春宮陪侍？」

「你說呢？」虢國夫人轉身坐下，微笑吟吟。

「怡妹妹，你要說實話。」

「大姊，人家是天子，要誰陪就誰陪，想要的沒有得不到的，違旨要斬頭的，何況皇上對我一向聖意甚濃。」

「這麼說，你——」韓國夫人情急。倏地虢國夫人站起來，一一指著家中華美擺設對著韓國夫人說：

「白玉床、琉璃屏、水晶簾、瑤池石、照夜璣、七葉冠、博山爐爇著龍涎妙香，我穿綾羅絲綢，吃山珍海味，姊妹兄弟皆封爵，皇家賞賜無盡數，家裡僕從如雲，金銀珠寶如山，姊姊，我們都踩在世間繁華的極峰絕頂，你不會不懂吧？」

「你還記得韋嗣立吧，他是則天皇帝的刺史、中宗的兵部尚書、今朝的國子祭酒，他是個沒人敢動一根寒毛的三朝老臣，他的宅子是長安一等一的絕美好地，我，虢國夫人說、要、就、要，用郊外一塊十幾畝的空地去換，就叫他乖乖騰讓了出來。這居大不易的繁華長安，我就坐擁三座豪華宅邸，我一家哪住得了三座府邸？我親親親愛的姊姊啊，我只是要，想要就要。」虢國夫人話不能止：「集慶坊、宣陽坊冠蓋車馬絡繹於途為什麼？長安城求官的、想攀富貴門的、王侯間要嫁要娶的，誰不知道得要帶著厚禮、金錢先上楊家門，尤其是我神通廣大的虢國府？」

虢國夫人走近韓國夫人：「姊姊，別人怕的是要不到，我最怕的是，不知道什麼是要不到！」看著韓國夫人臉上湧起的迷霧，虢國夫人黯一下眼神，小聲說了一句：

「你不會懂的！」旋即再換上先前那別人拘不住的一身活氣：

「所以你說，我比貴妃玉環妹妹的生活如何？」

「長安人早就叫虢國府是皇城外的皇宮，是小皇宮。」韓國夫人說。

「那，我還需要進皇宮當那彆扭透頂的嬪妃嗎？」

「不一樣的——」韓國夫人道。

「哪不一樣？哦！我明白了，你是說男人不一樣。」

「不是嗎？人家可是真命天子。」韓國夫人認真回答。

虢國夫人噗嗤一聲笑道：「我要真男人，一點都不稀罕老男人。」

「我一生愛的是天然，連和皇上我都不拘泥，宮廷規儀森厲，會叫我窒息，玉環妹妹雖榮寵，還是得小心翼翼取悅一個男人，我不必，日子是我在過的，男人得聽我的。」韓國夫人不由得點點頭，猛然想起一事問：

「但是，曲江那天晚上，你再回望春宮了嗎？」

「皇上的確再召我回去侍宴，但我推託了。從曲江回來，皇上又再三召我，我還是一概推辭。」

韓國夫人掐指算了算，咂舌說：「哇！包含玉環妹妹被攆出宮這幾天？」

「姊姊，他是天之子，欲望可以不斷的被滿足。一個老而擁有極度權力的男人，最渴望吸取健康、青春、活氣來證明自己未曾老去，我們的老妹夫偏又極有品味，他懂得揀選女人，青嫩不熟透的不足以貼他的心，自己的姨子，多一些新鮮刺激，如此而已。」

「我明白了，怡妹妹，快，我們一起過府去看玉環妹妹，解鈴還須繫鈴人！」

兩人來到國舅府門口，一部皇家輕車等在門口，遠遠的看見楊國忠、楊銛送高力士出大門。

韓國夫人說：「不知道這是隻烏鴉還是喜鵲，是吉還是凶？」

虢國夫人說：「你看楊釗、楊銛的臉，是喜鵲。」

兩位夫人進得廳堂，楊國忠忙不迭轉述剛才高公公貴客臨門那一事——

高公公雖非奉旨前來，但坦言皇上這幾日長吁短嘆、寢坐難安，顯得煩躁易怒，他遂主動表示願到楊府一趟：「妃子有忤聖意，是女人家心器小，現在必然懊惱有悔心」，皇上原是默不作聲，在高公公臨退下之時，急急交待了一句：「多帶些珍玩寶貝奇物去宣賜楊府。」

貴妃娘娘淚眼盈盈的接見高公公，知悉皇上近況，說了句「他還想著我嗎？」淚水便墜個不停，旁邊那叫蝶朵的宮女稟告高公公：「娘子每日都站在御書樓前，往西北翹望，那兒看得見皇宮黃澄澄的琉璃瓦。」

高公公點點頭，妃子又哭了一回，當場眾人全都啜啜泣泣。高公公說：

「娘娘今後別太執意了。你可有什麼東西交給我帶回去，或許更能感動聖心。」

貴妃娘娘想了會兒，說道：「我這一縷青絲，曾與君王枕上並頭相偎，曾對著君王鏡裡撩雲，他從來都最讚嘆我髮絲的香潤——，蝶朵，拿鏡臺和金剪過來。」

「然後，玉環釵一撤，長髮如瀑，當著高公公的面，就剪鉸了一截烏絲。」

「她還請高公公務必轉告皇上『萬千髮絲，萬千情思，此生此世，不能再睹天顏，謹獻此髮，以表依戀』。」

楊國忠陳述得津津有味，韓國、虢國夫人相視一笑，起身步向閨房探視楊貴妃。姊妹相見，韓國夫人忙不迭解釋了曲江望春宮那場風月事。

「玉環妹妹，皇上是你一個人的。」虢國夫人拉起貴妃的手：「今天，高公公帶著你的情絲回宮，不出明日，你又可以枕上並頭相依偎了。」楊貴妃赧顏一笑。

「不過，玉環妹妹，你一人獨占三千寵，心胸氣量應該放大，別老以為人人都是那江采蘋。」

「沒事了，沒事了！」韓國夫人忙說道。

等不及明日，皇上命高力士以香車乘連夜召請貴妃回宮，楊貴妃素顏素服入見，跪地謝罪，無言，一逕垂淚，皇上一個箭步上前，屈身扶起：

「離別，好苦。」皇上在貴妃耳畔哽咽。

如何能將相思訴得盡？燄火跳動，紅燭銷香帳。至此，貴妃寵幸加甚，與皇上恩情更濃。

潮汐退去，嘩的一聲，湧得更澎湃狂野。

楊家人人額首稱慶相互道喜，五楊一起合辦慶喜謝恩宴。獨獨虢國夫人沒到場。

虢國夫人那日也顯得特別高興，但並不為五楊宴。她一早就出了府，西郊咸宜觀今春桃花開得光燦瀏豔，她專程要去賞花吃齋。

咸宜觀去年夏天來了個女道士，美而風雅，這女道士會設醮、會談玄、還會作詩賦、玩步打球，色與藝迅速名動長安，許多才子爭相慕名悅色。去年秋天那場紙鳶飛天賽，聽說她倚在黃葉鋪地的樹下，一面品果談笑，一面以腳趾套長線，扯動飛上天的垂尾紙鳶，那纖巧如白玉的足，讓參賽的好幾十隻紙鳶在天上糾結成一片。

虢國夫人一直想見這號人物，「這妮子」，虢國夫人笑著一字一字說：「我得會會她。」

11 何多嬌

夏天的背影剛走遠，秋天登場，宮中發生一樁大喜事。

有個叫寧兒的宮女被皇上賜婚給一個年輕將士，皇上主婚，將寧兒從宮裡風風光光的出嫁。

多嬌送去一對鴛鴦合彩繡花枕面，沒多話，只對寧兒說：「我們的東西比不上皇上的賞賜，但姊妹們加好幾個姑姑連夜接力完成的，誰叫你的事這麼突然。」

其實，她有一肚子話想對寧兒說，但人多不宜，回寢屋的中途，多嬌蹲在晾衣場邊，想著平日正與寧兒一同在陽光底下晾衣的情景，她揀了樹枝在地上畫啊畫，一會兒寫「幸福」，一會兒寫「寧兒」，抹去了又寫「晒衣」、「勇敢」，抹了寫，寫了抹，滿腹心思哪寫得完，於是她樹枝支地，托著頤，將極欲一吐為快的話，想個清楚，在心裡頭一股腦對寧兒說個盡——

終究你比我們中任一個都聰明，寧兒，你只用一個秋天，就換取了一生的幸福。

這陣子大家都在說你，說你一向的好性情，說你那股說不出的傻氣，說你吹一手絕頂好笛，但並不願進梨園只愛服事浣衣局，說你常一個人坐在階墀呆呆看一列列剛漂洗淨，披掛在竿上晾晒的絲綢被帳，風一來，那一疋疋杏黃的柔綠的雪白的銀紅的，濛濛的鼓脹飄飛，像一場輕舞著的柔軟的瑰麗的偌大的無邊的夢。

支頤，微仰頭，你，就坐在夢的旁邊，不，拉遠著看，你根本就身在夢的彩色柔波裡。

你老愛在秋天的午後，拎大包單衣棉絮坐在薄紫的陽光裡，一線一腳，細細縫衣塞絮。你過度的專注認真總惹得大家忍不住輕嘲你：「皇上不會因此寵幸你的」，她們揶揄：「這征衣又不比件數又不比女紅，你窮緊張個哪門兒的勁」……，她們沒惡意，你就總是笑，頂多回回她們：「邊塞寒凍，誰不需要保暖的棉袍，要不冷著了，連覺都會睡不好的。」

日影斜了，風透著沁骨的涼，這樣的時刻，你總會再多添線，再密密的多縫幾針，飽飽的再塞進更多的棉絮，你說身在深宮苑囿的自己，都不免感到秋意逼人的寒氣，隻身於萬山孤城的戰士，秋風漸緊苦寒朔的心情，又會是怎樣的悽清無告？

大家搖搖頭笑你痴傻，只頻頻呼喚你進屋去。

不知你是在哪一天偷偷塞進那首詩？

大夥都在胡想瞎猜，有人說，八成是你立在窗邊，就著窗櫺霜色半牆月光吹笛的那一天吧！那天黃昏，你特別安靜，夜裡，將笛聲吹得清亮綿悠，好幾個人聽呆了，說當時，心裡空空的，不知該想什麼該盼什麼，卻真的好想擁有什麼，甚至，也有人說，笛聲令人好想回家，想和個人，隨便是誰都成，一起喝碗暖暖甜甜的臘八粥。

那天下午，你照例在秋陽下縫棉袍，自言自語的說了一句：「不知道今天這件征衣又會穿在怎樣的人的身上」，屋裡突然爆出集體笑聲，你羞紅了臉，低下頭，針腳加快……

要是我，絕不會笑你痴傻，寧兒，我想，我懂你，真的。

那大一些的棉袍，想必派給哪個莊稼漢，長手長腳，上了戰場，直往前衝的猛士吧！這窄一點的棉袍，會是個斯文的儒兵嗎？城牆上望遠，總望向故鄉的方向，每一顆星星都是他眨眨眼不敢流下的眼淚；會不會有將士穿著自己親製的征衣，就真的感到特別溫暖？會不會有人戰死沙場，魂魄緲緲再也回不了家，遊魂飄盪身上唯一的取暖，就是自己親製的這件棉衣？

每件棉袍都是一個人，一個有故事的人。我懂你，我懂你會寫下一首詩，縫進一首詩的心意，我懂。

我也懂，沒有希望和失望。

宮裡的秋天，都是一件一件征衣綴連起來的。然後，春天到了。

當內宮給事奉旨急急追查六宮的時候，大家好一陣驚恐惶疑，「欺君罪」罪不輕，是誰膽敢在棉袍裡縫進一首詩？

我看見你站出來承認。

然後，皇上要召見你。

你走出宮苑的時候，大夥嚇傻了，聽說，你刻意繞了一下道，走過晾衣場苑，剛好那一汪色綢彩帛迎風飄逸，如浪。

皇上自從迎回楊娘娘後心情大好，那陣子正準備上驪山溫泉，聽說，他在大臣面前公開訴說你的事，還高聲朗誦你的詩，尤其再三沉吟「今生看已過，結取後生緣」這兩句，皇上說：「那得袍的，是一個規矩守紀忠厚勇敢的戰士」，隨即正色嗔問你：「你的意思是，你不願老死朕的後宮，當哀怨的白頭宮女？」聽說，你當時正不知如何是好，聽得皇上的這一問：「你妄想和那戰士結取後生緣？」便立刻跪地俯首稱「賜罪」，突然聽得皇上哈哈大笑揚聲說道：「不必等後生來世，我就讓你們結今生緣吧！」

你完婚，出宮。大家都說，宮裡桃花嫣紅，今年春天，開得特別潑飛燦亮。

雖然，宮裡因此正式頒下禁止袍中納物的禁令，但你讓皇上留下的一句話，至今依然流轉後宮口耳不休，你說，叩謝離去時，皇上對你說：「幸福只留給勇敢的人。」

那麼，我背人做了一件事，噓！我只告訴你一個人——多嬌在心裡對寧兒說——昨天下午，我拾起全宮苑最美的一枚楓葉，在棲霞的葉上題了一首詩，在心中誠心祝禱，然後，我將楓葉放入御溝，流出宮外。

我要尋找撈起楓葉的接流人。

我也要當個勇敢的人。

多嬌輕聲說，寧兒，我要幸福，如你。

在天願為比翼鳥，
在地願為連理枝，
天長地久有時盡，
此誓綿綿無絕期。

水之卷

時光真像一場魔法幻術

12 迴光照

安定。

但安定分兩種，表面的和實質的。表面的和實質的的差別在後來，很多安定的後來竟然飆暴災變，於是回首的時候，會感到那場安定，真像預知死亡的，返照的迴光。

這些年，長安有些事，但稱安定。

李翰林離開長安。因為〈清平調〉的一句「借問漢宮誰得似？可憐飛燕倚新粧」，高力士提醒楊貴妃，與趙飛燕並提是一種諷刺，趙飛燕敗婦德、亂宮闈。

李白逐漸嗅得到身邊一絲奇譎的冷空氣，心中明白，於是懇請歸隱山林，皇上惜愛李白，但也並不挽留李白，或許，離去才是保全李白最好的方法，皇上賞賜李白千金，並御賜親筆敕書一道，令所到之處，由官府支付酒錢，文武官員軍民人等皆不得怠慢。

李白一路向北方行遊，最想見燕趙豪氣男兒。有一日路經并州，無意中見一囚車囚著一名漢子，儀容偉岸，相貌非常，一經打聽，原來是隴右節度使哥舒翰的偏將，因手下失手燒掉糧草，罪及其主，依軍法當斬。李白上前試問那軍官軍機武略，只聽得那偏將對答如流，李白憐才，以御賜敕書向哥舒翰保舉了那軍官，又諄囑哥舒翰青目提拔，這軍官受重用果然軍功連捷，一路陞遷。這軍官是誰？華州人，名叫郭子儀。

號稱太平年，只是突厥、回紇、吐蕃、同羅部落、達奚部落、室韋部落……邊界各部落爭戰不休。

天寶十年，劍南節度使鮮于仲通進攻南詔王國，瀘水血戰，全軍覆沒。京師大徵兵，繼續討伐南詔王國，人民聽說雲南到處是瘴氣與瘟疫，沒有人肯應募投軍，楊國忠派監察官分別到各道大肆逮捕壯丁，戴上枷鎖，押解到募兵所，出征日，父母妻兒來到橋頭相送，挽袖牽衣嚎哭聲遍野。

安西節度使高仙芝率領中國遠征軍西征黑衣大食，大敗。

皇甫惟明將軍破吐蕃十萬軍，入京獻捷報，他密劾李林甫的貪權誤國，皇上卻未採信。李林甫知悉，懷恨在心，開始設下計謀，捏造假證據，誣陷皇甫惟明陰謀輔佐太子登基即位，皇上信以為真，顧及父子之情，不顯布太子的罪狀，但賜皇甫惟明自盡，親黨連坐。李林甫乘機牽籐摘瓜，大肆鏟除太子黨羽，搜捕皇甫家人。皇甫惟明的兒子皇甫政逃匿，下落不明。

將星新露，軍旅中，有一雲麾將軍李光弼光芒綻射，性格嚴毅沉穩有勇有謀。

在東北，安祿山雄據三大鎮，擁有驍勇番將三十一人，他並且從投降過來的同羅部落、奚部落、契丹部落中，挑選精銳的敵死兵團。天敞雲悠、地闊沙平，他日日馬蹄旋風，率領將士們弓開月滿、鎚落星寒的在圍場射獵以操兵練武，他的軍力，像養在塞外一隻桀怪的半獸鳥，羽翼漸豐，正俟機飆旋搏飛。

天寶十一年，冬，李林甫逝世，為相十九年；楊國忠繼任宰相，權傾朝廷，楊家聖寵恩隆如日中天。

天寶十二年，高仙芝擢升安西四鎮節度使，封常清繼任安西節度使。

天寶十二年，哥舒翰任隴右節度使兼河西節度使，郭子儀陞任靈武太守。

天寶十二年，接連水旱災，關中大饑。

天寶十二年，屢有人上書揭發安祿山謀反的跡象，皇上將上書者送交安祿山處理，從此，無人敢再反映。

天寶十三年，任命安祿山兼任全國代理牧馬總監，安祿山挑選可訓練成戰馬的上等牧馬數千匹，集中飼養。

天寶十三年，六月，月蝕，只剩描金勾邊一彎新月。

13 覺有情

菩薩，梵語，菩提薩埵的省文。

菩提，覺；薩埵，有情眾生。

菩薩，以智上求佛法，以悲下化有情眾生。

蝶朵終於知道，原來自小跟著母親誦念的「菩薩」，是這層意思。

宮裡最溫柔嫻靜、最得皇上喜愛的平嘉公主，在駙馬去世之後就到紫雲寺剃髮出家，平嘉公主偶而回宮的日子，會專為貴妃娘娘講說《心經》，蝶朵總是側耳專注的聆聽。

雪衣女聰明絕頂，學會說許多話，比一些老實的小宮女還要靈巧知應對，牠平日會用原音呼喊：「三郎，娘子永結同心」，但是皇上入宮的時候，牠會用娘娘的調門撒嬌的學舌：「三郎，萬安」，有時娘娘在午寐，牠又會學高公公的聲調捉弄：「皇上駕到——」，叫娘娘啼笑皆非。

「牠太聰明了，讓牠有點事兒做」，娘娘笑說，於是雪衣女背了好些詩歌曲譜，最近貴妃讓蝶朵開始教雪衣女讀《心經》：

色不異空，空不異色，色即是空，空即是色
受想行識，亦復如是
舍利子！是諸法空相，不生不滅，不垢不淨，不增不減
是故空中無色，無受想行識；無眼耳鼻舌身意，無色聲香味觸法
無眼界，乃至無意識界；無無明，亦無無明盡
乃至無老死，亦無老死盡；無苦集滅道，無智亦無得

蝶朵教著教著自己憮然許久，「色不異空，空不異色，色即是空，空即是色」究竟是什麼？「不異」和「即」有差別嗎？「諸法空相」又是什麼……，雖然，平嘉公主說了許多，蝶朵有的聽懂，有的不懂，更多的是似懂非懂，淺裡懂，深一想，就不懂，單一句懂，幾句連在一起，就不懂。

平嘉公主說：「《心經》僅二百餘字，卻可以含攝全部佛法。是因為世人多執迷於有，所以用『空』來對症下藥，反過來，看世間一味追逐『有』的愚痴。」

「對『有』與『空』有了最透徹的了悟，就是讀通了《心經》的精髓。我倒有自己的見解，我認為，不要妄說『空』，它太過抽象，空了如何說因果；可是也別怕說『有』，『有』雖非盡善，但懂用自己的『有』去修善果，也非常好。」

平嘉公主繼續說著：「只是，在不執著於有、也不執著於無之間，更重要的是逐漸去了悟『緣起性空』的道理。」

「緣起為何會是空？緣滅才是空，不是嗎？」貴妃娘娘問。

「空了才知空，怎來得及？當每一份緣起的當下，你就知道空，知道發生即包含了結束，你才會真正珍重每一份因緣，坦然承擔每一樁悲苦。因為成、住、壞、空是所有因緣永恆的本性。娘娘，我來問你，世間最讓你眷戀痴愛的是什麼？」

貴妃認真的回答：「我與你父王的恩情。」

「你從未想過恩情不再？」

「不可能。」

「我要你回想，從與我父王相遇那一日，到含元殿冊封貴妃大典，到專愛獨寵，到你楊家一門皆富貴，這一路，就是成與住的歷程。這是萬事萬物的一定法則，從開始逐步到高峰，然後，然後……。」

「然後，下一步就是壞與空？」貴妃困惑的問。

平嘉公主含笑點頭：「是的，頂點的兩邊都是下坡。」

貴妃娘娘沉聲低吟：「壞與空，那會是怎樣？那究竟會是怎樣？」

「我說你今日最滿意的富貴權勢，都是幻影，你接受嗎？不能，對不對？你一人造就全族，那些繁華隆盛全都是實實在在的，我如何說，你也不會相信眼前榮景會壞與成空，但這些榮華叫做色相，以緣起性空來檢驗，你今日這些擁有，無異寒冬冷寂天地，偶有的一點溫暖，很快就會消失，天地終究仍是一片冷寂，所以，那偶而的曾有的溫暖，不就是短暫的有如一場虛幻的夢？」

「那究竟是如何？我楊家會如何？我如何能從實在看到虛幻？」貴妃娘娘真的想求解。

平嘉公主說：「你要相信，眼前一切會有變化，都會消失，或者，已經在變化中了，一切都會和現在不同，所以，不能只任眼前如此，也不能只貪戀自己的享受而已，以今日楊家權勢蓋天而言，可以先從節制與慈悲開始，娘娘，請以兩事時時為念：蒼天與蒼生。」

貴妃顯得不解，悵悵然說：「節制與慈悲？蒼天與蒼生？難道是我只安於後宮生活，知道的事太少嗎？」

平嘉公主低頭，抬頭一笑：「娘娘，你再多體會。」

「還記得我的駙馬嗎？」平嘉公主轉換話題，微笑說道：

「你曾當面稱讚我們是宮中無人可比的金童玉女，只三年，他病逝，我出家，回頭看我和他的一場恩愛，不就是最容易成空的幻影，我曾以為那會是我的一輩子。」

貴妃說：「你父王幫你物色當朝最好的人才當你的新駙馬，你都不要，公主三嫁四嫁的大有人在，不都也快活美滿，就你一人，竟然出家去了。」

「歡帳若夢，越美好越虛幻，萬事皆如此，人生也無不如此，娘娘，我這樣說你比較能懂嗎？」

看進貴妃的眼底，平嘉公主一笑：

「世人都如此，幸福的時候，很難懂失去，有的時候，很難懂空。」

那天，平嘉公主告辭後，娘子佇立窗邊良久，窗外不遠靠宮牆的那棵樹，落下枝頭最後一莢。

那是一棵蓂莢樹，每月初一開始，一天長一莢，十五日止，十六日起一天落一莢，晦日全部落盡。

14 廟中廟

莫前升任神武禁衛軍小隊長，深受左龍武將軍陳玄禮的提攜器重，陳玄禮屢屢催說要為莫前提親，蝶朵一直閃躲這個問題，「不提婚事才願意見面」，蝶朵堅決的說。

二年多前，莫前對蝶朵轉述皇甫將軍的遭遇，「至少阿政還活著」，驚愕欷歔之餘，蝶朵用這句話安慰十分沮喪的莫前與自己，而他們很久沒見到尋雲了。

這一天，他們原本相約遊逛長安熱鬧的市集，臨時莫前改了地點，他們去到郊外幽靜少人煙的普安寺。

一路上莫前出奇的沉默。蝶朵偷偷瞄他，圓臉一削瘦，鼻子凸挺，連眉眼都帶得歷歷分明了起來，這禁衛軍小隊長，蝶朵心裡偷偷笑，是真的很英挺俊拔喲。娘從前說莫前和爹有個相似處，「他們的笑，不笑在臉肉上，是從心底笑出來的笑。這樣的男人，是好男人」。但長大後的莫前，笑容，越來越少。

今天的莫前有點神祕，和方丈問訊喝茶後，看一下時辰，突然提議，要帶蝶朵到院裡四處走走，走到後廂房西牆邊，他轉身，對蝶朵說：「你等在這兒，我讓你見一個人」，不等蝶朵回答，旋即大步走進廂房。

廂房走出一位軍爺，站在暗黑廂門口，背著光，周身鑲著薄光，蝶朵正想說：「莫前，你幹嘛！」

軍爺背後又走出一個軍爺，這才是莫前。

前頭那高大身影走出光暈，朝她筆直走來，蝶朵張大口，不可置信，良久才脫口低呼：「阿政！」

蝶朵和阿政又哭又笑，搶著說些零零亂亂的話，終於安靜下來，淚眼審視著對方，莫前在一旁頻抹眼。

阿政逃亡途中，一直有人暗中幫助與指點，最後一路被安全接引到長安，安排密見了太子的好友李泌，才知道一切全是李泌的相助，李泌要他改名換姓，將他編入羽林禁衛隊，開始了名叫李開的新生命。

那一日禁衛營校閱，莫前陪隨陳玄禮將軍當校閱官，那上前來迎接的羽林禮賓侍衛神氣軒昂，與莫前四目一交接，兩人從定睛、深視到疑惑、確定、震驚、訝喜，眼神瞬息萬變，都不動聲色，但彼此眼中盡是訴不盡的言語：

兄弟，是你嗎？是我。真的是你？沒想到！你是變了，但化了灰我也認得，我也是。你好吧，呆會兒得個空找我，兄弟，真的是你！……

陳玄禮將軍以欣賞的眼光回頭問這行禮如儀的羽林禮賓侍衛：「你，叫什麼名字？」

「李開！」皇甫政帶笑意對莫前使了個眼色。

他們語不盡，不再只是單純的年少，讓他們成長的這些年，的確有著好多好多的故事。

蝶朵說，她只信奉自己的娘子，她滿足眼前的生活，一點都不想改變，只是，以前走過埋葬宮女的宮人斜沒有特別感覺，但最近走過，她發現自己腳步遲遲，說不出具體原因，心情說不出的悽惻，有一次黃昏回宮，蒼茫暮色裡，她彷彿看見好多宮女在大丘上開心的揮袖跳舞，有些她認識，有些她不認得，人群舞動嘻鬧，近近遠遠、真真幻幻，裡頭有自己。

阿政說，從皇甫政到李開，一層一層，眼看到的都不如藏起來的多，或者，每個人內心都註定會有別人無法進得去的小角落。他最喜歡夜半在城牆上當值，一整個皇城都睡去，沒有人注意自己，他登高望遠，恍恍想像天際是一座座石堡，四野盡是月光下發亮的無垠黃沙，沙上有長長柔柔的流紋。

莫前沒後悔到長安，長安讓他知道天有多高，他說，左神武羽林衛將，就是他放在心中一座莊嚴的廟，他天天都在虔敬膜拜，深信自己有一天終必能封將，但是，他也有「別人無法進得去的小角落」，在這座莊嚴的廟裡，還有一座更重要的，小小的廟中廟。他說著，看了蝶朵一眼。

那麼，蝶朵說，所謂「長大」會不會就是，每個人都在心中，開始築起一座廟中廟？

除了自己的際遇，他們的話語還包括朝廷與政治：太子李亨與李林甫的政治消長、李亨與皇上父子之間收放的微妙、楊國忠的濫權、安祿山的莫測、邊關的戰事，當然，也包括梅妃尋雲上陽宮。

阿政的眉宇多了憂色，唇上腮頷些微的鬍髭增添他數分熟氣，和莫前站在一塊，真像兩尊魁梧的門神。在尋雲這個話題上，他的眼神深了深，低下頭，再抬起頭，說：

「皇甫政死了，這世上還有一個李開！」

15 妃子笑

長安城南六十里，金城東鄉與渭水西鄉交界，村舍田野。

每月初一、十五、三十，鄰近幾個村莊依約在鄉間最大的這條黃泥道上合聚一簇小市集。湯水麵食糜粥烙餅涼水、刀匠鐵匠磨刀匠、修凳修椅補鍋、算命批字、蔬果野菜、雞鴨禽鳥、胭脂花粉、衣鞋襪帽……，貨色和城裡的市集一點都不能相比，但總是一大早攤桌、板車、扁擔陸續就位，大人忙吆喝張羅，小孩和狗四處呼喳玩鬧，路旁田間禾稼儘管青青的綠著，村民三三兩兩的來了，偶有牛車馬車經過，人們閃個身避一避，或出個手拉回個玩瘋了的小孩，等塵土一落，大家又紛紛冒出來，黃泥路上又是一片生民的活氣。

今天，小市集來了一對陌生老夫婦，老妻是個盲婦，老翁攙著她一路走來，兩人正蹲在路邊桑樹下歇息。

「果子，你拿些桑椹果去給他們止止渴。」張果吩咐一旁長得快和他一般高的兒子。

一會兒，果子又被胖爹叫了去，回頭拿了兩張熱餅送去給老夫婦，隨即賣涼水的又叫：「果子，來一下」，賣兔肉的也叫。

老夫婦忙不迭起身彎腰道謝，吃完了後，巍巍顫顫依傍著走到眾人面前一一再謝。熱鍋前，五月天，胖爹油著臉，揮揮手中的長杓：

「甭謝了，出門在外，誰都需要出力，還吃得下麼？我這兒旁的沒有，飽肚子沒問題。」

這對老夫妻從家鄉褒縣走來，褒縣去年鬧蝗災，唯一的兒子今春又被路過的軍隊強拉走了，他們一路行乞，要走到長安去投靠過得去的親戚。

「年頭越來越不好，這市集也少了不少攤，從前家家有餘糧，不必客棧，隨處有人會留宿你們，這幾年，自顧都吃力了，沒幾個人還能這樣做。」胖爹說。

「這樣吧，我們一人出個幾文錢，湊和著讓他們往長安去。」張果說，大家紛紛撩起小布袋，打開竹筒，抽出油紙盒子，老夫婦一時語塞，呆在原地，完全不知如何是好？

突然，那真是猝不及防的瞬間，你來不及的感覺，近身欺在眼前的驚愕。

漫天黃沙狂捲，鐵蹄像落下的錘，馬鞭影亂，一隊軍爺各騎一匹高大褐馬，以失控的速度飆、旋、馳、掣、碰、撞、飛、甩、踢、踏，人們呼、喊、哭、叫，所過處盡皆粉碎。

人來不及閃，手來不及伸。

啊——！

攤倒筐飛，滿地狼藉，好些人跌在地，胖爹的熱鍋圮倒湯灑了他的腰肚，他正唉喲唉喲坐在地上呼疼，幾個人摔破了頭，幾個人拐扭了腳，幾個人渾身黃撲撲的掙扎起身，小孩嚇得呼天喊地大哭，狗吠個不停，張果叫果子快回村子裡找郎中。

盲眼老婦從黃泥地上翻身，爬行向前，一隻手不停在泥地摸索，口中不停呼喊：「老伴，老伴啊！你在哪兒？」

黃泥地噴濺一地碎忽忽的白渣滓，老婦人摸索摸索，一碰，猛然縮手，再伸手將豆腐腦似的東西與黃泥和成一團：「這是什麼？老伴，這是什麼，你在哪兒？」

她終於摸到自己熟悉了一輩子的手、腕、臂、身、溼漉漉的頭，然後發現自己的膝蓋也泡在溫熱腥臊黏稠的水裡。

「老伴，你怎麼淨躺在這？起來囉，起來，咱們趕路上長安。」老婦人不停搖晃躺在地上的身體。

張果走近，蹲身對老婦人說：「老嬷嬷，老先生被馬踏死了，踏出腦漿來了。」

「沒的事，我老伴不會死，我的天啊！來人救命啊！」

老婦人撒腿跌坐道中，號啕痛哭了起來。

那算命批字的拾起掉落泥地的一截黑枝綠葉說：「又是跑馬送荔枝，楊娘娘愛荔枝，每年五月，要趕在她六月一日生辰日前，搶著進貢鮮荔枝給楊娘娘，為了求鮮，這一路上不知要踏壞多少人，跑死多少馬，找誰賠錢償命去！只不知今天這隊人馬送的是涪州荔枝，還是海南荔枝？」

旁邊圍上的人說：「不叫荔枝叫『妃子笑』了。去年倒在村子口的是海南的差爺，馬倒人死，跑死的。」

另一人說：「最後六十里路，兩隊人馬搏得最凶，不要命的跑，發了瘋的爭道。」

張果說：「村裡張老爹家的老二本來在渭城驛當差，每年都要應付涪州、海南進貢的使臣在驛站換馬，連年來驛馬都被這些進京的軍爺騎死了，這幾年驛裡又沒錢養馬，沒馬可換驛官都得挨打受罰，所以張家老二怕得逃亡去了，他之前之後的也逃了好幾個，渭城驛蕭蕭條條的，只剩一個老驛官，今年一匹馬也沒啦！」

不遠處，果子帶來郎中及地保，氣急敗壞的跑來對張果說：

「爹，不好了，菜園都被踐踏壞了，該收成的菜全都毀了，娘哭個不停，軍爺們硬抄直路，附近的田禾、菜園無一倖免。」

「官糧催得緊，稅收一年年加重，這會要了大家的命。」張果臉一暗，旋即回頭對地保說：「那老夫婦行乞路經咱們這兒，沒想到遭此橫禍，客死異鄉怪可憐的，地保您就作個主，讓大夥出錢備一薄棺，我找幾個人抬崗上去葬了，那老嬷嬷嘛——，我這也沒個主意。」

地保說：「先埋死的吧！唉，連個公道也沒得討。」

老婦人聽說如此，哭著說：「該死的應該是我，我是個瞎眼無用的人，一直在拖累他，偏偏死了他——，多謝你們這些老大爺，讓他活的時候居無定所，死了倒有安頓啊。」說完，忙將頭拚命往地上磕。

眾人抬著棺木上荒山，老婦人扶住棺木一路跟，不到黃昏就來到亂葬崗上，張果對老婦人說：「嬤嬤，你坐一邊去，我們挖土坑。」

老婦人說：「帶我石塊上坐吧。」

果子攙扶老婦人往一邊去，老婦人說：「小爺，幫我找大些的石頭坐，穩當些。」

眾人齊力，只一炷香時間，棺木就下了坑，地保對老婦人喊了聲：「要過來說說話嗎，老嬤嬤？」

眾人回頭看，樹底下沒見老婦人身影，再仔細一瞧，石塊邊躺了個人，果子奔過去，聲音傳徹山崗：「爹，快來！她撞石塊，斷氣了！」

一群人全奔了過去，那不知名密茂暗黑的樹上，忽喇地一聲無數黑點朝天噴濺，眾鳥驚飛，夕照殘紅。

大夥蹲圍在老婦人屍體邊，地保徐徐吐出：「妃子笑，百姓哭。」

圓月，團團的黃大。

旖旎風光，隨肌理滲透到生命的每一毛細孔，呼吸升息，淪肌浹骨。

16 遊仙夢

封妃大典後，驪山溫泉宮擴建改名華清宮，華清宮側，逐年增加豪宅的建造，竟修起了類似長安城中的十王宅、百孫院，會昌縣內一時府邸相連，笙歌不輟，繁華不盡。

等不及十月過冬，今年夏天皇上和楊妃就抵達驪山。

楊娘娘的體質苦夏，整日裡宮女交扇鼓風，她仍揮汗不已，加上又有肺渴之疾，夏日裡，常含一玉魚兒在舌上涼津潤肺。

輕綃帳，風微動，窗外老樹涼涼蔭綠，一個炎炎夏末的午後，娘娘午寐乍醒，急急下榻，不梳妝，不穿鞋，急令永新、念奴立刻到荷亭擺設文房四寶與素箋，她只要蝶朵專司執扇，並且吩咐，除了皇上，不准任何人入宮打擾，她要新製曲譜。

荷氣滿窗紗，亭內幽幽涼靜，楊娘娘忽兒挪動筆管，忽而低頭沉吟，忽而掐數指尖，忽兒足板輕點，有時蹙眉有時拊掌輕呼，認真專注得好美麗。

「譜已製完！」滿額是汗，頰色粉紅，娘娘開心的擱下筆。皇上適巧進宮，看見几案上筆硯交加，又看見赤腳、蓬鬆髮、雙眼發亮的貴妃，一下子就用愛憐取代初起的驚訝：

「娘子你——，咳，玩得像個天真的小孩。」

永新忙說：「娘娘在製作新曲，等不及一睡醒就急著要動筆。」

「這當然，靈感一動，稍縱即逝，只有愛聲懂樂人才會如此執著。美人韻事，全被你一人占盡了。娘子製了怎樣的好曲，待寡人細讀。」

貴妃攏攏鬢，含笑向前，親自奉上新譜，皇上手擊掌、腳按拍，怡悅的看著譜哼唱起來，貴妃跟著輕聲和，然後，皇上的臉容起而讚嘆、繼而驚訝，越來越見嚴肅，至曲終，良久沒回神，慢慢別過頭來凝睇貴妃，說了一句：

「妃子，此曲應是天上曲，妙音全不似在人間。」

貴妃認真的點頭，掩不住興奮，雙眼熒熒閃亮：「三郎，這只是初稿，我得快憑記憶先記下，給我一段時日，待我再琢磨得更完整。是的，您果然知音懂律，這曲子的確只應天上有。」

「怎麼說？」

貴妃整衫斂容，娓娓訴說了她親歷的一場遊仙夢——

夢裡，貴妃晚妝初罷來在御花園，一陣白茫茫大霧掩來，掩沒去綠樹亭樓，正不知該往前或往回走，突然聽到背後有人呼喚「玉妃」，貴妃本能的回頭，看見眼前一位潔淨娉婷的女子：

「你是宮女嗎？我沒見過你。」

「我不是宮女。」

「那你是哪個宮裡的美人？」

「也不是美人。」

「那你究竟是何人？」

「我是月宮的侍者寒簧。」那女子一欠身。

「原來是月宮仙子，但你不在月宮，為什麼下凡而來？你剛才在叫玉妃，玉妃是誰？」

寒簧輕輕笑了起來：「啊，我忘了，仙界蓬萊玉妃，人間楊氏貴妃——，這些，您將來自會明白。我是為了完成一項使命特地來的。」

「使命是——。」

「嫦娥仙子特別派遣我來請楊娘娘到月宮聽樂消暑，上了月宮，您自會承擔起這份使命。」

「有這等事？」

「娘娘不必遲疑，儘管隨我來。」

「如何上月宮？」寒簧拉起貴妃的手，「娘娘，放輕鬆，挽住我的手，隨我來。」

貴妃挽著寒簧只覺腳一空，身一輕，耳畔忽忽風吹，飄空的陌生感令人緊閉雙眼，偷偷一張眼，只見雲霧拂眼繚身，漫天徹地白茫茫，「呀！」貴妃暈眩了一下驚呼，手挽得更緊。

寒簧笑說：「我原想這是最快的方式，倒忽略娘娘您是金枝玉葉，禁不得凌虛御空。這樣好了，我變化個階梯，讓您一步步登高，不叫您畏懼害怕。」

只見寒簧口中持咒，雙袖揮動如舞，不一會兒，身旁雲霧全都密集攢聚，折疊成白色玉階，雲還在階裡滾，霧還在階裡飄，天與地之間，是一階又一階的雲霧階梯。寒簧說：「娘娘，別怕，請跨階。」

多麼驚奇的旅程啊！

貴妃攬起香裙，伸出珠履，一步一探驚訝上天梯，只一會兒，她走過雲階霧梯，只見黑為底，天地一片澈亮淡金，最遠處高掛一輪金燦燦黃澄澄的大月亮。

貴妃低頭看寰宇，呀，那墨黑一條地龍是迤邐的驪山，那蒼蒼泛著流動亮點的是黃河吧，更遠那一抹暗黑會不會是長安？那近在腳底的一片參差是會昌縣，皇城就在那兒，華清宮裡皇上正在好眠，他不知道我有這樣一場奇異的經歷呢？回去後我一定要對他說，他會呵呵笑著聽我說……。

低頭看自己腳下踏的，不再是雲霧階，已成透明的天階，不，不全然透明，貴妃看清楚，想明白了，原來穿越雲層後，這一段是整個清天朗地折疊起來形成的階梯，山一階階，水一階階，縣郡一階階，皇城一階階，無盡虛空一階階，繁星一階階，黑、蒼、銀、灰、藍全都一階階，貴妃回頭對寒簧說：

「寒簧，你是何等本事做到的？我這經歷如何才能對人全說得盡，我的際遇好神奇！」

「娘娘，您且盡賞這美麗天地。」寒簧微笑陪伴，溫柔牽挽。

天階直上，接近月宮，「寒簧，那燦爛輝煌像鏡中倒影的美麗宮殿，就是月宮嗎？」貴妃問，直凝視著月中宮闕。「是的，娘娘，您還認得嗎？」寒簧含笑回答。

一陣沁涼清寒，「時值夏日，為何會如此寒冷？」貴妃問。

「娘娘，月宮是太陰月府，也就是人間稱的廣寒宮。」

步上最後一階，寒簧返身揮袖收拾階梯，貴妃仰頭望向高大的金色宮殿，輕呼一聲：

「今夕遊月府，我何其有幸啊！」

「楊娘娘，請隨我四處走走。」

空氣浮漫著醉人的幽香，貴妃好奇的睃眼打量，明明第一次到這瑤宮月殿，不知為什麼，這碧瓦桐軒，樓臺亭閣，一景一物都似曾見過。

「那是玉兔，牠跪地在搗藥。」寒簧微笑點頭：「是的，牠搗的是長生不死藥。」

「人服用了，也可以長生而不死嗎？」

寒簧說：「天上人間是不相同的，楊娘娘，不過，三生三世，累生累世，不必長生不死藥，人，本來就永生不死呀！」當作是仙言仙語，貴妃沒懂，也沒再追問。

「那樹下不停砍樹的必是吳剛了，一個健壯男子，一斧又一斧，樹幹裂開旋即又癒合，咳，他日日懷抱著的，會是希望，抑或是絕望？」

寒簧說：「他在修道，不會有任何心情，眼前事務，當下承擔，樹隨砍隨合就是罰他從前修仙道的不專一，現在只能日日專心砍樹來補過，樹倒道乃成。」

貴妃忍不住低聲沉吟：「有果乃有因，循環不已，半點不含混，曾經犯下的錯，必定得用更大的代價去補償啊！」貴妃再問：

「那棵大樹是桂樹囉，這兒的桂花開得早，夏天未過就開花。」

「這是月中丹桂，四季常青茂，花與葉都芳香無比。」

貴妃停佇在桂樹下，彎身拾掇地上落花，藏在袖裡。忽然聽得一陣樂曲從桂花濃蔭深處傳來，貴妃側耳傾聽。

寒簧牽起貴妃的手，繞到大樹的另一邊。

素衣、紅裳、錦緞雲紋披肩、瓔珞項圈、玉佩叮噹，一群仙女在桂樹下奏樂，聲如美玉相擊，十分悅人心耳，浮著香氣的風兒吹來，仙女飄帶搖曳。

貴妃心中驚嘆：「妙哉！此樂，清越婉轉，感我心魂，真非人間所有！」

鳳鞋輕點，指尖掐記，宮、商、角、徵、羽，貴妃專心一志的將樂譜鐫刻在腦海：

「啊！實在是天音美樂。」

寒簧說：「這曲子是〈霓裳羽衣曲〉，久藏月宮，未傳人世，雖是仙曲，卻未盡完美。嫦娥仙子知道下界唐天子與妃子您都知音好樂，今日特讓我領您前來完成此任務，將天上仙音，帶回去修潤，留作人間佳話。」

貴妃對寒簧說：「請問仙子，我可以見到月宮主人嫦娥嗎？」

寒簧意味深長的說：

「您終必能見到月宮主人，只是時候未到，其實，不只成此任務，嫦娥仙子也請楊娘娘不要輕忘今日月宮所見。」寒簧抬起頭，覷看更漏，再說：「時候已到了，我得請娘娘回宮去了。」

話甫畢，忽地一下雲霧繚亂，天上人間，貴妃從夢中醒來——

「醒來追憶，音節宛然，我拉不住自己，一心急著譜仙曲。」拂拂衣袖，滿室清香，貴妃從袖中拈出桂花，「你們看，我從月宮帶回來的桂花還在袖底！」

一干人嘖嘖稱奇，直說不可思議，皇上聽得入神，興味無限的說：

「好個天授的〈霓裳羽衣曲〉，不過，妃子，虧得你冰雪聰明，才能留此仙音在人間。數後宮；不，數天下女子，一顆靈心，誰堪與你相比？」皇上挽貴妃並肩坐下，溫柔的問：「莫非朕的娘子前世真是月宮仙女，只不知你若是月宮仙女，那朕會是誰？」

貴妃說：「您在人間，我必破戒下凡塵；您若在天界，我必定飛上青天去尋覓。」皇上含頷點頭。

「但這曲子是我草草創成的，其中瑕疵，還望陛下更定。」貴妃說。

「好，朕與妃子一同細細點勘一番。〈霓裳羽衣曲〉曲成，當宣付梨園，朕恐怕俗手伶工配不上此曲，朕要永新、念奴親手先抄譜，妃子你親自教授，然後傳李龜年，讓他細心教習梨園子弟，日日練習。」

「來，永新、念奴，你們可以開始了。」

一直到晚風吹，新月掛，皇上與貴妃都沒離開荷亭，蝶朵手中搖的扇沒停過，滿亭子荷與桂的花氣，她幸福滿滿的睇看著眼前，一抬眼，看見池上鴛鴦交頸睡去，園裡，並蒂花盛開。

17 霓裳舞

七月七，乞巧日。

如在長安一般，驪山宮裡、王府都高搭綵樓，妃嬪宮女於入夜後，便設香案於月下，几上除胭脂、鉛粉、釵鈿與鮮花，還有個盆水裡浮著蠟製嬰兒的金盆，那是婦女祈求生子的「化生金盆」，几下有香帕、水盂、衫裙，她們燃香祈拜，乞巧於牛郎織女二星，但願自己手靈巧善作女紅，未出嫁的女兒家並偷偷求許能得好姻緣。祈拜完畢，妃嬪宮女們以九孔針五色線對著彎月穿針，穿過的，稱為「得巧」，一有人得巧，立即奏樂慶賀歡飲。宮女還將蜘蛛放在小盒中，天明後查看誰的蛛網織得稀，誰的蛛網織得密，密的是得巧多，稀的則得巧少。

歡歡喜喜女兒節，華清宮裡夜開宴。

貴妃夜祝禱：「但願釵鈿情緣長久訂。」

晚宴時，梨園子弟上陣，〈霓裳羽衣曲〉奏起。

寧王白玉簫，李龜年觱栗，賀懷智琵琶，雷海青鐵撥，馬仙期方響，黃幡綽羯鼓。先散序再中序，一時珠玉散迸，樂音空靈清豔，是一種入得心裡頭的悠揚綿長。涼風習習，月光清亮，境地別是一番幽清靜和。突然貴妃起身先告退。

皇上有些愕然，但很快就懂了，此曲第一疊散序，有樂無拍，第二疊中序，開始有拍，第三疊稱曲破，又名「飾奏」，這部分繁音急節，一聲一字，都將舞態含藏。霓裳羽衣，一派仙曲，宜靜宜動，宜入境也宜舞蹈。

〈霓裳羽衣曲〉再起。

「曲盡歌舞之蘊」，皇上眼發亮，低聲讚嘆。

舞者一列飄遊而出，素縑白衣、霓虹彩裳，肩後羽毛為飾，舞動間飄飄欲飛仙，然後，鄭觀音、謝阿蠻、花奴各自獨舞再合舞，手中五彩霓旌、孔雀雲扇裊娜舞成一片彤飛霞散，令人目不暇給的驚與美。

霓旌四繞，天香繽紛，就在撩亂的極致，忽然掩息撤去，然後，一朵紅雲冉冉飛降，一輪圓月海上初升。

貴妃。

獨身娉婷走上舞池中的翡翠盤，像一朵迎風的紅荷，急舞盤旋，如疾風如迴雪；慢舞流連，如夏日黃昏遲遲不去的光，如燈下細蹝徘徊的影，如依依難捨的告別。

昡蝶。弱柳。輕雲。散花。飛蕪。矯龍。驚鴻。天仙。小小翡翠盤，天地乾坤大。

皇上起身，走到黃幡綽身邊，換手親自擊羯鼓，一拍拍一眼眼，與舞蹈天衣無縫，不知是舞迎合鼓點，還是鼓點顧全舞蹈，自始至終，皇上的眼神專注黏滯住殿中那美麗的身影。

正視，側睇，仰瞻，或回眸，貴妃的眼，六合來八荒去，彎彎都只勾住皇上的眼。

滿座如痴如狂。

羯鼓一聲，曲終，舞畢，歡悅跑得太遠，人們的神一霎時找不到路回轉。

靜，空氣飽凝著。

皇上返座，一手高擎夜光杯，當著眾人大喝一聲：「今生，此刻——，酒、盡、同、歡！」

嘩！殿宇掀蓋了。滿殿笑鬧喧嘩，飛觴走羽，生命無前無後的樂之極，歡之頂。

千歌萬舞不可數，就中最愛〈霓裳舞〉。

「蝶朵，快斟酒，待朕與妃子把杯。」

貴妃嬌喘，含笑微微：「報答浩盪君恩，七夕晚宴，親自為陛下編舞獻舞，〈霓裳羽衣曲〉精妙至極，宜曲宜舞。」

皇上親自扶貴妃入座，賞賜貼身的金絲繡錦囊，近身覷眼直端詳：「你是仙，你也不似人間有。」

有時，拖延，是因為在意，不動手，是因為要完美。

梅妃有獨步的〈驚鴻舞〉，楊娘娘遂一心也想要擁有自己的舞蹈，一種獨一無二的舞。這許多年，貴妃一直等不到適意的曲子，一直等到〈霓裳羽衣曲〉；尤其是以與皇上共同譜定的曲子編舞，夫唱婦隨，意義上更勝梅妃；而〈驚鴻舞〉是獨舞，貴妃要曜曜眾星共同烘托一輪明月。

於是，瞞著皇上，一邊教曲，她一邊也親自編舞、設計，一次次修改舞步，一次次填補細節，樂工舞伎無數次祕密演練。

什麼是空？

平嘉公主的話，貴妃真的不能全懂，她只知道歡愛要摸得著、看得見，不僅是朝朝與暮暮而已，她還要有釵鈿、樂曲與舞蹈，精神與物質的每一分分寸寸都清楚印記著李三郎與楊玉環，這就是她要的今生，她滿滿的擁有。但是，平嘉公主的話，她又好像有點懂，那麼，在滿滿之後，還能有怎樣的擁有？

18 七夕盟

長生殿。

七夕夜半，歌息、舞止、殿空，連月亮也沉沉枕在雲後。

永新、念奴、蝶朵都退下，這一刻，他們只要彼此。

相依偎，具體感覺得到對方的鼻息、氣味、體溫與存在的實感。

「你在想什麼呢？妃子。」

「只惜人間畢竟不真正知道天上的事。」

「你是指——？」

「是啊，想問問天上的他們，相思究竟何滋味，是否成病，或者成災？」

「怎麼會有這樣的心思？」

「天上的牛郎織女，此刻也像我們這樣相偎依吧！」

「他們怎能與我們相比，他們一年只一見。」

「牛郎織女雖一年一見，但地久天長。」

「我們的地，會比他們的不久；天，會比他們的不長嗎？」

「不知道如何解釋，近來，總會有些忡忡的惶恐。」

「你是富貴極盛之人，難道，你有富貴之外的擔憂？」

貴妃側身將頭深深埋進皇上胸膛，緊緊抱住皇上說：「人生最難尋覓知音，我竟然能得三郎的相契與相知，因為有您，人生如此可戀，不知道為什麼，我開始會害怕失去，我不知道富貴到達峰頂，再上去該是什麼？」

「峰頂之上是天，妃子，你在杞人憂天，沒一事可煩憂，就去擔心天快塌了，鈿盒永完，地久天長，你忘了嗎？你橫豎有朕，朕是誰？朕是天、之、子。」皇上輕拍貴妃的背，繼續又說：「這樣好了，朕改日作首曲子還你的〈霓裳羽衣舞〉，曲名我已經取好了，〈君莫愁〉，可以嗎？」

貴妃笑了，往皇上懷裡鑽得更深。

「我們應該向牛郎織女雙星這樣說，你們的恩愛我們最懂，兩情若長久，不在乎朝朝暮暮，請珍重今夕，相信永遠。」貴妃在皇上懷裡點點頭，抬起頭說：

「陛下，我受恩深重，今夜有些話……」

「唉，還當朕是皇帝嗎？此時此刻朕只是你的李三郎。」皇上正色的說：

「政治充滿肅殺與鬥爭，宮廷時時有爭奪與殺戮，朕鞏固皇權，平邊靖虜，勵精圖治，威盛我泱泱李唐，這一生，朕都在冷硬尖銳的現實算計中度過，很多事搶的是機鋒，常是一步的距離而已，一步即成，一步即敗，有時不是一步，是一毫釐，是一念，你說，朕這天子做得可夠好？」

貴妃認真的點點頭：「雄才大略自是您天縱的才能，我看見的是，陛下，您是個愛百姓眾生的好皇帝。」

「但是，斬兒子，防手足，殺大臣，興戰爭，一個皇帝，有時得涉著鮮血，被層層堆疊的白骨托高。」皇上眼裡有些悽然惘然。

「你來在我宮中，讓朕第一次感受生活溫柔，人間可戀。」

「可是，後宮佳麗無數，人人爭著……。」貴妃說。

「是啊，一個一個數不盡的，朕記不清面孔的女人，有幾人能與我一起作曲、彈琴、說此、論彼、解語又談心？有時為宮裡的事煩憂，朕常去在勤政樓上看長安百姓，看那夫妻相扶持的，鬥氣不理睬的，親親熱熱的，吵架逐打的，你相信嗎？大唐天子在一個不知名的時空，曾經羨慕過一對對市井草民。」

貴妃好奇著這從未聽過的話題。

「殺三子那一陣子——，你也許不知道，唉！朕怕看，真怕看百姓一家家，兒子帶著父親……。朕與手足皆親愛友悌，與慶宮旁邊，諸王的宅第相連，時相往來遊戲宴酬，但朕絕不准他們過問時政，不准他們結交朝官，這不也正是另一種收服與監管？十王宅、百孫院都蓋在就近，連太子都不按慣例住東宮，必須隨朕住別院，妃子，朕太了解宮廷政爭，骨肉相殘，有時一軟弱，朕會感覺自己不如小民。」

貴妃斂容肅然，今晚的皇上果真只是她的李三郎。

「大臣何能例外？忠臣、能臣、佞臣，誰能真正幫朕定奪大事就是好臣，識人之明多麼困難啊！皇帝是，不能愧，不能悔，只能往前走的人。高位的孤寒，天子的宿命。」皇上苦笑。

「在位四十三年，完成多少功業，朕是人人眼中高高在上的太平天子，但朕會累，會乏，會老，朕開始會想讓長期封固在體內，一個別人從未看過的李隆基出現。」

「那是個怎樣的李隆基？」貴妃問。

「風流爽颯、恣肆自由、知律賞音、能文能武，一顆心活潑潑的，天天都有新奇的事兒去發現、去品玩，能鍾愛一個人，也被那人相等愛著，一起過著無憂而又雅致的生活。」

「這樣的李隆基好生可愛。」貴妃低聲說。

「是很可愛。」皇上低聲說。

「可是，除去處理國事的那個您，三郎，您在我心目中就是那可愛的李隆基啊！」

「時光靜靜流去，朕老了，真想當自己，真想。」皇上低頭執起貴妃的手：

「娘子，是你讓朕今生得以圓滿。」

貴妃深情望向皇上：「三郎，您真誠如此，妾身自當直言無隱瞞。我但願恩情長長久久，至死無怨無憾，只是，色衰愛弛的事是深宮本事，長門一曲無情嘆，我——。」

「你繼續說，慢慢詳細的說。」皇上愛寵無限。

「我害怕也會有那麼一天。」

「世上的事可以分能相比與不能相比兩種，青春美麗是前一種，相知相悅是後一種。」

「朕喜歡在妃子你面前的那個自己。這一點，無人可以取代你。」

貴妃好想哭，哽咽著說：「從前梅妃的事，還有三姊的事，我都無理取鬧——。」

「朕知道，情深妒也真，這一生，從沒有一個女子肯為朕如此潑野，真令朕銘感在心，倍感寵幸。」貴妃破涕為笑說：「我也懂了。」

萬籟俱寂，涼意更濃，天空也在悄悄變化，喜鵲一隻告訴一隻陸續在就位，貴妃抬起頭說：

「陛下，您看那銀河，這麼明晰，像鋪在夜空的一條綢白綾練。」

「雙星要相逢了。來，妃子——」皇上拉著貴妃的手走出長生殿來到庭中，雙雙揖拜，對天盟誓：

「雙星在上，朕李隆基與楊玉環，情重恩深，願生生世世為夫妻，永不相離，在天願為比翼鳥，在地願為連理枝，天長地久有時盡，此誓綿綿無絕期。」

「深感陛下情重，今夕之盟，妾生死守之。」貴妃再拜一揖。

「從此莫再言失去。」夜色將闌，皇上挽著貴妃回殿。

天上，牛郎織女正在鵲橋相會，他們會心的望了一眼，沒想到，今天無意中聽到人間一對有情人的盟誓。

「他二人是誰？」織女問。

「當今唐朝天子李隆基和他的妃子楊玉環。」

「他們強似我們，因為他們可以朝朝暮暮在一起。」

牛郎一笑：「人間哪能和天上比，我們的一年一度是永恆不變的，他們的朝朝暮暮是短暫會結束的。」

織女點點頭：「一歲一迢遞，唉，是啊，寧可是我們。」

不一會兒，天上飄下稀稀疏疏的七夕雨，初秋涼夜裡，迷美濛幻如絲語，如不盡的細訴。

19 李暮

一天、兩天、三天。

第四天了，每天從日偏西到河斜月落，他都穿幽徑來到驪山禁苑的西宮牆，偷偷學新曲。

那裊裊飄出仙樂的樓閣叫朝元閣，緊鄰在西宮牆邊，李暮每每聽著聽著就整個人嵌入那紅城牆，然後透牆而出，進得宮中，尋聲而往，直上那高掛紅宮燈的乾元閣，閣裡一列列樂工，琵琶、箏、簫、羯鼓、觱栗、方響一個個專心入神，誰也沒抬眼，於是他自然入列就座，從套子取出自己的鐵笛，偃宮按羽的，融入其中，渾然一體。

入夜，只見五彩雲中，一幢宮闕的樓影，映照在玲瓏月色下，李暮總覺得朝元閣真像那可望不可及的月宮仙境，他沒妄想登天，他只渴望天天來在這宮牆邊御溝旁，學到自己心目中一世難求的曲子。

是專為偷學曲子而來，但李暮常也能從流出宮外的西御河溝拾得金釵珠鈿回去讓叔叔家的女眷開心，昨天，他意外拾起一只紙摺的小船，船裡放著一捲素箋，繫著的紅絲綬打了個好看的同心結，李暮打開紙箋，飄著淡淡檀香的紙箋上字跡娟娟：

「一入深宮裏，無由得見春；題詩箋頁上，寄與接流人。」

李暮莞爾一笑，月宮裡，想當然會有一位思凡的仙子吧，他隨手將素箋收入懷中，默記箋尾飛著三個字：何、多、嬌。然後將同心結紅絲綴繫在自己的笛套上。

今天李暮耳朵緊貼宮牆，聽到朝元閣裡傳來的聲音：「今日該演的是拍序，學新段落之前，大家先將散序從頭演習一遍。」

絃索齊鳴，李暮取出鐵笛，混融其間倚聲和之，他一直感覺這樂曲一入耳就能令他恍然心領、恍然心領，陶陶不知在人間，卻又按拍無一不精準，一試不忘。

除卻〈霓裳〉不足聽。他一遍遍讚嘆。

自己迢迢尋來，全不負苦心，那一日聽得閣中說此曲叫〈霓裳羽衣曲〉，回家途中，他一直喃喃唸著，深恐一個大意會將它失了去。

他太寶愛這曲子了，度羽換宮沒半米差池，每一音節都完美好似前生既定，又屢屢打破人間音曲戒律似的，全是新揣度、新嘗試。

恍然心領、恍然心領，心與音共廝摩……。

「是誰好大的膽子？敢來在宮牆外偷偷摸摸。」

一聲嬌斥，驚破李暮的膽。

李暮回頭見到一位梳著倭墜髻銀白肩帔的苗條女子，俏伶伶站在月下，今夜，月光如畫。

「莫怪乎剛才朝元閣上賀老說，老覺得似乎遠遠還有個聲音在一起演著，合拍是合拍，也沒一點差錯，只是遠了些，原來真有個人在這兒鬼鬼祟祟。」那女子杏眼圓溜溜的。

「我，我，沒有……，我聽曲，沒做什麼，沒、沒……。」

那女子上前一步，李暮往後一步，背抵著宮牆。

年輕靈妙女子，臉上一片凜然，也掩不住眉宇的清秀豁明。

「要不是今天輪到我送譜子到寧王那兒，還逮不到你。羽林軍就在隔牆，我叫一聲他們就到，你好大膽子，這裡是驪山皇城。」

「月光姊姊，你饒我這回，我、我、我只是——」李暮急了。

噗嗤一聲，那女子笑了：「你叫我什麼？」旋即正色道：「月光姊姊，嗯，不難聽，好，看在你是一個文弱書生，就姑且讓你說清楚了，你為什麼在這兒？你有何居心？」

「我名叫李暮，江南人，一生只愛這鐵笛，這些年來到長安京城精進學藝，也小小有一番進展，近日來到會昌縣探望我叔叔，我叔叔住在驪山邊，每在黃昏，我總飄渺聽到極悅耳的音聲，沿聲尋覓，才發現是皇宮裡的梨園子弟在學習新曲，這真是我千載難逢的際遇，於是，我日日來此偷學。」

「你不知這是犯禁嗎？偷曲也就罷了，皇城禁地沒事靠近不得，此事可大亦可小。」

「怎樣才叫做執著？不成痴，怎稱愛？月光姊姊，我想任何一個愛樂成痴的人都會像我一樣這樣做，無論如何也不願錯過生命中最有價值的那件事。」

那女子點點頭，沉默了一會兒。

「今天的事我不說，以後你自己得小心，這曲子的確不凡，是貴妃娘娘夢中上月宮聽來的，醒來記下，和皇上二人修訂再三才成，你畢竟知音——，我懂，不成痴，怎稱愛，是啊！」女子再說：

「你小心別掉進御溝裡，站過來點，我不會吃了你。」李謩走過來，向女子一欠身：

「月光姊姊，你是宮裡的人？」

「要不然呢？」

「貴妃上月宮，對我們升斗小民而言，皇宮就是月宮呢！」

「月宮太冷清。」

「是嗎？我總想皇宮裡有極至的華麗，至於怎樣叫極至的華麗，我，根本說不上來。」

李謩近距離微笑看著女子，惶恐消卻，升起說不出的異樣奇妙的感覺：

「月光姊姊，多謝你的不追究，讓我護送你去寧王別館。」

「得了，我們三天兩頭被差遣著送譜去給寧王，熟門熟路，是我自己不讓羽林侍衛護送的，皇城一向安全，而且，我喜愛一個人走走。」

李謩邊收拾笛子入套邊說：「是啊，這驪山真的好美。」

突然女子驚呼一聲：「笛套那紅絲綬你從哪偷拿到的。」

李謩說：「我沒偷，御河溝天天有寶貝東西流出來，大家都等在驪山腳下搶，說也奇怪，昨天，這御河溝裡流出一艘小紙船，待流到山腳不早就打翻打溼了，還好我從宮牆邊就撿到了，船裡有捲素箋，這同心紅繩結是用來綁那素箋的，那素箋上還寫有一首詩——。」

月光下，女子一動也不動，聽李謩將話說完。

「那信箋好香，我拿回家夾在琴譜裡，敢情是個月宮仙子寫的吧，一入深宮裏，無由得見春；題詩箋頁上，寄與接流人。喔！那寫詩的人有個好聽的名字。」

李謩溫柔清晰的讀著：「何、多、嬌。」

女子返身就走，李謩在背後追上：「月光姊姊，讓我送你。」

四天、五天、六天，中序成。月光姊姊又送譜，李謩等在西宮牆外。「我告訴你，月光姊姊，那散拍，磬、簫、箏、笛，清靈飄逸，是讓仙女一個個出來，但不舞的，中序從抒情溫柔慢慢轉快，才是仙女們在跳舞。」七天、八天、九天、十天，飾奏成，李謩邊走邊興奮的說：「月光姊姊，這一段全是舞蹈伴奏，有一段急舞，好像專門留給仙女裡最美最會跳舞的那一位，慢聲、纏聲、衰聲，太妙了，這曲子高雅又豐富。」月光姊姊安靜微笑的傾聽，說聲：「好聽，你說得，很好聽。」

月光姊姊問李謩：「你怎麼能一聽就跟得上？」

李謩說：「我不是一聽，我根本穿了牆，上得樓，坐在他們一列，一起看譜。」

「你就愛胡說。」月光姊姊笑彎的眼，像小月牙。

十一天、十二天、十三天。〈霓裳羽衣曲〉習成。李謩等在西宮牆邊，專為月光姊姊。月光姊姊沒出現。

專程去守候了幾次，都只有，一地流洩的月光。

李謩告訴自己：「人家在月宮，我憑什麼？」

但李謩忍不住要吹奏〈霓裳羽衣曲〉，還在林邊月下，深夜的橋頭，無人的時分，孤獨的時候。

直到，有人夜聞笛，那人從橋的另一頭走來，手中拿著竹笛，周身貴氣逼人，卻又玉樹臨風望之忘俗。

「你怎麼能吹奏得比我好」，那人溫和，一無妒意，「我不信，來，我們一起。」

雙笛聲在清夜蹁躚共舞，穿水度林，分外亮潤諧和，漸漸，笛聲響遏行雲之外，還穿透地之心，虛空為之更遠更闊更無盡，曲罷，漫天星閃，餘音久久不能消散。

李謩讚：「好笛！」那人回說：「彼此。」

那人問：「為什麼你會知道〈霓裳羽衣曲〉，這是宮廷大樂。」李謩不敢隱瞞。

「那麼，敢問閣下你又是誰？」李謩反問。

那人揚起手，笛子在月光下閃耀一身瑩潔紫氣，李謩忘情呼喊：

「寧王紫雲笛！」天下玩樂的都知道，紫雲笛是雙生，皇上留一枝，另一枝賜給皇弟寧王。

隔日，以天子之命，召李謩入宮覲見，編入教坊第一部。從此李謩可以盡得內府新聲。驪山探親，怎麼就像李謩命運翻開的新扉頁，然後，李謩真的直上那高掛紅宮燈的乾元閣，閣裡一列列樂工，誰也沒空抬眼，他自然入列就座。

凡人就此上月宮，李謩次次入睡前，都得這樣告訴自己，他真怕醒來後發覺原是夢，然後，他輕撫摩挲著笛套上的同心紅絲綬，才能確定這一切不是夢，也才能一夕安心睡去；他真的曾經有過一個月光姊姊。

七夕前一天，聞說貴妃親自要來彩排舞蹈，朝元閣一早忙布置張羅，舞伎們往來走動，宮女們處處打點照應，李謩和樂工都就位，聽到念奴對一隊舞伎大聲說：「羽衣簡直不成個樣，每個人妝好了、穿好了、打點好了，都得讓多嬌再檢查一遍，看你們貼的花鈿多隨便，仙女要飄逸，不宜花稍，聽、到、了、沒？多嬌說可以才可以，聽懂了嗎？我再說一遍，多嬌說可以才可以！」

李驀搶著想問念奴「是何多嬌嗎？」沒想到一位舞伎膽怯怯先問了：「多嬌在哪裡？」

念奴用眼逡巡一遍，對著人群後的邊角，正忙著為舞者整衫拉裳的身影大喊一聲：「何多嬌！」

那人回頭——李驀的月光姊姊！

20 李尋雲

與梅妃一起手植的白梅樹，今年長得比人高，全樹盛放梅花。去年冬天第一場雪落，梅妃就要尋雲細細將花瓣上的積雪收集到窄口青臉甕裡，然後深埋在梅花樹下，說是越久越甘洌，他日試試拿它來煎茶。

煎茶比沖茶繁複，通常由尋雲親手炙乾、碾碎、籮好，成為細茶末，然後煎水，水沸到一定火候時加入茶末，用紫竹攪動，還可以加入一點鹽調味，最後分注茶盞飲用。平日梅妃總用九龍蟠竹盞盛茶，她曾對尋雲說：「一盞破孤悶，三盞發輕汗，五盞肌骨清，六盞通神靈。」

存好水，他日煎好茶，梅妃娘娘還在等待嗎？五年多了，皇上不曾來過。

洛陽雖不比長安，但長安若是朵牡丹，洛陽仍會是朵芍藥花。

平民與皇室分開，宮城、皇城、外郭城俱全，全城一百零三坊，像長安城一般縱橫如棋盤，洛河從城中穿流而過，舟船聚集，商賈貿易車馬填塞市中。

皇家禁苑建在洛陽城西，設有小朝廷，百官、政事規模雖小而仍設。

上陽宮裡庭墀寂寂，但梅妃從不簡省生活的細節，宮娥數人，內侍二、三人，但後宮的節日、賞賜、酬酢，她全都如禮如儀，瘦伶伶，寡言詞，但她始終妝容純淨，幽靜怡人，她平日種花、蒔草、作詩、讀書、練字、撫琴、品茗，獨自倚窗的時候，會有一場很悠長的冥坐；很久了，沒再聽過她嘆氣，沒再見到她流淚，尋雲從梅妃身上學得真多，包含寂寞也可以很雅緻。

尋雲漸漸明白，聰明度越高的女子，倔強越牢固，不只梅妃，還有自己。

而梅妃是一本耐讀的書，也像一面無塵的鏡子。

尋雲果斷又機靈，和蝶朵、莫前、阿政自幼一起，他們早就習慣處處聽尋雲的安排與使喚，且被安排使喚得心服口服，「聽尋雲的不會錯」是他們解決問題的唯一方法，而尋雲的確沒讓他們失望過，皇甫將軍曾說過：「從小讀書的，見識畢竟不同，你們三個且看尋雲。」連三人來到長安這事，也都是她做的主，長安是她為命運一搏的機會，尋雲說，她不甘心終身為奴。

到宮裡，蝶朵尚食，尋雲司衣；蝶朵楊妃，尋雲梅妃，但世事，終也有聰明才智到不了的地方。

好長一段時日，尋雲心中一股鬱結纏繞，為什麼？她一度蒙頭原地直打轉，找不出一個合理的交待，為什麼偏偏自己屬梅妃？尋雲一遍遍問自己，蝶朵自幼沒自己聰明，模樣沒自己美麗，為什麼？莫前理所當然喜歡的應該是自己，不是嗎？

人生是這樣的吧！給你一個小順遂，就會有個小陷阱，梅妃新寵時候，尋雲原以為會締起自己生命的高峰；她和蝶朵莫前三人長安出遊的時候，她原以為莫前當然會屬於自己。無人不誇讚尋雲周到俐落的行事，嬝娜美麗的殊色，但尋雲開始一次次察覺，莫前離她越來越遠，靠蝶朵越來越近。

新娘是尋雲，新郎是莫前，從小，莫前就是尋雲的理所當然，這次，沒人問尋雲的安排，第一次，尋雲對三人之間的事徹底束手無策。

她該做什麼？怎麼做？尋雲發現，蝶朵對自己全然信賴的眼神，一次次重力摧毀她企圖機轉的心。

然後，她近身親見梅妃的際遇。

江南第一才女江采蘋，入宮為妃更臻至人間繁華的雲端，然後，失去；一點都無法使力的失去。但梅妃伸手拂拭跌落泥地一身尷尬難堪的姿勢，如此莊嚴深靜，因為，輸，就是輸。

比之梅妃，自己何其平凡渺小，自己的失去，更顯得微不足道。尋雲從這一點，開始慢慢尋思自己。

遠方之外會不會還有遠方，蒼天之上會不會還有蒼天？人力用盡之外，會不會還有更具決定性的不可抗拒的力量？

夕照寒鴉噪，寂寂宮花落，洛陽上陽宮於是安住著兩縷受傷的潔淨高尚的靈魂。

長安不遠，可也不近，莫前、蝶朵託人捎訊息、邀相見的心意幾年來始終不死，但尋雲選擇暫不相見，形式上的斷絕，才可能帶來實質上的不同，尋雲知道，自己在轉彎，她需要蓄積一股強大的扭轉力，那力道必須純粹無雜質。

那白梅花盛開的冬天未完全過完，莫前、蝶朵的快信又託來洛陽的宮人送來，在信裡，一個陌生的名字不斷被提起，那名字明明尋雲並不認識，但蝶朵提起，莫前提起，一再強調是老友，他們三人未徵得尋雲同意，已決定於立夏日來到洛陽白馬寺，那個令尋雲極訥悶的名字叫——李開。

去吧！尋雲微微一笑，西陽門外白馬寺。

其實，平日梅妃與尋雲最愛去的是若草寺。

那次到白馬寺途中，偶然發現羊腸一般落花的小山徑蜿蜒極深，梅妃決定走進去，小徑幽深，鳥鳴婉轉，一大片竹林之後，有灰黑簷瓦掩映，是一座簡單爽淨的小寺廟，寺裡一住持，一徒弟。

若草寺住持近百歲了，白眉彎垂到耳頰，徒弟恭敬樸實。寺裡一棵百年大槐樹，幾畦菜園，和後山一大片野生的果樹，後山山坳，住著幾十戶自給自足的人家叫康村，常拿些禾黍米麥來買賣。梅妃一見心喜，說此寺小而淨，可養性，可坐忘，來時，梅妃總和住持槐樹下石桌飲著茶、下著棋、說著法，內侍、老宮女摘菜、整圃，小宮女坐在大樹根倚著樹打盹。

白馬寺則是洛陽第一名剎，建築宏偉，有僧眾千餘人，香火最是鼎盛。東漢明帝曾派高僧取經，高僧們在西域的大月氏國遇到了來自天竺的僧人攝摩騰和竺法蘭，獲得佛經與佛像，於是相偕同行，以白馬馱經，來到洛陽。「白馬寺」就是當時為了給兩位高僧一個居住和譯經的地方而建造的。

白馬寺對尋雲並不陌生，尋雲不只一次來此，但心情卻全不似平日。

穿越祇園佛堂，瞻仰禮敬會放光芒的櫃中經書，再繞過浮圖寶塔，尋雲走向相約的寶塔前石榴樹下。

「白馬甜榴，一實直牛」，一棵白馬寺石榴的價值，抵得過一頭牛，白馬寺的石榴與葡萄並稱「雙果」，東都、西都人人慕名，每當雙果成熟季節，必由專人貢奉入宮，皇上嬪妃食用之餘，也分賜給宮人及羽林、神武禁衛，蝶朵、莫前選擇白馬寺相見，是因為白馬寺的名氣？或是石榴的名氣？

不遠處綠葉濃蔭之中，燃起一片火紅，未到石榴結實時分，火紅花一朵朵，瓣緣層層若裙襬，燦若煙霞，絢爛之極，然後，尋雲看見三個人從燃燒的石榴花下走來。

石榴花紅一直燃燒進尋雲的眼底。

莫前。蝶朵。阿政。

啊，時光，時光。

尋雲心鼓鼕鼕直敲：

那高大黝黑，神氣俊朗的是莫前。你是我無緣的新郎，但你的堅定澄澈得好生可敬。

蝶朵梳上翹雙髻，眉眼秋水一樣清澈，那平日是一，認真或困惑起來就成八字的眉毛和小時候一模一樣。好個小蝶朵，你善良純厚得連當情敵都不夠格。

那麼，那大闊步，劍眉星目，輕鬚微髭的年輕男子——，尋雲再深一深眼，啊——，是阿政！

三人逐漸走近，劃破時光的河——

他們清晨的離別、他們的石堡城、他們的皇甫營、他們的草原、他們的奔逐、他們的笑聲——

「我不要他們走！不要——！」、「尋雲——」昔日那道撕裂清晨高爽天空的呼喊，剎時在尋雲耳中高亢響起，「我有錯過生命中的什麼嗎？」尋雲問自己，眼裡開始湮漫一層一層的淚霧。

什麼是輸？如果根本沒有所謂的贏；什麼是贏？如果根本沒有所謂的輸？

梅妃還能埋下一甕冰清玉潔的他日，尋雲問自己，多久了，自己沒有一點盼望和期待，將自己堵死在面壁的古井底，拒尋出路，也不肯抬頭看天光，尋雲淚如雨下，在滿樹花紅的燦亮裡，等候迎面三個人影的走近。

她生命中無可迴避的至愛，她確定的永不會失去的擁有。

走近，凝睇深深，他們與尋雲，與這一路的風煙，與李開的身世。

啊，時光，時光。

尋雲為皇甫家唏噓無限，石堡城、皇甫營已然是記憶裡的永遠，空間上的廢墟，他們四人這一場花樹下的相逢，註定是童年的截斷與告別，悠悠時光經年的無可回頭，那麼，人生，還會有怎樣的彎轉與不同？只這風涼的榴花樹下，竟至如此靜好可戀。

「尋雲，你知道嗎？陳玄禮將軍喜歡李開，他親口向我說過，再等一陣子，就調李開到龍武軍，先到左軍，得個缺就調到右軍，和我一起留在陳將軍身邊。」莫前說著。

「是啊！這是人人都渴望的好差事，可是，李開不肯。」蝶朵搶了話。

尋雲看向李開，在李開不看自己的時候。

李開已全不似年幼時的莽撞急躁，他沉穩、幹練、英氣十足，真適合戴上羽林軍拖了長羽的盔帽，然後，莫前的話就一字一字響起：

「他卻自動請調洛陽衛軍，洛陽不比長安，金吾衛不比羽林軍，大家都知道，一樣的職等，東都也不如西都，李開才幹高，絕不應該在洛陽，但是他不聽我的，尋雲，你聽他的理由──。」

「他說，尋雲在洛陽，我就在洛陽。」

李開轉過頭來，尋雲迅速將眼光從李開身上移開，躲不及，差點被李開的眼神灼傷。

從見面的那一刻，尋雲就不斷眩惑於李開眼裡的熱切，她沒做好準備，不知該拒，或該迎。

「尋雲，李開說，你在洛陽，他就在洛陽，像從小，他什麼事都護著我們。」蝶朵說。

「我下旬就上任，尋雲，洛陽有我。」李開低沉的說。

莫前、蝶朵微笑看看尋雲，再看看李開，誰也不知道該要做什麼，說什麼。

尋雲低垂的頭抬起來，這三個人，自小就習慣聽自己的不是嗎？尋雲笑了，好久不曾的開懷，石堡城、皇甫營從地表消失，李尋雲仍在，她拉起蝶朵的手，覆在莫前的手背上，再牽起李開的手，一起覆上蝶朵的手，然後說：

「你們來一趟洛陽豈那麼容易？我們四個人相聚也不是方便的事，從今，長安有莫前，洛陽有李開，剛剛好，一邊一個，誰都安心。」尋雲看看三人，微笑著說：

「我們經歷過這樣多的事，從此相約，必定相依相守，我們要過得更好，為彼此，更加珍重自己，這樣可好？」

挨得近，手相疊，多像在皇甫營的日子，四個人都在笑，一直笑，一陣風來，花裙顫顫揚揚，莫前說：「石榴，石榴，『時』光就此停『留』！」

十天後，李開任職洛陽禁衛隊。

李開守護洛陽，守護尋雲，他們抽空就相見，尋雲每每愛帶李開去若草寺，他們灑掃、耕種、修葺簷瓦，李開從不翦除竹林邊長的密又高的茅茨，他告訴住持：

「這樣可以掩護若草寺，康村的人自然知道這裡的，可路過的人，從竹林那頭一眼很難發現這兒有寺廟，您老落個清靜不受打攪，吃齋唸佛好修行。」

每當深夜巡城，一整個洛陽城都沉睡，他會習慣望向皇城上陽宮的方向，洛陽城清夜的蒼穹，所有的星星都聽見過一個執戈守衛的年輕金吾衛，仰空許下這樣的諾言：

「等我，尋雲，我必娶你為妻。」

敵軍像螻蟻，黑壓壓一片攻城，
爬梯，撥落，又生，再生，
像不要命的黑色蟲豸，
朝城牆漸漸吸附、滋長。

火之卷

天地一夕大裂變

21 天下

防備周邊少數民族的侵犯，唐朝邊境一直有重兵駐守，為加強防禦，再於邊境重區增設軍鎮，主將稱為「節度使」。

天寶元年，天下設置了九個節度使，一個經略使。

節度使，原為地方軍事長官，演變為掌邊防、財賦、行政統管全局的地方長官，個個擁有強大軍力；天子以中原為太平，修文教、廢武備；邊境共擁兵四十五萬，中央禁軍十五萬，邊陲勢強，朝廷勢弱。

漸漸的，九節度使中，東北三師與西方二師勢盛，並稱「二統」；驍將銳士盡萃二統；二統，天下最強大的軍事集團。

東北三師：范陽、平盧、河東三區，主防禦奚、契丹，安祿山統率。

西方二師：隴右、河西二區，主防禦吐蕃，哥舒翰統率。

安西、北庭在隴西前衛，位於二統之間的是朔方，南方則有劍南節度使，以及兵力極少，還未升格為節度的嶺南五府經略。

天寶十一年後，東北集團實力超過西方，成為國之重鎮。

沒料到，這三個字，若化身為獸，似乎是隻城府很深，很沉得住氣又很潑野的怪物吧！無聲無息得彷彿不存在，但只要一起頭，就沒人可以讓牠從頭。

沒料到，燎原大禍起自國家最仰仗的東北三師。

沒料到，二統，昔為兄弟終成死敵。

朔方鎮，處兩大之間偶而具備關鍵性作用，卻無法獨當一面自成系統，沒料到，幾年後，安邦定國的竟是朔方軍。

劍南道，怎麼也沒料想到，有一天，皇上會跨越重山阻隔，倉惶逃到劍南成都去避難。

天寶十四年，富庶空前，國力豐厚，號稱「盛世」，沒料到，天地一夕旋轉。

沒料到，沒料到這隻怪物，最愛潛伏的地方，就叫天下。

22 鼙鼓驚動

月光，找尋一個小縫隙，就可以照亮全室；滔天禍患一發，就不可收拾；有人得了可乘的機會，一定是因為，有人坐失初起的防堵。

張九齡是第一個，十餘年來也不斷有人在諫說安祿山的不穩定，是皇上將人一個個押送給安祿山讓他親自處決，進言的人才稍稍止息。事實上，高力士說過，太子李亨說過，楊國忠當宰相後，更不斷在說、在收集安祿山的背逆。

安祿山接見朝廷使臣的確越來越傲慢無禮，而天寶十四年初那幾件事，當然就是大裂變的先兆，只是有人看得到，有人看不到，有人看到了假裝看不到，以為假裝看不到就永遠不會看到。

安祿山先是上奏，請朝廷破格獎賞部將，准；再次上奏，請以番將取代漢將。收人心、植勢力，野心萌露得一無掩飾，但皇上還是准，「派去觀察的輔璆琳不也大大誇獎安祿山的竭忠奉國，絕無二心嗎？」「你們太多慮，或者太多忌，朕當他的擔保。」「近年來，東北軍防仰仗他一人。」皇上總是這樣答辯。

然後，七月，安祿山上表，表明要向朝廷獻馬三千匹，每匹馬要安排兩名執控夫，還另派二十二名番將護送，一起進長安。

群臣騷動鼓譟，皇上鐵青著臉鉗口不語，終於接納臣下「恐襲擊京城，令其冬天再獻車馬，沿途由朝廷派軍負責，不必部落軍護送」的諫言。

秋天，輔璆琳受安祿山賄賂的事被揭發，玄宗另找個藉口將輔璆琳亂棒打死。

急著動手的是宰相楊國忠。他指使京兆尹派兵包圍安祿山在長安的府第，逮捕安祿山的賓客，祕密入獄與殺戮。安祿山的兒子安慶宗娶皇室的榮義公主，居住在崇仁坊，一直留在長安供職，他將情況密報安祿山，安祿山著急了，更加緊鑼密鼓策劃謀反行動。

安祿山最畏懼的李林甫已死，他遺憾著沒能讓李林甫親眼看見他攻下長安。

楊國忠無德無能，他一向就瞧不起，或許，唐天子的厚愛是他心中殘留的一點點的顧念，但看過滄海的，再也難安於當一條小溪流，是時機了，長安無一日不在他的夢中，一天比一天壯闊鮮明。

不斷宴饗士卒、秣馬厲兵，逮到奏事官從長安回來的契機，安祿山矯造天子詔書，詐稱是天子交給奏事官帶回的敕書，他集合眾將當場聲稱：

「楊國忠亂政，皇上密詔，命我率兵入京誅殺楊國忠，師出有名，各位即刻回營，隨我出兵——清、君、側！」將領們面面相覷，不真正明瞭狀況，也沒人敢說一句反對的話。

「膽敢反對，擾亂軍心者，殺三族！」公告已布。

隔日清晨，霜風凜冽，號角響徹，閱兵、誓師，煙霧塵土，飛揚千里，鼙鼓聲、車馬聲、號令聲震天，十五萬精兵傾巢南下，天寶十四年十一月，安祿山兵起范陽。勢如破竹。

23 對局

說什麼都太遲。

爺爺、父親、兒子三代都沒見過戰爭，你對他們說什麼離與亂？忽聽范陽兵變，無論遠近盡皆奔走惶恐、驚駭莫名，逃，沒有方向的逃。

河北道郡縣，聞風瓦解，郡縣長官或大開城門迎接，或棄守逃遁，或自殺道旁，或稍有遲疑就被生擒處死，無一城池敢起兵抗拒。說什麼效忠與戰略？

太原、博陵、常山，叛軍一路南下。

山東太原郡長顏真卿密派親信從小路潛行至長安，皇上才正式獲知安祿山叛變，「怎麼會，國家一向安定？」「朕待他如此盛厚，他有什麼理由要反？」皇上不斷低聲咆哮，然後頹然坐下說：「河北道二十四郡，難道沒有一個郡長忠於朕？堪任事？」

說什麼都太遲，但至少他還有顏真卿；雖然皇上連顏真卿長什麼樣子都不知道。

皇上急召全體重臣商議因應之道，右相楊國忠等不到皇上一句「果然如你所言」，但著實掩不住得色的上奏說：「這是安祿山一人的叛變，不是將士們的心意，不消幾天，反賊必敗。」

朝廷命安西節度使封常清入京晉見，任范陽、平盧節度使，封常清即日前往洛陽招兵買馬，十日募兵六萬，防禦東都，下令拆除黃河大橋。

黃河大橋從天地消失，皇帝這才真正清醒。

皇上下令斬安祿山長子安慶宗，又令榮義公主自殺，任榮王李琬為東征軍元帥，右金吾高仙芝為征東軍副元帥，宦官邊令誠為軍中監督，調兵遣將重新布局，其中永王李璘，任南方山南節度使，九原郡長郭子儀，任朔方節度使。

高仙芝率軍五萬東征，從長安出潼關，暫時駐防陝郡。

朝廷布置二局：抵禦與反攻。被動的防，守洛陽，護長安；主動的攻，東征大軍出師。

安祿山渡靈昌，到陳留。

陳留郡長獻城投降，近一萬士卒排在道路兩旁迎接，安慶宗死亡的消息正好傳來，安祿山大哭，將陳留降卒全部誅殺以洩憤。

叛軍洶湧，所過之處，屠殺摧殘，一片殘破，婦女珠寶財貨皆擄掠，男子為奴為僕，老弱殘羸全都殺死。

拳拳出擊，招招致勝，江淮無抗擋之力。

「快止住反賊，快止住！快幫朕穩住江山！」十二月夕紅如泣血，冬日的黃昏冷絕，皇上翹首，每每於詭譎紅的西天彷彿看見將士的哀嚎、生民的悽惶，他不斷在焦躁吶喊；

雄才大略，精明果敢，經歷幾次宮廷喋血都毫髮無損，他一向扮演老於謀略的成功者，這一生，他從未如此難安過。

胡兵遍野，精騎飆迅，進滎陽，逼洛陽。

封常清守在洛陽東一百五六十里的虎牢關，安祿山率五萬兵馬，架橋過黃河，逕取洛陽。

兩軍大戰虎牢關，唐軍大敗。

退轉葵園，封常清整兵再戰，又敗；退洛陽上東門，力戰，潰敗；退守宣仁門，又敗。敵軍如潮水，吶喊著從四個城門同時湧進，東都洛陽失陷。

范陽到洛陽一千六百里，安祿山鐵騎踐踏，用了三十三天，他完成第一階段戰略目標。

天寶十五年正月初一，安祿山洛陽登帝位，國號大燕，自稱雄武皇帝，建元聖武元年。

24 洛陽煙塵

雪的白，血的紅，洛陽守不住了。

敵軍像螻蟻，黑壓壓一片攻城，爬梯，撥落，又生，再生，像不要命的黑色蟲豸，朝城牆漸漸吸附、滋長，覆蓋，蠕蠕的動，與生，與漫，撥落，又生，再生。無法止遏。

禁衛隊協防上東門，眼見身邊的同袍一個個倒下，遠處，敵軍正搬來巨木準備撞城門，李開突然轉身不顧一切飛奔上陽宮，入宮中，只見內侍宮人上吊的、投井的、發愣的、嚎哭的、奔逃的，滿目悽慘。

上陽宮只剩梅妃與尋雲，尋雲一見李開，便放聲嚎啕大哭，語無倫次的說著：「梅妃好幾天，不吃不語」、「我讓他們都走了」、「我不知道該去哪」、「梅妃——」。李開讓她們換下宮服，背起梅妃帶著尋雲，經過滿樹梅花盛豔的樹下，踩過埋著青臉甕的泥土，沒命的跑出宮，沿途百姓、官員驚恐散逃，他選擇白馬寺的方向，跟在逃難的人潮、車潮裡，撿得棄在路旁的破損板車，一路推著梅妃、尋雲逃命，白馬寺或許是許多人活命唯一的避難所，但李開護著梅妃、尋雲，從半途沒入小徑，越過竹林、撥開茅茨，來到他們的若草寺。

「住持，我將梅妃與尋雲託付給你。」李開沉重的說。

「無常，施主，無論發生什麼事，你只消記住這兩個字。」老和尚靜煦如常。

「施主請放心，這兒粗茶淡飯還可度日，身家性命也暫且無虞，盜賊雖凶狠，對佛寺自有一分敬畏，何況這兒極隱蔽。」那年輕的和尚對李開說。

「多謝，待亂事稍定，我一定即刻回來接她們。」李開轉身對尋雲說：

「梅妃不同，她是千金之軀，絕不可落入賊人之手。尋雲，你照顧梅妃，也照顧自己，弟兄們還在守城，我去去就來。」尋雲沒哭，她一直看著眼前這滿身血汙、眉髮鬚都沾了雪的憔悴男子，她感到此生無上光榮；她信他，他如此值得。

尋雲披起赭紅氈袍送李開到寺門，她告訴李開：

「今天，你帶我走過梅樹下的時候，我感到腳下有什麼東西被踩到的清楚的喀嚓聲，那是梅妃娘娘的心碎聲。生死之際，皇上也沒記起她，就為這原因，她並不想活，她的等待死了。」雪落得更猛，李開滿頭滿身殘雪，他揹著劍跨大步離去，回頭隔著雪幕對尋雲說：「等我，尋雲，我一定回來，回來娶你。」

「等我。」

25 將星起落

封常清退走陝郡，與高仙芝相見，他不願回顧，也不敢預測未來，他只是無顏的敗將，高仙芝只對他說了一句話「我知道你盡了全力」。

封常清建議高仙芝不必在陝郡拒敵做無謂的犧牲，不如保存軍力退守潼關。潼關是守住長安唯一的屏障，但並無大軍駐守，封常清親身見識過安祿山精騎的猛銳，他明白高仙芝的征東軍與自己戰敗的軍隊一樣，都是臨時召募的市井之人烏合之眾罷了，如何抵擋得住漁陽突騎之師？

高仙芝著眼整個戰局，聽從封常清建議，率軍急速回撤，奔赴潼關。

潼關是長安的門戶，高仙芝迅速繕修守具，當叛軍瘋狂殺至，發現處處有防備，不能順利攻下，於是暫且退兵而去。守潼關，保長安，高仙芝以退穩住了戰局，但他忘了，這與皇上的戰略布局相違背，決戰洛陽才是皇上的焦點。進攻，是他被交付的任務；退守，是一個急火攻心煩憂焦躁的皇帝完全不能忍受的事。

監軍宦官邊令誠在高仙芝身邊，干涉決策、挑撥人際，高仙芝很多事都自己作主，沒能令他滿意，趁著回長安奏事的機會，邊令誠在皇上面前，詳細描述封常清、高仙芝屢戰屢敗、一路潰散、撤退的情形，他窺見皇上陰黑黑的臉，於是眉飛色舞，欲罷不能的加油添醋：

「封常清根本是為了掩飾自己的作戰不力，便誇大了叛賊的強大，嚴重打擊士氣、動搖軍心；那高仙芝沒有皇上的命令就不戰而走，放棄陝郡以西數百里土地，擅自退兵潼關，不只如此，他還盜賣苛扣軍糧和皇上給將士們的賞賜。」

在生命中很特殊的時刻，人的心中會自動豢養著一匹四不像的怪獸，牠靜伏，但不馴服，嗅覺超級靈敏，動作狂飆倏忽，撕裂獵物狂噬狠嚙瘋狂暴虐，獵物瞬間屍骨無存。

邊令誠作夢也沒想到報復可以這麼容易。

他帶著皇上的詔書回潼關，先召見封常清，宣讀詔書後，斬。

高仙芝視察防禦工事，回到軍營，看見粗蓆上封常清的屍首，回視長空，虎目悲痛，他似乎明白什麼，也似乎並不完全明白，但明不明白都不重要，他只有面對，無可選擇。

邊令誠高高坐在任事廳的主位，對著高仙芝揚起手上的詔書說：「高仙芝，不只封常清有事，對你，皇上一樣有指示。」

宣讀完罪詔，高仙芝含悲大呼：「不前進，反後退，有違上意，死固應該，但說我苛扣軍糧賞賜，全是栽贓誣陷，將士們是我兄弟，我斷然不會如此。」

從前廳到廳外，所有士卒突然齊用兵器扣地，滾動連環一般，從廳外到更遠，震天價響的叩、叩、叩聲中，開始出現這一大片漫延那一大片的喊「冤」聲，冤。冤。冤。……

冤聲被叩聲加重、拉深、衝高，水洩不通的密封填滿整個天地。

冤。冤。冤。冤。直衝雲霄。

邊令誠一點一點收拾起過度放開獰笑的皮肉，嗡塞的冤聲中，慌張下令，斬殺高仙芝。

皇上陰沉著沒說什麼，但是每個人都有同樣的疑問，賊人兵臨潼關，長安危在旦夕，封常清沒了，高仙芝沒了，那麼，國家還有誰？

如果朝古井丟進一個汲桶，俯身看那黝黑，不知井繩要放多深才能舀起一桶後悔？

河西、隴右節度使哥舒翰，正回到長安家中療病，他一向和安祿山不和，於是被召見擔當天下兵馬副元帥，哥舒翰以身患重病力辭。不准。

調來河西、隴右部分兵力，病重的老將哥舒翰以天下兵馬副元帥之名，率大軍八萬，連同高仙芝舊部，共二十萬東征大軍，進駐潼關。

各地勤王的軍隊正從四面八方趕到洛陽城下集結圍攻。其中戰力最優，軍容最壯盛的軍隊是朔方軍，朔方節度使郭子儀，朔方左兵馬使李光弼。戰功頻頻，朝廷再任李光弼為河東、河北節度使。

26 大悲

雪衣女靈巧討喜，《心經》、《大悲咒》、《普門品》早就能倒背如流，近日，牠正在讀《金剛經》，比起從前，貴妃靜靜聆聽雪衣女讀經的時刻增多了，那一日，貴妃走來接過蝶朵手中的《金剛經》，自己一句句教雪衣女。

汝今諦聽，當為汝說，善男子、善女人，發阿耨多羅三藐三菩提心，應如是住，如是降伏其心——

自從去年十一月上旬驪山回宮後，宮裡的氛圍就低迷沉重，貴妃憂愁著皇上的憂愁。她從未見過皇上如此焦慮、沉默，夜裡，輾轉反側。聽聞洛陽失守那天，皇上入寢宮，獨自坐到四更，「視人當如子，愛人亦如傷——」，貴妃聽到皇上嗚咽著自言自語。這段日子，貴妃每天清晨見到皇上，都覺得皇上又老去一些。

須菩提，於意云何，可以身相見如來不？不也，世尊，不可以身相得見如來。何以故？

如來所說身相，即非身相。佛告須菩提：凡所有相，皆是虛妄。若見諸相非相，即見如來——

突然，楊國忠慌慌忙忙進玉清宮，帶來皇帝決意親征的惡耗，他氣急敗壞對貴妃說：

「今天皇上下詔，令太子監督國政，他對宰相們說，在位太久，對國事付出太多憂慮與辛勞，身心都感到疲憊，去年秋天本就打算傳位給太子，一因循下來，沒想到遭逢東胡安祿山的叛變，如今洛陽失守，他要親自出征，等戰亂平息，他就要過清靜無為的日子。」楊國忠上前一步，壓低一點聲量說：

「楊家專權已久，太子對我們一向厭惡，如果他掌大權，你我兄妹，早晚之間，都會一死，我等無論如何必定要阻止這件事。」

「我們楊家自楊家，太子自太子，到底有怎樣的事會讓太子一即位，我們楊家都會一死？」貴妃變了臉色追問：

「你做了什麼？你到底有多少事瞞著我？你不可辜負皇上對你全然的器重與信賴。」

「這——，唉！我的娘娘妹子，這說來話長，此時也不是說明白的時候，眼前當下最迫切的一件事是讓皇上打消親征的念頭。」

是夜，貴妃力勸皇上權衡再三，不可親征，她不停低泣訴說，皇上不停嘆氣踱步，突然貴妃摘下金步搖，披髮跪地說：「若陛下執意親征，也行，但妾必當隨行，沒有人可以阻止得了我。」

「你怎能？唉，你深宮自嬌慵，怎麼能——。」

貴妃從囊袋掏出一把土，逕往口中塞去，皇上上前一把搶下：

「你做什麼？妃子，你做什麼要『銜土』。」

「若不能陪在您身邊，三郎，您回宮我已在黃土下。」

終究，隔日，皇上打消親征的念頭。

元宵前夕，虢國夫人邀約貴妃一同前往咸宜觀。這三年元宵他們一家都在咸宜觀，白日辦法事，夜裡賞花燈，貴妃曾說：「咸宜觀主的品味清奇，真懂玩，總讓人有意外的驚喜」，今年，貴妃婉謝了虢國夫人，她選擇去數百里外的法門寺。

法門寺是皇家寺院，寺內珍藏有佛祖舍利與佛骨，太宗、高宗皇帝都曾迎佛骨進宮膜拜，禁軍儀仗導引，寶帳、香車、幢、幡、蓋、鮮花相迎，沿途香火燭地，唸佛聲震耳，這次，貴妃不驚動太多人，移駕親往法門寺。

在「護國真身舍利」前跪地拜懺許久，貴妃央請法門寺舉辦一場護國祝禱大法會，但願龍天護佑大唐，並賞賜法門寺金銀器、琉璃器、漆木器、錦綾絲織無數。

午後，在法門寺殿後，貴妃特地傳喚一位老僧人進見。那老僧從法會開始，就一直合十站在大樹下不移不動，神情像一枚枯默的落葉。待貴妃走出佛殿，他卻也不迴避，在貴妃面前一問訊，那僧人於是告訴貴妃，這些年來，他總是在起風下雨的日子，聽到虛空有一股漫天徹地的嚎哭從南方傳來，用心念交通之後，知道那是天寶十年起陸續攻打南詔王國，身死異鄉的二十餘萬大軍，可嘆楊國忠總以捷報欺瞞聖上，年年仍在募兵征伐，這事從無人敢說出真相，如今，無主亡魂飄搖戰場多年，悲切淒苦無比。

貴妃一聽心驚，既為亡魂，也為自己兄長的名字被提起，她愣怔了會兒，一時難作回應，腦中一閃平嘉公主曾說的「節制與慈悲」，老僧平靜的說：

「施主，願意相信老衲否？」

貴妃敏慧，隨即合十，誠心詢問：「大師，那麼我該怎麼做？」

老僧說：「請在南方為幽魂舉辦一場盛大的法會，超渡亡魂，安頓亡靈。」

天寶十五年二月，大理崇經寺圓覺和尚奉詔為二十萬陣亡唐軍超渡。

於玉龍雪山築壇結界，建大悲幢安撫亡靈，石幢高一丈，刻滿大悲懺經文及咒，內置大悲觀音畫卷一軸。結界咒誦起，地上地下周匝三里即成金剛壇城，是日，鬼哭神嚎，數不盡的亡者從四野不斷聚合，天地堵湧著異鄉將士歸不得家的遺恨，九蓮燈，風中懸幡，香火，疏文，諸天神明在上，圓覺和尚搖響金剛鈴，梵唄悠深沉厚，施食、傳戒、超渡，只見他不停唱誦經文亦不停含頷點頭，彷若在與虛空飄盪的每縷哀戚的靈魂問候，「我來遲了——」，和尚用流滿悲憫的眼神在說話，繞佛、唸咒、迴向，身影緩緩拜下，聲音高亢揚起——

歷年兵劫亡靈統請！

天空，詭譎藍；集體苦難與孤寂，生命盡是灰燼。

27 常山攻防

二月，李光弼軍抵常山。

從常山逃出來的士卒，泣訴常山郡長顏杲卿殉國的經過，在場聞言無不涕泣。

正月八日，當燕將史思明率軍抵達城下，常山的防禦工程還未完備，顏杲卿日夜抵抗，糧食吃絕，箭石用盡。常山城破，燕軍屠城。

顏杲卿與長史袁履謙雙雙被俘，押解洛陽。安祿山責備他：「當初你只是范陽的戶曹小官，是我賞識你、提拔你，你竟恩將仇報，非反不可？」顏杲卿瞋目怒視：「天子擢升你為范陽、平盧、河東三道節度使，你又有什麼理由非反不可？我為國家討伐叛賊，怎能說『反』？大逆不道的反賊是你！」安祿山大怒，將兩人綁至天津橋橋柱，凌遲剮死，兩人罵賊不休，安祿山下令以鉤拉出他們的舌頭，他們鮮血淋漓含糊詈罵不休，至最後一口氣為止。

常山失守，周圍九郡皆陷落，只饒陽一郡力抗，史思明圍攻饒陽二十九日，未下。

常山燕軍民兵三千人起事，殺燕蠻族士兵，擒燕常山郡長出城投降，李光弼全軍進城收復常山，史思明聽聞常山失守，撤饒陽之圍，第二天天未亮，即兵臨常山城下。

李光弼對決史思明。

李光弼先用落如急雨的箭陣，遏阻燕軍的旋風驃騎。再用奇詭飆迅的突襲，迅雷不及掩耳殲滅從饒陽趕來的燕軍援兵於炊煮用餐的猝不及防。史思明聞訊，大受挫折，退兵九門。

常山周圍失陷的九郡，有七郡趁機起義，繼續效忠唐室。

這是史思明帶軍南下首嚐的第一場挫敗。

史思明與安祿山從小一起長大，情勝兄弟，他胸懷大略，熟諳軍事，是燕軍驍勇第一人，安祿山曾當眾說：「我靠史思明定天下。」常山失利，他怒火中燒在心版燒烙了一個陌生的名字：李、光、弼。

史思明整軍再攻常山，切斷常山對外交通，幾度攻防，城內唐軍到了戰馬吃草蓆坐墊的地步，四月，郭子儀從朔方趕抵常山救援，與李光弼會師，英雄與英雄，光光相照，大破燕軍。

黃河以北各地，紛紛自組民兵，自築陣營堡寨抵抗燕軍，一心等待郭子儀、李光弼大唐朔方軍的到來。

攻克河北趙郡，士兵搶劫擄掠，李光弼親自坐鎮城門口，將士兵劫掠的東西一一沒收，發還民間。

郭子儀俘虜四千敵兵，全部釋放。

各地戰事蠭起，有退有進，有失有得，有勇有懦，有忠有狡，五月，嘉山大會戰，郭子儀李光弼聯手大敗燕軍，殺敵四萬，俘虜一千，史思明從馬上栽下，頭盔馬靴全掉落，披散髮，光腳，徒步逃命，拄著折斷的槍桿，狼狽逃回營。郭李威名震天下，河北道十餘郡都誅殺燕軍守將，歸降唐朝廷。

安祿山在洛陽，開始恐懼不安。三十三天下洛陽，近在咫尺的長安明明伸手即可擒來，如今，已經過了五個三十三天了，燕軍仍被困在潼關。

他心頭有四塊揮之不去的巨大陰影：

李光弼善戰。

郭子儀得眾。

太原顏真卿。一介書生，安祿山從未將他放在眼裡，沒料到書生堪任事，顏真卿謀事如神，善用民兵，將太原防守得像一只密閉的鐵桶。

雍丘張巡。張巡以「先鋒官」為號，屢敗燕軍，一百門巨砲也無法攻下他守的城，他不怕死，總是身先士卒，最擅長偷襲，以夜色掩護，從城牆下縋[12]士卒，黑暗中出其不意剿敵致勝，受到張巡精神的感召，他的士兵吃飯也不解甲，身受創傷，裹著傷口再戰。

安祿山破口大罵群臣：

「反、反、反，你們一直勸我謀反，認為萬無一失，現在呢，潼關被哥舒翰擋著，幾個月沒前進一步，北方一郡一郡背叛，唐軍已從四面八方開始會師，洛陽早已是我們的，長安為什麼還這麼遠？」安祿山大聲咆哮：

「什麼叫萬無一失？你們還有臉在我面前出現？」他龐大身軀頹然坐下，低聲咕噥說給自己聽：

「難道——，何不——，乾脆放棄洛陽，回范陽。」

縋[12]：音ㄓㄨㄟˋ。本指繩索。此言用繩懸物使下墜。

28

潼關對峙

人間路止潼關險，潼關具有險要的戰格，連雲高起，山路窄仄到連長戟都揮舞不開，最是易守難攻的形勢，絕對關乎長安的安危。

而眼前是天旋地轉之前觸動爆發機鈕那一剎那前悶滯的等待，完全的等待。

對唐軍而言，對峙是最正確的戰略；以時間換取空間，以靜，換取有利的變動。

背後，河北朔方軍深得民心，東北各郡紛紛歸唐，燕軍補給與增援都不易；眼前，潼關紋風不動，用「拖」術，擊垮敵軍士氣；四邊，勤王軍隊漸漸在靠攏，燕軍只擁有洛陽一帶郡縣而已，無異一尾甕中鱉，被敵方勢力團團包圍，正不斷被壓縮而苦無出路。

哥舒翰畢竟是老將，作戰經驗豐富，雖病重，對戰情卻清楚無比，他堅守潼關，不作貿然進擊；郭子儀、李光弼也聯袂上書皇帝，分析戰略與布局，只要守住潼關，朔方軍不僅切斷燕軍後路，甚至可以考慮出東陘關直搗范陽。

潼關對峙，必要之要。

只惜，戰場決勝的關鍵，有時不在敵對雙方，而在自己的後方；不在軍力，而在政治；

不因為人力，而是天意。

哥舒翰作風嚴峻，他一向厭惡安祿山，不耐李林甫，唾棄楊國忠，如今他征東統帥軍權在握，令楊國忠感到如芒在背。

安祿山以「清君側」師出有名，天下人對「楊國忠」三字咬牙切齒，朝廷早就有人想殺楊國忠，只是皇上這雙保護的羽翼太巨大，東征軍驃騎將軍王思禮祕密建議哥舒翰上疏誅殺楊國忠，或者乾脆將楊國忠綁架到潼關斬首。

為大局計，哥舒翰不為所動，先採取動作的，反而是楊國忠。

楊國忠掂掇的永遠是自己，他絕不會讓自己擔一絲風險。在智囊幕僚的慫恿下，他開始出手。

第一招，潼關雖大軍雲集，但後方長安無常備軍馬，最好另建一支皇宮內屬軍隊，在宮內操練，以捍衛王室。皇上批准，楊國忠命親信杜乾運統御，駐防灞上，名義上防叛軍，其實是防備哥舒翰。哥舒翰聞訊，大怒，也料到楊國忠居心，他上書皇上軍不可有二令，請求將灞上駐軍劃歸潼關征東軍，皇上也同意了，於是，哥舒翰將杜乾運徵調到潼關，找個藉口，在軍中斬殺杜乾運。楊國忠更加恐懼。他潛密等待再出招的機會，再出招，必定，要勝。

有人密奏皇上，燕軍將領崔乾祐率領駐守陝郡的軍隊不滿四千人，全是老弱，戒備鬆散，皇上一聽大喜，派人急赴潼關催促哥舒翰即日揮軍進攻，收回陝郡，光復洛陽。

哥舒翰回奏：「老弱殘兵，自古即是誘兵之計，這證明敵人已沉不住氣，冀望速戰速決，我們更當沉著以觀其變，倘若果真出擊，正好墜入敵人的圈套，當今最有利的形勢依然是據守潼關險要，堅守不動，以等待最不可失的時機，我們君臣上下唯一的願望是求成功，而不必求快。勤王軍隊正在途中，請皇上暫且等候。」

郭子儀、李光弼的上疏剛好再至：「計劃率軍北進，奪取范陽，俘虜敵軍妻子兒女當人質以招降，敵軍必然潰散，請潼關大軍，堅守陣地，將敵軍拖住，必然勝券在握，切勿輕率出擊。」

楊國忠太了解皇上的心，決戰洛陽，皇上已等得失去耐心，於是，楊國忠再出手，第二招，不費吹灰之力，只消投國君之所好。

「敵軍疲態畢露，我軍時機大好，最好的出力是抵強弩之末，人民在受苦，大家都渴望戰爭快結束，想念從前那太平的日子。何況，人生事總是這樣，擦身而過，一去不回。皇上，機會，只留給抓得住的人。」

皇上點點頭，再次下令力促哥舒翰出兵，傳旨的宦官一個接著一個，陸續奔波於路途，彼此項背相望，哥舒翰申訴無門，撫胸痛哭。

六月八日，哥舒翰東出潼關。

29 靈寶大敗

東方三師決戰西方二師。靈寶縣西原。

北黃河，南崤山，一邊滾滾大河，一邊懸崖絕壁，戰場就在七十里長，窄仄狹隘的道路，崔乾祐兵馬果然極少，稀稀落落、前前後後，散不成陣，雙方窄道一交鋒，不一會兒，燕軍就鼓偃旗收，轉身逃走，唐軍一路追擊，突然，南邊山上的石塊大樹嵯嵯峨峨全都動了起來，埋伏山上的燕軍精銳盡出，從高處滾落木頭、石塊，轟轟然巨響，黃土漫天飛起，砸死唐軍無數，道路太窄，唐軍槍槊揮舞不開，石塊、木頭、黃土、屍體壅塞，燕軍從山上密匝匝湧下，瘋狂刺戮、砍殺唐軍，過中午，東風刮起，唐軍逆風而戰，飛沙走石撲面，崔乾祐用幾十輛載滿枯草的車堵在前頭，縱火燒車，東風迅急助長火勢，朝唐軍熊熊燃去，火焰濃煙燻得唐軍睜不開眼，自相踐踏，這時燕軍最精良的步兵已悄悄從山後繞到唐軍背後，唐軍被困在窄路裡腹背受敵，一如俎上肉，任人宰割，一無生路。有人不顧一切往山上爬，有的相互推擠跌落黃河，燕軍殺紅了眼，刀刃無一刻稍停。

薄紫的暮色掩下，令人聞風喪膽的燕騎兵從山後傾巢殺出，在窄長戰場恣肆衝殺，鐵騎反覆踐踏，鮮血噴濺肉身成泥。

哭喊聲震天。蒼天閉上眼，以萬物為芻狗。

蹂躪，任意凌辱、摧殘，東方三師徹底蹂躪西方二師。

數百騎保護哥舒翰奔逃入潼關，敗兵如潮水逃回，潼關外有三條壕溝，人馬跌墜其間，不一會兒就將溝壑填滿，後到的人便踩著堆疊的屍身過壕溝。二十萬征東軍，逃回潼關僅餘八千人。

崔乾祐輕易進潼關，天寶十五年六月九日，潼關失守。

哥舒翰逃到關西驛，召集失散的士兵，想要重新奪回潼關。征東軍中有一番將名叫火拔歸仁，率一百多名騎兵來到關西驛，告訴哥舒翰，敵軍將至，請上馬出驛，哥舒翰一上馬，火拔歸仁突然率眾人跪在馬前，力勸哥舒翰：

「二十萬大軍，全軍覆沒，我們還回得了朝廷嗎？何況敗軍必誅，封常清死，高仙芝死，將軍，我們還能活命嗎？請將軍帶領我們投降安祿山吧！」哥舒翰和安祿山不和，當然不同意，正想下馬，火拔歸仁迅速將哥舒翰的雙腳綁在馬蹬上，並挾持綑綁那些不肯投降的將士，只待到敵將一來，便跪地投降。

哥舒翰一行被送到洛陽。

取潼關，使安祿山絕地逢生，陰霾一掃，他感覺自己壯大無敵，不可一世。對手哥舒翰成為自己的俘虜，安祿山無論如何再也掩不住洋洋得色：「聽說你瞧不起我，哦不，是

『朕』。你抬頭看看，朕是誰？」哥舒翰拜伏階下：「敗軍之將，無顏抬頭。」

「好，那麼由你自己告訴朕，朕有什麼不殺你的理由？」

哥舒翰說：「如果陛下不殺我，讓我寫親筆信，招降那些仍在各地抵抗的郡縣，他們一定會欣然來歸。」

安祿山大喜，即刻釋放哥舒翰，並封為同平章事，轉頭對火拔歸仁說：「你，背叛主人，不忠不義，該殺！」

火拔歸仁被斬首示眾，各地接到哥舒翰招降書，無不斥責痛恨，安祿山終於感到哥舒翰的一無用處，將他幽囚於禁苑。

戰局一夕逆轉，安祿山腆著肚子心滿意足，傳令：「燈火不禁，大宴三日」。

30 曉星，孤照延秋門

皇上緊緊盯著天邊，從初夜到三更，他等不到平安火。

叛軍占領洛陽之後，東都、西都之間便用烽火報警，初夜時分，從前線一路傳來的烽火正常燃起，就意味一切平安無虞。

今天，無人舉烽火，潼關完了。

從希望的雲端重重跌落的心情，原來是痲木，接近死的靜。像死的靜，近乎空。只能想眼前。門戶打開，敵人可以直入長安，長安並無大軍，怎麼辦？坐等勤王的軍隊來拯救，還是先採取避難的行動？

深夜，緊急召集宰相們，宰相們提供的意見是巡幸——離開長安。

哪個地方最安全呢？

楊國忠以宰相之職遙領劍南節度使，他提議駕幸劍南以避賊。「清君側」如此令人驚悚，安祿山叛變初起，他早已命心腹在劍南祕密儲蓄物資，以備不時之需，如今趁勢提出，表面上為聖駕安危，其實全為自己的後路作打算，到了劍南，一切仍可在自己的掌握中。

楊國忠早已做如意之想。

不只因為劍南是楊國忠的劍南，更因為劍南道，重山疊嶺，從崎嶇山路上蜀地，難如上青天，那些險要的關口，可以以少擊眾阻遏叛軍，此外，蜀地極富庶，軍力又充足。

皇上同意了。

然後虢國、秦國、韓國夫人連夜進宮。

第二天，百官上朝不到十之一、二，文武百官見面涕泗縱橫、一籌莫展，繁華的長安市街一片蕭條，人心極度恐慌，攜家帶眷的逃亡潮一波一波出現，但要逃到哪？一波隨著一波的驚慌、茫然與懼怕，席捲整座變調的皇城。

十二日，皇上登上勤政樓，下詔親征以安人心，並迅速安排新人事以應變，宦官將軍邊令誠掌管皇宮所有鑰匙。

夜裡，皇上偷偷移駕玄武門，祕密親見龍武將軍陳玄禮，請他立即集結禁衛各軍，賞賜大量錢財綢緞，並挑選御馬九百餘匹。

十三日，天邊孤星尚未隕落，皇上與貴妃、貴妃姊妹、皇子、王妃、公主、皇孫、楊國忠等少數近臣，以及親近的宦官、宮女們，悄悄溜出延秋宮，在龍武將軍陳玄禮所率的禁衛軍護送下，向西逃亡。

皇上一直沉默著，這一刻，他清晰看見自己的微弱，他能做的何其少，連住在宮外的王妃、公主、皇子、皇孫他都得拋棄。

經過倉庫，楊國忠正準備下令燒毀。「不能讓這些東西落入盜賊手中」，他對皇上稟告，皇上悲戚的說：「盜賊得不到金銀珠寶，一定會向人民搜括，不如留下吧，讓我的子民少受一點苦。」

車過渭河便橋，楊國忠下令焚橋，皇上又說：「人民也要過橋逃命，不要斷絕他們的後路。」

五更，文武百官正在午門等朝見，不一會兒午門打開，宮內宮女、內侍爭先恐後湧擁而出，擁擠呼喊一片混亂：

「皇上不見了！」「皇上不見了！」

長安城最大一股逃亡潮開始滔天翻捲，貴、賤、貧、富沒命向著四面八荒奔逃，暴徒趁機衝進皇宮和高官貴爵的宅第大肆搶劫奪取，人馬車騎橫行宮苑，有人騎著毛驢走在金鑾寶殿上，有人焚燒倉庫，宮中煙霧衝天，京兆尹崔光遠派人到洛陽對安祿山輸誠，邊令誠也將皇宮所有鑰匙貢獻給安祿山。

洛陽，安祿山歪攲臥榻，瞇著眼靜靜聽著軍報，震天大笑都無法盡達他內心的狂喜，天賜潼關門戶，昔日仇人是自己的階下囚，如今，他萬萬也沒料到，大唐天子竟會逃出長安城，長安就放在他手邊，他可以揉、壓、捶、捏，可以放在手心寶愛娑玩，也可以徹底摧毀。長安，他的夢，他的愛，他突然縱身跳起來，掀宇一聲大吼：

「長——安——！」

安祿山安逸於洛陽新朝廷，他本人不去長安，他要讓洛陽變長安，他派心腹孫孝哲去接收長安，他太懂孫孝哲的豪侈與冷血，他命令孫孝哲搜捕來不及逃離長安的文武百官、宦官、宮女，每一百人就押解到洛陽，跟隨唐朝皇帝逃亡的官員，家屬留在長安的，滿門屠殺一個也不留，投降新朝廷的官吏，全都授予新職。

當然，安祿山不會忘記命令孫孝哲，將沒來得及逃出長安的唐朝李姓皇族與王妃、駙馬等，一律押送崇仁坊，在坊前懸掛一面大白旗，將李唐宗親全部誅殺，並挖出心肝，用他們的血塗滿白旗成赤紅，以奠祭自己的長子安慶宗。接著，誅殺楊國忠的親戚朋友、高力士的親戚朋友、李林甫的親戚朋友，然後，安祿山平日討厭的人都不免一死。祭旗那日，一次共誅殺八十三人，腦漿塗地，鮮血流滿曾經衣冠鬢影、笙歌歡宴的富貴街巷。

然後，分批再殺皇孫及郡主、縣主。

第六個三十三天，叛軍建立的大燕王朝，威聲動天下。

太多的沒想到，突然當頭兜下，叛軍的官員與將領們，各各被勝利衝昏頭，長安養大他們黑暗的心性、貪婪的胃口，他們變成野性的獸，不會有眼光與遠略，忙著恣肆奪掠財貨與姦淫美女，完全沒有乘勝追擊繼續西上的打算。

唐室一行，才得以順利西行，倉惶但無追擊。

31 暴雨近，滿樓風走

咸陽，離京的第一餐。

縣令早逃走了，沒人備飯，過中午，皇上還沒東西可吃。楊國忠親自上街買燒餅回來給皇上吃，有些百姓風聞天子駕到，才紛紛爭著進獻夾雜豆、麥的糙米飯，皇孫們爭著搶食，直接用手抓著就吃，一會兒就吃光了。皇上親自對百姓道謝，話還未出口，百姓們哭了，皇上也悲泣掩面。

一位年紀最長的鄉紳叫郭從謹，被推派上前去向皇上進言，他哽咽的說：「開元時候，賢相姚崇、宋璟在位，忠言直鯁，天下平安，曾幾何時，皇上您聽不進忠言了，官員光忙著揣摩您的心意，討您的歡心，那反賊安祿山不就是這樣養大的，小民身在民間，早就料到會有今天，心急如焚啊！」

老鄉紳說著說著哭了，百姓哭成一團，皇上慚惶的說：「是，是，都是我迷糊了，我後悔莫及，後悔莫及！」

那只井繩拉得老長下了井的汲桶，終於汲起一桶滿滿的愧悔。

百姓走了，皇宮尚食官趕到，送來皇上的食膳，皇上將食物賞賜給官員，士兵分別到附近的村落乞食。

午夜，抵達金城縣，一縣宛若空城，大家疲憊得席地相枕睡去。皇上與貴妃並臥內室席榻，黑暗中，皇上說：「朕，老了，倦了，糊塗了，錯了——。」貴妃側身輕輕在皇上的耳畔說：「三郎，我們回得去的，今天陳玄禮不是說了嗎？各地都還在抗賊，顏真卿還在太原，張巡還在雍丘，郭子儀、李光弼還在北方，永王李璘在南方，我們終究回得去的。」貴妃聰穎，聽一次就記下所有人名，皇上拉起貴妃的手熨貼在自己的心口，閉著眼，微微一笑，眼角有淚偷偷滑下。

清晨，啟程，車聲轔轔，「今天，我們會到哪裡？」皇上問陳玄禮，陳玄禮回答：

「中午以後會抵達馬嵬坡。」

蝶朵從路旁摘了一把車前草，她記得她娘在夏天總會摘好多種野草，回家淘洗了煎水給大家喝，去熱消暑氣，其中就有這一味，她從金城縣空了的民宅帶出個小瓦盆，剛才拾了幾把乾樹枝，找到驛站旁這坍去一半的土牆垣邊，慢慢升火煎青草水給貴妃消暑。

聽說這叫馬嵬坡的驛站，離長安已百餘里，蝶朵邊煽風，等火燃，看著白煙升起，眼淚就一直一直墜落，落得又猛又急。

李開、尋雲一無消息，生死未卜。前幾天，她照例打開鳥籠，讓雪衣女在宮裡、園裡自由飛翔，雪衣女飛了一圈，並不飛出窗外，牠在每個人肩上停會兒，手心啄會兒，狀甚依依，永新對牠說：「念奴病在床上，你也去給她解解悶吧。」雪衣女果真低飛出去，好一會兒才回來，然後牠飛到蝶朵肩上依傍、貼頰、摩蹭再三，像平日撒嬌那樣，還更依戀，「怎麼，又想要討些什麼吃？你這個鬼靈精。」蝶朵伸出手指，讓牠棲止，問牠：

「可以回籠了嗎？我們今天再讀一段《金剛經》。」這時貴妃剛好走近，雪衣女飛到貴妃手上，斂翅三叩首，貴妃正要開口說話，突然雪衣女飛起，箭矢一般撞向格花窗櫺，落地死去。大家驚訝的面面相覷，蝶朵哭啞了嗓，貴妃憮然了許久，誰也沒開口，但大家都能感受到，一股不祥的雲朵其實早就冉冉挪近，欺身壓蓋滿宮中。

出延秋門前一刻，貴妃還在勸永新，永新不走就是不走，因為「念奴走不了，我就不會走」，蝶朵急拉著永新去床邊企圖攙扶念奴起身，念奴軟虛虛的，一會清醒，一會又迷糊了過去，永新以手貼了貼念奴的額：「發燙呢！」然後轉頭對蝶朵說：「我們不走了，你快走，幫我們好生侍候娘娘。」念奴病倒一陣子了，如今，眼看真是走不了的，蝶朵一點辦法也沒有，垂手站在床邊，放聲大哭。

起轎時，蝶朵還看見貴妃掀起轎簾，遠遠朝後翹望著。

一樁又一樁，淚與痛，失去與絕望；一次又一次，蝶朵擦乾眼淚，開始感到淚與痛後面，更深更遠的地方，好像還站了一個更高更大的東西，那東西，她依稀知道，又看不清楚，她太疲憊了，還沒法參透那究竟是什麼。

蹲在斷牆邊的蝶朵，一抬頭，看見不遠處有一群隨行的吐蕃士兵正攔住宰相楊國忠的馬頭，情況有些喧譟，士兵們連續趕路，加上嚴重缺糧，各各又累又餓，他們敢情是在抗議，要求供應飯食，她低下頭將注了清水的小瓦盆置上火爐。

在蝶朵視線看不見的相對位置，陳玄禮將軍也同樣注視著這一幕。

幾天而已，憤懣不滿的情緒已在軍中不斷擴散，叛軍沒追擊，緊繃的情緒稍一鬆動，另一股蓄積已久的情緒就找到缺口決堤噴奔。

罪魁禍首楊國忠！

出長安當日夜晚，太子李亨身邊的宦官李輔國就祕密進見陳玄禮與高力士，以「將士不安，恐將生變，太子殿下特地派我與兩位商量」小心打開話頭，並以眼神打量著陳玄禮與高力士，陳玄禮與高力士對望一眼，將誅殺楊國忠以謝天下的計畫相告，並說茲事太大，需要更高位置者的支持或首肯的力量，請李輔國轉告太子。

太子李亨與楊國忠一向對立，礙於皇上對楊家全然的寵信，李亨隱忍了許久，出長安往劍南，李亨心中一直忐忑不安，因為他一步一步踏進的，是仇人的地盤，而軍心的浮動，更促發李亨心事的機轉，夜訪陳玄禮與高力士的是李輔國，但他當然只是個聽命的跑腿者。

李輔國很快回報：「太子未決。」

未決，沒阻止，沒反對。只要精確抓住機會。

機會稍縱即逝。

忽然一個聲音拔空高起：「楊國忠聯合蠻虜謀反叛變！楊國忠聯合蠻虜謀反叛變！」接著士兵們就群起狂呼：「楊國忠聯合蠻虜謀反叛變！楊國忠聯合蠻虜謀反叛變！」

有人放箭射去，正中楊國忠的馬鞍，蝶朵聞聲抬頭，正好看見楊國忠跌落馬下，掙扎站起，慌張奔逃，一隊士兵追了過去，在蝶朵還看得見的距離內，馬嵬坡驛站西門，士兵們一擁而上，亂刀剁死楊國忠。

蝶朵捧在手心盛滿草汁的小瓦盆砰的摔落，碎成一地的不可收拾。

士兵們剁下楊國忠的四肢，用長槍挑起他的人頭，豎立在驛站門口。

情勢看來無可控制，卻又不至於全然失控，士兵們隨即誅殺楊國忠的兒子楊暄、秦國夫人、韓國夫人，凡是質問「怎麼敢謀害宰相」的皆死。虢國夫人與兒子裴徽、楊國忠的妻子裴柔及幼兒，跳上馬匹，沒命的往前逃跑。

禁衛軍包圍馬嵬坡驛站。

蝶朵奔回貴妃身邊，面色如紙，哆哆嗦嗦說不出話來。貴妃問：「怎麼了？蝶朵。」

32 六軍不發馬嵬坡

驛站裡，皇上聽著高力士說明士兵喧譟的原委過程。

這一陣子，他已經死過很多次。他真不知道自己還能怎麼活。

他當然不相信楊國忠會謀反；尤其在這個時候；禁衛軍敢誅殺楊國忠，是否意味著自己的命運也掌握在他們手中？從出長安那一天開始，他已無能左右任何事，包含他自己，

他啞啞然一笑，很難看、很複雜的一笑，站起身，問：「陳玄禮呢？」然後，他獨身走到驛站門口，直接面對禁衛隊。

「各位，你們為我大唐剷除反叛者，皆為忠貞之士，辛苦了，如今叛賊伏誅，請大家解散，各歸其位，明日，我們還要向前趕路。」

士兵們執持干戈，一個個默然佇立，毫無回應。佇立片刻，皇上黯然返身回驛站。

這時，陳玄禮趕到皇上面前，皇上直接了當的問：

「陳將軍，你來告訴朕，楊國忠已死，為什麼禁衛隊還不散去？他們還希望怎樣？」

陳玄禮奏說：「啟稟皇上，眾將士的心意是，賊根猶在，怎能就此散去。」

皇上失色道：「賊根？賊根是誰？」

陳玄禮靜默不語。皇上恍然明白。

「你們是指——？哎！貴妃她在深宮，從不問國事，也從未曾干政，楊國忠謀反與貴妃何干？」

陳玄禮答道：「貴妃誠無罪，但眾將士已殺她家人，貴妃仍在皇上左右，將士們怎能自安。願皇上深思，將士安，皇上聖躬才能萬安。」

「朕斷不能這麼做。」皇上拂袖。

「不殺貴妃，六軍不發。」陳玄禮堅定回答。

站外傳來軍士鼓譟聲。皇上著急的說：「將軍，你壓止不住嗎？」

陳玄禮說：「軍心已變，皇上，願乞三思。」

皇上默然。鼓譟聲持續。皇上緩緩起身，走出。

走向貴妃休憩的棧房，皇上腳步遲移，轉個彎，走向旁邊的小巷，再走出小巷，在棧房門邊徘徊再三。

高力士從背後趕上，急促低聲說：「皇上，事宜速決，否則生變。」

皇上依然躊躇，高力士再次催促。

推門進屋，貴妃新妝才罷，穿著杏黃衣裳，身上戴著的錦香囊逸散清香，明麗麗端坐在床沿，蝶朵在一旁啜泣不能止。

這咫尺，竟至天涯。

「我知道了。」貴妃直直看著皇上。

「姊姊、妹妹她們——？」

皇上垂首，搖搖頭。看一眼高力士手中捧著的一疊白綾，貴妃幽幽的說：

「一無生路？」

皇上踉蹌跌坐椅上，掩面。門外譁聲不息。

高力士說：「皇上、貴妃娘娘，安危只一線之隔，也在你們一念之間，國家為大，私情為小，請為大局著想，割恩忍愛捨私情。」

皇上哭著說：「我去對門外的他們說，朕替你死！」

貴妃淒然一笑：「有您這句話就夠。」

「我們，都有錯吧，三郎。」貴妃哽咽，倩然起身一拜說：

「妾身陋質，蒙君寵愛若是，今生無憾，來生圖報。」蝶朵嚎啕大哭。

「記住了——」貴妃語塞，哽咽再說：

「記住了，三郎，我甘心情願為您。」

「庭院有幢小佛堂，乞請容我禮佛之後赴死。」貴妃涕泣的說。

皇上掩著面哭泣、點頭。

「貴妃娘娘，眾怒難犯，小的實在無可奈何，尚祈恕罪，事遲恐生變，請隨我來。老奴，在此多謝貴妃，為保社稷，成全皇上。」高力士說。

一步，就是天涯，須臾，就是百年。皇上垂首哭泣不能自持。

貴妃瑤珮輕響，從皇上身旁走過。

哭，大哭。譁聲愈盛。

貴妃在佛堂禮佛完畢，轉身告訴蝶朵：

「我的金釵鈿盒要陪我殉葬入土，那是我和三郎今生定情，生生世世相覓相尋的信物，蝶朵，多謝你的相陪，我走後，幫我仔細照顧皇上。」蝶朵咬唇不讓自己再哭，拚了命的點頭。

貴妃再向高力士一欠身：「高公公，聖上春秋已高，你是舊人，最能體貼聖意，勞你特別小心侍候。」高力士說：「請貴妃娘娘放心，那是老奴的責任。娘娘，佛度超生，好走。」

走出佛堂，高力士將白綾高高掛在梨樹枝，六月的梨樹蔭濃葉密，白綾羅輕盈軟垂，風吹，一縷渺渺茫茫的新魂悠蕩，樹下挪來墊腳的土塊，高力士請娘娘踏上，蝶朵攙著貴妃站妥，開始低聲誦經，白綾圈套似雪的頸，蝶朵扶抱貴妃，緊緊貼著那樣美、那樣好，那樣雍容舒慢，精雅細緻的昨日，那樣絕倫的一場美夢。

高力士踢潰土塊，蝶朵跪下伏地。

「三郎——。」

……以無所得故，菩提薩埵，依般若波羅蜜多故，心無罣礙，無罣礙故，無有恐怖，遠離顛倒夢想，究竟涅槃，三世諸佛，依般若波羅蜜多故，得阿耨多羅三藐三菩提……

高力士對眾宣布貴妃死訊，並將貴妃屍首用紫錦褥覆蓋於席榻上，放置驛庭中，敕令陳玄禮率領眾將軍入庭中檢視，陳玄禮步出驛門，再次鄭重宣達：「貴妃楊氏，已奉聖旨賜死。」將士們隨即卸下武器盔冑，跪地齊呼「萬歲」。

清香未散，裙裾微微的拂感猶在，妃子，我的玉環妃子……，溫柔蘊藉的依傍，凝脂的膚觸，〈霓裳〉的拍譜，她嬌嗔、她愛嬌、她玩鬧、她專注、她赤足盪高秋千，風揚起髮，圓渾飽滿像孩子的額，她五指勻巧白皙晶瑩的玉足，她是我的朝朝與暮暮，我的天長與地久……

陛下，您看那銀河，這麼明晰，像鋪在夜空的一條綢白綾練

朕李隆基與楊玉環，情重恩深，願生生世世為夫妻，永不相離

您在人間，我必破戒下凡塵；您若在天界，我必定飛上青天去尋覓

從此莫再言失去

我們，都有錯吧，三郎，我們，都有錯吧，三郎，我們，都有錯吧，三郎

……

他真不知道自己還能怎麼活。這一刻，他真正死去。

掩面。哭泣。放下袖子，擦乾淚，抬起眼後，這會是個怎樣的世界？

釵鈿為殉，紫錦褥裹身，黃土一塚埋葬貴妃於蒼鬱的梨樹下，樹幹上刻著「貴妃楊玉環之墓」。

33 離別的梨樹下

三更黃月有如大銅盤，攀上梨樹稍，淚糊糊的，並不明亮。

莫前陪蝶朵在樹下焚燒冥紙。蝶朵獲准單獨留下來守墓，不再隨駕西行。

莫前說：「一個人在這，會有風險的，現在不是太平年。」

微微的火光掩映在蝶朵的臉：「皇上知會了附近鄉人，有照應的。」

「一定得留下嗎？」

「侍候楊娘娘，慣了，這是個陌生地方，貴妃一個人會害怕。」

「不知道是從哪一天起，我開始明白，你做的決定，誰也動不了。」莫前黯然，低聲說：

「你已經不是小時候……，我應該——，我不應該老是只記得石堡城。」

「你現在是出色的龍武禁衛軍偏將，不再是石堡城和牛玩牴角的蠻小子。」蝶朵笑著說。

「你就不能為我，咳，為我，我們一起去成都，一起回長安。」

「我就在這兒等你們回來一起回長安。」

莫前默然了一會兒，點點頭，起身，牽起蝶朵的手：「那麼，千萬珍重。」

蝶朵深深看著莫前：「你也是。」

莫前擁蝶朵入懷，長嘆一口氣說：「這世事，怎麼會是這樣？尋雲、阿政不見了，長安失去了，我們，莫可奈何了。」

「沒有一點消息？」

「我寧可沒有更多消息。洛陽逃出來的人說，上陽宮裡是空的。」

蝶朵真耽溺這樣安靠的胸懷，她緊緊抱著莫前，全心偎靠，閉上眼，好累，多希望，醒來，一切都還是教雪衣女讀經、唱歌的清晨，永新、念奴含笑走過，貴妃晨起等梳妝，空氣裡浮著好聞的瑞龍香……。

「明天你們會到哪兒？」

「不知道。」

「莫前，貴妃非死不可嗎？」

「總有我們永遠看不清楚的微妙，我在陳將軍身邊這幾年，親眼看見官場的爭鬥，對立、聯合、鬥垮、奪權，明裡與暗裡，今天這與那拉攏，明天又是那與這暗算，今天設了計害這人，明日又見到他們把臂言歡。」

「有一天，你也會成為他們中的一個嗎？」蝶朵問。

「我不知道，蝶朵，我真的不知道。」莫前再度用力攬擁住蝶朵：

「我只知道，我們都跟著更大的力量在流轉，朝廷、戰爭、鼓譟、西行、還有那些選擇，我們其實根本不能決定自己的什麼，我們只有珍重自己。」

「懂嗎？蝶朵，我們一定要分外珍重自己。」

34 沒有過完的天寶十五年

還去劍南嗎？楊國忠已死。

有人建議去河西、隴右。

有人建議朔方靈武。

有人建議太原。

有人建議轉回長安。

眾議紛陳，暫且出馬嵬，向扶風。

軍隊剛出發不久，被馬嵬坡一群鄉紳父老半途攔阻，他們力請皇上留下：「長安有宮殿、有皇陵，為人子孫怎能拋棄家園與祖先？」皇上命太子留下來安撫百姓，自己先行前進，鄉紳父老老淚縱橫對李亨說：

「皇上不願留下，我們願意讓子弟追隨太子殿下您去收復長安，若太子殿下也隨皇上去蜀地，誰肯為可憐遭棄的中原人民作主？」說罷，集體大哭，人越聚越多。李亨婉拒：

「皇上遠行，為人兒子的我怎能不隨侍左右？可否容我將你們的意見稟告父王，再做決定。」李亨說完，繮繩一提，準備離去，不料，李亨的兒子建寧王李倓與宦官李輔國拉住馬頭，李倓說：「父親殿下，全國百姓的民心，才是我們中興的力量，若您與陛下都遠去了西蜀，中原江山無異於拱手讓與安祿山，將來，恐怕我們再想回到這地方都不可能了，民心如流水，一渙散就回不來，不如，讓我們重整勢力，召回正在河北作戰的郭子儀、李光弼，再集結河西、隴右殘餘軍隊，聯合起來齊力東征，收復兩京。屆時，您再迎接皇上風光回宮，對國，成全了忠；對家，實踐了孝，如此忠孝得以兩全，父親，您何必戀戀於隨侍左右的小孝？」百姓聞言，團團包圍齊聲留住李亨，李亨無法前進，只好命人飛騎報告皇上。

等候太子久不至的皇上，得知消息，喟然一嘆：「這是天意！」下令撥出殿後的人馬二千人給太子，詔令全力輔佐太子，並傳話給李亨：「西北各蠻族，一向忠心，他們一定會聽令於你。」於是李亨向南叩拜，號哭流涕，與西巡的隊伍正式脫節。

莫前，就在殿後的這二千人裡。

不西行了，那麼，究竟要去哪裡？李亨一行商討著，一個後起響亮的名字被鄭重提起：朔方。

毫無異議，一行人往渭水方向前進，有馬渡河的從淺水處騎馬強渡，無馬的官員士卒，只能嗚咽流淚的折回。急行軍，一日一夜奔馳三百里。

皇上往西，太子往北。

七月十五日，皇上抵蜀地普安，重新布署人事，下詔天下，任太子為天下兵馬大元帥；太子李亨抵達靈武，以靈武為中興基地。

經過一個月的天地大裂變，經由詔書，天下人終於得知皇上在哪裡，七月二十八日，皇上抵達成都。

而早在七月十三日，李亨已在靈武南樓登基稱帝，文武百官叩首歡呼，君臣百感交集。

當日，李亨下詔尊父親為「太上皇」，赦免天下，改年號為至德。

35 空山雨鈴霖

路途辛苦，皇上常昏昏睡去，高力士替皇上找話說，他總是任意說出一個朝臣的名字，然後讓皇上猜，那個人會順服投降安祿山，還是會苦苦追隨帝駕而來。

張均、張垍兄弟，受過皇上厚恩，會來。後來證實，他們正在大燕當大官。

房琯，皇上沒重用，不會來。結果他千里迢迢尋來。

陳希烈，對皇上有怨，不會來。果然，他成了安祿山的宰相。

崔光遠，不會來；邊令誠……

有時皇上會沒頭沒腦說些話，很簡短，不必續。

有一次，他問高力士：「人死後，去了哪兒？」

高力士一時難回答，胡亂說起長安曲江新豐樓壁，早有個叫李遐周的術士題了藏讖詩，「那『燕市人皆去』，不就是安祿山的反叛，『函關馬不前』，哥舒翰兵敗潼關，『若逢山下鬼』，山下逢鬼，馬嵬坡不是？『環上繫羅衣』，玉環與白綾羅衣，皇上，這讖詩說的正是楊娘娘，如此看來，一切都是天意，上天早有安排，皇上切莫太過傷悲。」

有一次，他問：「愛卿，你有過失去的痛苦嗎？」

高力士說：「啟稟皇上，老奴從未有過幸福，所以不知道什麼是失去的痛苦。」

有一次，他說：「二月，在南詔建的大悲幢，是貴妃的力請。」高力士還摸不著頭緒，皇上就接著說：「她教朕怎麼看待朕的子民，不以天子的位置，以人的角度。」

不只一次，他說：「妃子死前說，我們都有錯。我們都有錯。」

有臣子不辭千山萬水一路跌跌撞撞尋來，追隨的百姓也越來越多，但也有不少士兵中途逃走，陳玄禮要用軍法制裁，皇上勸阻：「不必緝捕追拿，也不許治罪，誰都有父母妻兒，誰都會思念家園，想走的，讓他走。」那一天，剛好蜀地常例進貢春綵十萬餘疋，皇上將春綵陳列於中庭，召集將士宣諭：「朕愚懦昏瞶，所託非人，以至逆賊作亂，不得不離開京城躲避其鋒，連累卿等倉促隨行，既來不及別父母妻子，又疲倦飢餓勞苦至此——」，將士們異樣寂靜，皇上繼續說：

「蜀地遠，行不易，朕與子孫、中官、內侍，勉力前往成都即可，卿等可以各自回家去，這些春綵，大家平分共用，以助路途上的資糧，歸鄉見到父母妻子，請為朕致意。」眾人聞言感傷涕泣，皇上揮揮袖再說：「去留不忍勉強，卿等自行決定去留無妨。」眾將士齊聲跪地，陳玄禮叩稟：「臣等願從陛下，福禍死生與共。」春綵盡數賞給軍士。

聽說長安城內，常有腰下仍繫著寶玉環珮的王族貴冑，久藏荊棘叢中渾身血汙傷痕累累，徬徨哭泣於街邊，乞求收留願作奴僕，卻絕口不肯說出自己的姓名。

聽說各地反抗燕軍的力量越來越多。

聽說皇上普安下詔的前二天，其實，太子已在靈武登基。有那麼幾天，天下有兩位皇帝。

聽說靈武文武百官不滿三十人，大家在荒煙蔓草中，篳路藍縷，建立行宮與朝廷。

很多事，皇上變得總是安靜的聽，很少多表露些什麼；沒特別的喜，也沒特別生氣憤慨。

一路上，高力士貼身隨侍皇上，只有他知道，皇上背著人小聲在說話，登車輿，「妃子，上鑾車囉」，下車輿，「妃子，下鑾車」，移車、換馬、過橋、穿林、休憩，無不一一溫柔提醒。只高力士一人看過，車行間，羽蓋飄揚，幔幕遮掩，髮蒼髭白的皇上，常獨自在車上不停的安靜落淚。

雲山重疊，長空雁飛，那一日黃昏時分，皇上騎馬危危過棧道，只一會兒，陰雲暗淡，天色昏冥，冷雨斜風撲面，高處傳來猿聲悽清長鳴，哀婉直令人斷腸。眾人請皇上暫登劍閣避雨，皇上倚在閣窗，雲走霧飛，望蜀山蜀水一片白茫茫，突然有鈴聲從更深更遠處穿山水、繚葉樹、撥雲霧、載風雨而來，泠泠分明，皇上說：「你們聽，這聲音。」高力士傾耳聽，回說：「是林間雨聲，和著簷前的鈴鐸，隨風而響。」皇上由衷一嘆：「好美！」

鈴聲高響，低鳴，直穿，迴轉，雨滴淅淅、零零，一點一滴又一聲，皇上的眼眶漫起淚霧，淚水漸漸盈滿，不及掩面，淚水撲簌簌直墜，哀傷訴說：

「妃子是你嗎？」

「我獨自活在沒有你的世上。而又不能立刻死去。」

「是我負了你。」

「你要等我，我們有盟約，你要等我。」

鈴、鈴、鈴、鈴、鈴……

雨歇，一慟空山寂，透明薄紫的嵐氣裡，鈴聲一聲一聲相應。

36 雷海青

唐朝天子會那麼快就放棄長安，安祿山十分意外，贏得措手不及。

聽聞楊貴妃被六軍逼宮，縊死馬嵬坡，安祿山悵然若失。

虢國夫人攜子與裴柔一同向西狂奔至陳倉縣，竄逃入竹林，陳倉縣令薛景仙追至，夫人先揮刀砍死她自己的兒子；裴柔向夫人哭喊：「娘子，快殺掉我」，虢國夫人遂一劍刺死裴柔，再自刎，沒斷氣，被關入監獄，血聚咽喉而死的事，安祿山唏噓再三。

聽說楊國忠到長安，榮華富貴十二年，天寶十五年六月，一個月內，竟滿門陸續被殺盡。安祿山為此稍感滿意。

「可惜，李林甫那老賊死得快。」安祿山為此頻呼負負。

安祿山特地移駕長安十日，沒收皇家及人民財產，任意定罪，大肆濫捕，然而，到長安，他還有一個很私人的很重要的目的，沉香欄干、太液芙蓉，安祿山要將從前侍宴唐天子的所見所有，次第畢獻，全數享盡。

其實，長安凋敝，人馬稀空，起風的日子，老讓人聞到空氣中隱隱浮盪的腥臊，但安祿山仍要在勤政樓上賜宴，玩賞大象以鼻擎杯獻壽，舞馬聞樂起旋，清歌、麗舞與雜戲，他要求找回舊人，應有的盡要有，他更令梨園子弟、教坊樂工，像昔日那樣承應，太常雅樂，坐部於堂上坐而奏技，立部於堂下立而奏技……，但無論怎樣刻意，安祿山的開心總沒能透徹，他決定還是要回洛陽，少了李隆基、李林甫、楊國忠、楊貴妃、虢國夫人，長安，一點都沒想像中好玩。

特別是離開長安的前一天，凝碧池畔那件大煞風景的事。

安祿山上坐，二兒子安慶緒、三兒子安慶恩侍坐，眾將依序坐定，文武百官陪宴，他們一一走過安祿山跟前，報上自己的姓名、新職銜，再歌功頌德，叩首謝恩。梨園樂工張野狐、賀懷智隨駕西走，李龜年、馬仙期下落不明，安祿山特地覷眼瞧瞧，還好，還有黃幡綽按拍板，雷海青撥琵琶。

絲竹齊奏，悅耳動聽，眾將飲酒作樂，只有狡獪的安祿山聽得出，長安的秋空一樣悠遠，宮殿一樣安在，樂工部列一樣整齊，拍譜無一失誤，但樂曲不歡，樂工們眼神沒有亮采，臉上一無笑容，有些樂工樂曲一發即凝咽。安祿山內心不悅，數曲終了，他說：

「想朕起兵不久，便得東西兩京，這是天意，天下乃朕安祿山之天下。李隆基平日用這麼多苦心調教你們這班樂工，自己不能享用，倒留給朕受用，你們且放眼看，看！朕令你們抬頭看！昔時舊江山，全數拱手贈予人，今日新天子，當時舊宰臣，這豈非天數，豈非天數，哈哈哈……。」

燕君臣舉杯，歡呼暢飲，樂工百感交集，有些面容慘沮，有些暗暗拭淚，安祿山突然用力摔碎酒杯，怒喝：

「朕今日太平聖宴，誰敢不歡？作悲傷之態者，立斬不赦。」於是左右查看伶人樂工、文武百官臉上有淚痕者，全部拖出。滿座驚駭怖懼，突然有人放聲大哭，哭聲直衝霄宇，在場無不大驚失色，左右迅速奔去擒拿，只見那人霍然站起身，拿起手上琵琶，朝安祿山大罵：

「逆豎！你忘恩負義，獸心假人面，蒙聖恩拜將封王，不思報效國家，反敢稱兵作亂，穢汙神京，傷害生靈，你這逆賊惡貫滿盈，神人共憤！」

「雷、海、青，小小樂工，好大膽子！」安祿山作勢要左右住手。

雷海青怒不可遏，向百官破口再罵：「我是個卑賤的樂工，也強過那些沒廉恥的讀書人、奴才走狗，郭子儀、李光弼在河北掃蕩，我大唐天子在西蜀，太子殿下往朔方，反賊！你賊星將敗，還誇口倡言什麼太平宴，京城淪陷，但民心不死，朔方軍就要打回來了，你死到臨頭不知悟！」說畢，疾走數步，手中琵琶朝安祿山頭上奮力扔擲砸去，安祿山別頭閃過，琵琶摔地粉碎，左右一擁而上，將雷海青推出，安祿山大怒，命令將雷海清押到試馬殿前，綁在柱子上，大卸八塊而死，至死罵不絕口。

安祿山掃了興，悻悻然命令撤去宴席，隔日即回洛陽，但「京城淪陷，但民心不死」

這句話卻像陰魂始終纏繞他，兩京雖在手，四方戰事的確不斷擴大，不斷新起，那些反抗的官員，殺不完似的誅而又起，民心究竟該怎樣收？他厭惡聽到郭子儀、李光弼的名字，更痛恨太子李亨的靈武，打天下真的沒想像中容易，他得加把勁兒更鞏固自己的政權，他要快決定未來儲君的人選。

雷海青的事，也帶回到洛陽，大家祕密相傳，有個五品官，沒來得及逃出長安，被叛軍俘虜，因有文才、通音律，安祿山特令將他押送洛陽，這五品官服藥，讓自己下痢喑啞，千方百計不擔任蕃朝官吏，安祿山仍強迫給他官位。聽聞雷海青事，他哀戚寫下一首〈題凝碧池詩〉：

萬戶傷心生野煙
百官何日再朝天
秋槐葉落空宮裡
凝碧池頭奏管絃

這首詩後來救了這五品官的命，這五品官名叫王維。

37 變，世間最恆久的不變

靈武，開始閃閃發光，照在許多唐朝子民無夢的長夜，成為苦難的唯一救贖。

太子何時打回長安？很多人四面八方投奔而來。

郭子儀率軍五萬人，從河北返抵靈武，靈武軍事力量開始強大。

回紇、吐蕃王國，先後派使節到靈武，表示願出軍助戰。

東南廣大地區供應蜀地及靈武軍需與物資，順暢無缺。

八月，宰相房琯攜帶傳國玉璽以及冊封李亨為皇帝的詔書，由蜀地出發到靈武。

靈武迅速發展起名正言順，極其可觀的反攻的力量，尤其是李泌先生來了。

李泌一向只在李亨需要幫助的時刻出現，李亨稱他「先生」。李亨從馬嵬坡北上時，就派人召喚他，終於，李泌趕到靈武。

李亨與李泌馬並駕，榻同鋪，仍像年少時候一樣，事無大小，都和李泌商議。李泌一直不接受官職，兩人一起視察軍營的時候，士卒們遠遠看著，暗中耳語相傳：「穿黃袍的，是聖人；穿白袍的，是山人」，李亨說：「先生，你聽得行伍傳言的含意吧！請為士兵們穿上三品以上紫色官服，以解他們的好奇與疑問吧」，繼而再說：「既穿紫袍，怎能沒有官銜？」於是任長子廣平王李俶為天下兵馬元帥，李泌為元帥府行軍長史，同心戮力共掌大業。

李泌對李亨說：「燕軍擄掠的金銀、珠寶、女人，全送回范陽，他們的心沒固著在洛陽、長安，這才是我們致勝的關鍵，請分一支部隊直搗范陽，分散並擾亂他們的軍力。陛下，您以親征為名，要一路由靈武不斷往長安移動，以振奮民心。」

開始反攻的第一步，靈武浸潤在如虹的士氣裡。

張良娣與李輔國更是矍鑠著精神，一個是最鍾愛的妃子，一個是最寵信的佞臣，他倆絕對是李亨最親近的人毫無疑異。

張良娣聰明機靈，每晚睡覺，張良娣堅持面向大門睡李亨外側，李亨說：「你是女子，出意外，你是無能力保護我的。」她告訴李亨：「若事變突發，我這血肉之軀，可以拖延盜匪的攻擊，陛下就可以利用這段時間，從後面逃走。」李亨非常感動，尤其她在靈武生下兒子，更令李亨高興。

遠在成都的太上皇贈賜張良娣珠寶馬鞍，李泌勸說：「人民離亂困苦，皇上應顯示簡約，請將賞賜交付國庫，有人立戰功時，作為獎勵。」

李亨想立張良娣為皇后，李泌說：「靈武登基是為大局著想的權宜之計，凡事仍要以太上皇為主，立后的事，現在不宜。」

李亨來到順化，房琯趕來，呈上玉璽、詔書，李泌教李亨絕對不能接受，反而要說：「中原還未平定，我只是暫時管理國家，怎麼敢趁著危急時刻，要求繼承王位。」百官一再懇請，李亨拒絕再三，最後，決定將玉璽與詔書放在便殿，李亨清晨、黃昏定時致敬，如人子對父母一般晨昏定省。

李輔國沒為李泌如此一而再，再而三的「勸諫」說些什麼，但說實話，他心中非常不滿——論政治，盡忠也是一種賭注押碼，苦苦追隨在李亨身邊的文武百官，哪一個人不希望今日是天子的患難伙伴，一躍成為朝中顯赫的重臣，明明登基已是事實，李泌卻一再出手讓這事實開始動搖，平添許多不確定。李泌不是說不當官的嗎？結果如何？現在還掌了大權，李輔國實在憤懣難平，那一日在馬嵬坡，他沒命的扣住李亨前進的馬首，將李亨的命運扭轉至靈武，從那一刻起，他已決定自己的人生一定要有不同。

他忠於李亨，更忠於自己。

有著共同的敵人，人心自然靠攏，李輔國與張良娣於是更加親近，他倆都痛恨李泌。

房琯積極熱情，每次見李亨，高談闊論國家大事，慷慨激昂，令人動容，李亨遂請房琯留在身邊，事事徵詢，委以大任。

房琯請求率軍東征，收復兩京，李亨同意了。

房琯的大軍與燕軍相遇陳濤斜[13]，靈武反攻軍第一場東征戰役，大敗，士兵死傷四萬餘人。

陳濤斜兵敗，是剛剛振起的唐王朝當頭一棒，宛如一大片烏雲罩頂，李亨忙於重新調度前線，河北戰鬥激烈；而南方，有股勢力漸漸在成形，並開始蠢蠢欲動——永王李璘。

當日普安下詔，李璘總領南方四道的節度使，鎮守江陵。江南富饒安定，李璘號召天下賢能之士勤王，一時俊傑紛紛南來，其中，有浪跡天涯，報國之志未竟的李白。

幅員千里，肥沃富庶，四道兵權盡在握，人才濟濟帷幕中，李璘因此產生不同的想像：朝廷，可以不在長安在靈武，那，為什麼不能有個小朝廷在金陵？他還不想真正反叛，他想的是割據江南，偏安一隅。

至德元年十二月，李璘引兵東巡，沿長江而下，軍容浩盛壯大，許多人都以為李璘大軍將從東路轉彎北上，去參與中原的平叛戰爭，去收復洛陽與長安，李白就曾以詩歌熱烈讚揚著：「長風一掃胡塵淨，西入長安到日邊」。

其實，李璘的權限不能伸到江南東道，他的東巡也正在違背李亨頒下的命令，李亨命他向西返回蜀地覲見父皇，李璘的東巡意圖在於宣示軍威，他要讓南方全數臣服。

李璘大軍行經的地方，有些地方官看出端倪，提出質疑與抗議，李璘便出兵攻打，也有些李亨派任的官吏乾脆聯合軍力，共同討伐李璘，抵抗李璘的兵力逐漸集結增多，江東亦加入討伐的行列。永王李璘與唐朝廷終至兵戎相見。

二月二十日，李璘兵敗被殺。

意外，總是發生在最意想不到的人身上。

燕朝廷也沒能例外。

安祿山一直有眼疾，起兵以來，逐漸惡化，洛陽歸來，嚴重至幾近失明，眼前糢糊糊白，每一樁物體都是糢糊糊的顏色，人怎麼能忍受那夢寐以求的擁有，一樣一樣陳列眼前時自己卻無法將它們看個清楚？安祿山暴躁的個性更加瘋狂殘忍。視覺關閉，人的所有感官就會分外清醒纖敏，疑忌，遂成為一頭伸長鼻子嗅嗅嗅不停的醜陋怪獸，在安祿山的心中快速長大。

大臣及左右侍從，動輒遭鞭笞棒打，經常有人因此喪命，他最親近的臣子嚴莊，以及隨侍左右的內監李豬兒，也不免遭禍，鞭子，一天天、一次次無情的落下，怨毒漸漸在積壓，增厚，濃稠到無法攪拌，難以化解。

李豬兒眉清目秀，從小受閹，追隨在安祿山身邊，聽說安祿山酒後曾現出豬首龍身，

13 陳濤斜：古地名。在今陝西咸陽東。

通占卜的測士稱道這是豬龍之身，必有天子之命，安祿山一時高興，隨口就將「豬兒」這名字賜給他。

安祿山在崇仁坊為長子祭旗之後，次子安慶緒立為太子，但他喜歡得寵的段夫人所生的三子安慶恩，他考慮換掉太子。

安慶緒驚慌的找嚴莊商量，嚴莊對安祿山的喜怒無常、無緣無故鞭打身邊人早已懷恨在心，又端詳眼前的安慶緒，心想：「這蠢蛋愚騃荒誕，非常易於撥弄掌控，他早點繼位，我就可以專權用事。」於是，他告訴安慶緒：「你不必找我想辦法了，主上必然會廢你的太子地位，不過，我提醒你，自古一廢一立之間，那被廢的哪一個有好下場？你最好想辦法儘早避禍，好自為之吧！」

安慶緒聞言大哭：「先生救我，先生救我！只要先生願意相救，我全悉聽命，絕無二志。」

嚴莊靠近，低聲說：「殿下，你要救自己，便得讓廢立的事來不及發生，不，你要讓廢立的事永遠沒機會發生。」

「先生的意思是說……？」

「無可奈何之計，萬不得已之舉。」再靠近一些，嚴莊說。

安慶緒眼神從迷惘不解到全然了解，他低下頭想一想，抬頭便說：「先生為我，我怎敢不從。但此計如何進行？」

嚴莊說：「非李豬兒不可。」

嚴莊夜探李豬兒，得知李豬兒對安祿山早有積怨：「每日醒來，不知能不能活到見明日的太陽？」

嚴莊聞言立刻接著說：「太子殿下仁厚，若他能早襲大位，我與你何須如此卑賤可憐？」

李豬兒說：「只可惜，繼位的未必是太子殿下，那段夫人——。」

嚴莊看了一下左右，確定無人，急急搶了一句：「如果太子能即刻登基即位——。」李豬兒住了嘴，聽嚴莊再說：「我與你都有好處。」

李豬兒靜了靜，喚嚴莊雙雙坐下，促膝細談。

次日初夜，李豬兒近身服侍安祿山安寢於幃帳內，告退離去時突然一轉身，趁安祿山最鬆懈無防心的時候，揭開安祿山的錦被，一刀砍向安祿山的大肚皮，繼而瘋狂砍刺，事出突然，安祿山摸不到枕下防身的匕首，忽的起身下床，看不清楚來人，赤足踉蹌向前走幾步，大聲嚷著：「此必是家賊作亂！」裂開的肚皮鮮血直流淌，腸子拖墜地下，安祿山雙手胡亂要將腸子塞回，不一會兒，砰然倒地，鮮血汩汩，肚腸汁液滿地，他抽搐幾下，氣絕。

安慶緒與嚴莊持刀趕到，喝令所有聞風前來的內侍不得張聲，在床底掘地數尺，將安祿山的屍首埋於地下，不讓人看見屍首的模樣。

清晨，嚴莊於大殿稱說安祿山昨晚被郭子儀派出的刺客刺殺，傷重去世，臨死前留有遺詔，隨即宣讀安祿山遺詔，位傳太子安慶緒。數日後草草安葬安祿山，並縊死段夫人與其子安慶恩，從此燕朝廷大小事都取決於嚴莊。

安慶緒改元載初，安祿山從天寶十五年元月稱帝至至德二年元月被殺，整整當了一年雄武皇帝。

38 安祿山的死訊

安祿山的死訊傳來，撥去一些陳濤斜兵敗的暗雲。河北遍地烽火，雍丘、太原、常山、潼關、陝郡攻防之間再三易手，李亨於烽煙中再向長安挺進，到達扶風改名的鳳翔縣，各地勤王軍隊於此會師，聽說天子快回來了，從敵占區逃出來投奔靈武朝廷的人日夜不絕。

來到跟前的舊臣，李亨無不一一垂詢，交待妥為安頓，但也有例外，邊令誠從長安來奔，不顧李輔國的說情，李亨令殺之無赦以祭封常清、高仙芝。

黃幡綽也逃出來了，李亨細問了雷海青的事，再問：「你當時有墮淚嗎？」黃幡綽答以「觸目傷心，誰能不淚流」，李輔國在一旁不以為然的說：「但我聽人說，你對安祿山極諂媚，他夢見紙窗破碎，你解夢說那是臨照四方之兆；他夢見所穿袍袖太長，你解夢說是垂衣而天下治。」

黃幡綽從容回答：「安祿山果真有此夢，臣也果真有此言，因為由此兩夢，臣知道反賊必敗，既然知道結局，過程無論如何都可以忍耐，何必直言取禍？臣要保住這卑微的身軀，好朝見天子，再睹聖顏。」李亨聽完哈哈大笑，欣賞黃幡綽的急智，仍讓他恢復舊官職。

至於那一名小參軍被帶進來，李亨差點笑了出來，那是個野人吧！枯黑削瘦、一臉髒汙看不清五官，穿著破麻鞋，衣袖破到露出兩肘，衣衫藍縷至幾乎不能蔽體，他看來比別人都更艱辛、更嚴謹，原來，一心奔往靈武途中，他又被叛軍抓回長安，冒死再從長安逃出，李亨憫憐他的耿耿忠心，當場任命此人為右拾遺，「你說，你叫什麼名字？」李亨再問一次。

「微臣，杜甫。」

李泌請求組織一支遠征軍隊，趁機直搗燕軍老巢范陽。但長安、洛陽就在眼前了，李亨第一次沒聽從李泌的意見，他急著有結果，他急著要有一場標誌性的大勝利。

六月，任命郭子儀為天下兵馬副元帥，即日兵赴鳳翔，沿途蕩寇，直逼長安、洛陽。

安祿山的死訊，傳到史思明耳中。史思明是燕軍第一戰將，戰功無敵，有謀略，有膽識，與李光弼鬥智鬥勇，不相上下。他太熟諳政治，關於安祿山的死，他不多表意見，只設奠遙祭，也欣然承旨接受安慶緒「封嬀川王，兼領恆陽軍」的新任命，順從的將軍隊帶回去護守范陽。從此，史思明得以養息，兵精糧足，更加壯大。

安祿山的死訊，傳到成都，很久都未見情緒的太上皇，一整夜踱步宮中，徘徊來去直至天明。次日，囑高力士密設几案，私祭楊貴妃，並派宦官前往廣東曲江縣張九齡的墳前祭奠。

雖在西蜀，常有人帶來中原的消息，太上皇愛聽郭子儀的朔方軍，以及李光弼的飆奇戰術，他們說，李光弼的部隊會地遁。

部隊裡有三個來自安邊軍的鑄錢工，善於穿地道，敵兵還在城下仰面罵陣，李光弼派人將罵陣的敵兵拽入地道，拉進城中，然後推到城牆上殺掉，讓敵軍個個膽戰心驚，恍若遇見神鬼，連走路都緊瞅著地面。

敵軍搭雲梯、修土山來攻，李光弼挖妥地道，敵軍一走近城牆，人馬盡悉下陷。

太原保衛戰那一場，李光弼詐與敵人約定要投降，暗中派人挖空敵營的地下，只用木頭支撐，約定時刻一到，李光弼親立城牆上，由部將帶領數千人出城走向敵營投降，準備受降的敵軍目不轉睛注視這支緩緩走近的降兵，突然天崩地裂，軍營整個下陷，敵軍千人死於倒塌陷落中，全軍驚駭混亂，唐軍鳴鼓，進軍殺敵，大獲全勝。

「地遁」，太上皇低聲開心的說，亮著眼。

當然，也有令太上皇憂心的消息。安慶緒即位後，派大將尹子奇力攻睢陽，張巡從雍丘分兵來到睢陽協助太守許遠一起守城，那張巡在雍丘，曾從城牆夜縋草人，引敵人瘋狂射箭，然後，上千草人拉回，將箭一一拔出，得箭千萬枝，再將敵箭拿來射敵軍，太上皇數度遙遙讚嘆張巡。睢陽圍城浴血，軍民一心，從三月到八月，守軍已剩六百，可見其慘烈，聽說，援兵不至，城中絕糧……。

「河北道二十四郡，難道沒有一個郡長忠於朕？堪任事？」當日在長安，他曾經這樣失望質疑過，現在，他帶著很迷惘的驕傲說：「我大唐天下，忒多能人，盡皆忠貞。」

蜀江水碧蜀山青，太上皇到蜀地一年了，他聽聽朝事，見見臣子，閒時在行宮附近走動，日子很難看出什麼，只是背更駝，髮更蒼，沉默更多。在長安，高力士夜晚睡覺的地方，就是在太上皇寢殿的帳幕後加張小床，來在成都也沒例外，太上皇不只一次對人說：「有高力士在，我才睡得著。」

那一天，奠祭完貴妃，陳玄禮問安剛走，難得的好興致，太上皇多說了些話，他對高力士說：「愛卿，你和陳將軍都是我的鏡子，我看見你們，就像看見自己。」

高力士忙不迭說：「太上皇，您快別折騰老奴了，您與我，咳，天和地，我是奴才。」

「你幾歲進宮的？」

「則天大聖皇帝在位之初就進了宮。」

「我記得你小我一歲。初見你的時候，我還未到東宮，只覺你神貌健偉，做事特別謹慎小心。」

「老奴枯朽殘年，老了。」

「你在我身邊數十年，你有多年少，我就有多年少；我有多老邁，你就有多老邁。那些年，宮廷多少事，總是有我，有你，記得太平公主那樁事吧！那次多虧還有陳玄禮的禁衛軍相助，才能成就大事。」太上皇精神提起了些。

高力士也忍不住振奮：「是啊！宮廷事極其險惡，每每站在風浪頭上，衝上去，或者摔下來屍骨無存。老奴沒什麼本事，但心中只住著自己的主子。」

太上皇含笑點頭：「你，果敢聰明，記得，你說情救過好幾個賢臣，免我犯下大錯，當今天子當初也是你建議立為太子的，那場征南詔的戰事，我大唐全軍覆沒，楊國忠一直欺騙我，把失敗說成了勝利，朝中大臣誰也不敢反映真相，後來我思想起來，當初似乎只有你和皇甫惟明將軍暗示過我，要我明查，只惜，當時我沒聽進你們的話。那皇甫將軍在勤王的路上嗎？」

「啟稟太上皇，皇甫將軍已去世多年，滿門抄斬。」

「是嗎？為了什麼事？我想起來了，是不是那一年，李林甫說太子黨羽——」太上皇的聲音越說越低，頹然了起來。

「都過去了，上皇，都過去了。」

「你也曾經反對我將天下事交付李林甫，提醒我河東北兵悍且強，你好像還說過『恐禍成不可禁』，我常向你吐露心中的話，可惜，卻未能接受你的諫諍。唉，李林甫、楊國忠、安祿山——。」

「至少，這一生，我有你，有陳玄禮，有——。」太上皇頓了頓。

高力士說：「老奴知道，還有貴妃娘娘。」高力士往前一屈身，跪地叩首：「乞請太上皇賜罪，馬嵬坡當日，老奴礙於形勢，情非得已。」

這些日子以來，君臣第一次提起馬嵬坡。

太上皇闔上眼，悠悠的說：「你先起身，我並沒有怪你，那一刻，你們都為了保住我。可恨我全無主張，如果，如果當初我抵抗，說不定將士們根本不敢犯上，如果他們果真犯上殺了我，那我不就能和妃子黃泉路上相依相守，永成雙？如今我一人獨活，雖無災無恙，留餘生又有何用？」

高力士說：「妃子不會希望您這樣的，太上皇，您就當成一人為兩人活。」

太上皇詢問起當日，佛堂，梨樹，高力士娓娓道敘。

擦拭去眼淚，太上皇說：「初起那段日子，我清楚感到她一縷魂魄始終追隨我身邊，像葉子一樣輕飄，卻是有人站在我身邊的真實感，她一路相護，捨不得相離。」

「但是，已有好長一段日子，我感覺她似乎不在了，最近，我倒是在夢裡見過她。」

「夢裡？太上皇，敢問，楊娘娘來在您夢裡是如何個形貌？」高力士問。

「那是個陌生的所在，不是皇城裡的哪個宮哪個殿，縹緲雲氣裡，有座仙山，住著一些仙子，其中一幢瑤階玉樹的素雅院落，住有一位仙女，我走近，那仙女回首，分明就是妃子的樣貌，巧笑倩兮，形容完好，美麗一如往昔，我一開口呼喚，夢便醒來。」

「幾次夢中情景依稀，我努力看清了那仙山似乎叫蓬萊，那院落好似叫玉真殿。」

高力士說：「啟稟太上皇，日有思，夜有夢，此事真情自然，至少妃子形容完好，美麗如昔，便可堪告慰所有思念她的人。」

「來日，我必定會將她遷葬長安。」太上皇悽惻的說，突然想起一事：

「那金釵鈿盒呢？陪娘娘一起殉葬了嗎？」

「那一日，風雲突變，什麼事都倉惶，不過，貴妃身邊有個叫蝶朵的宮女留在馬嵬坡守墳，待我們回程去尋她，一切都會明瞭的，到時候，我們一起帶著貴妃娘娘回長安。」

「愛卿，今天，我終也有個人可以吐露這些心事，我連和自己的手足、子孫都沒能說這些。他們，每個人都有祕密似的。」

「太上皇，老奴猥以微賤，那堪匹配此等榮幸？」

「不，這是實話，大唐李氏，皇族世胄，但帶給我極世榮華的，正也帶給我嚴酷打擊。來世，我要和玉環住在朱雀大街，賣湯餅、打鐵都行，或者，我就帶著玉環浪跡天涯。」

太上皇瞇著眼說。

「啟稟太上皇，老奴不懂兒女之事，但是，我知曉，您與貴妃娘娘的恩愛，應是後宮難有，今生唯見。」高力士說。

「身為女子，妃子她比我勇敢得太多、太多。」太上皇低喟著。

然後，他抬眼，看著鬢髮星星的高力士說：「我們有幸君臣一場，愛卿，你就與我一起共老。」

39

落花時節又逢君

安祿山的死訊似絮飄，一郭、一城、一櫓、一船的飛到了江南。人人額手稱慶，彷彿從安祿山倒下的身影看見官兵收復兩京的幻景，歡慶如好風，將飛絮飄得高，吹得遠。

晴時明麗，雨時迷濛，青山隱隱，水道縱橫，舟船輕搖過拱橋，楊柳掩映處，酒旗隨風飄揚。江南從來就有別樣的飄逸風姿。

金陵邊陲有個西鄉小鎮，那兒青石的市集街道真熱鬧，最近幾天，紅男綠女攜老扶幼的都往城郊的青鷺峰寺走去，連七天，青鷺峰寺舉辦護國安民大法會，這著實是地方上的盛事，聽說，金陵城所有好吃的、好玩的，全聚在寺門口了。但這二天，大夥口口相傳的是，不知打哪兒來了個彈琵琶唱彈詞的老者，他那一手琵琶真是好音上了天，更新鮮的是，每天下午他都唱上一段彈詞，仔細一聽，竟是上好情節，板凳聚集著擺滿，很快的，站著的人也擠得水洩不通，他今天沒唱完的，隔天會再續，每天獲得的賞錢無計數，往青鷺峰寺來的人一天比一天多，在路上行走的人們總會相互問著：「你們是為法會來的，還是為聽彈詞來的？」「昨天唱到哪兒了？唉喲！快別錯過今兒的。」

唱不盡興亡夢幻，彈不盡悲傷感嘆，大古裡淒涼滿眼對江山。我只待撥繁弦傳幽怨，翻別調寫愁煩，慢慢的把天寶當年遺事彈。

那老人邊唱邊說邊撥絃，一開口就是那冊妃的天寶四年。

那娘娘生得來仙姿佚貌，說不盡幽閒窈窕。

那君王看承得似明珠沒兩，鎮日裡高擎在掌。……

青鸞峰寺山門邊，今天，來了個揹鐵笛的年輕書生，他站在人牆外沿，延頸企踵直往人群內張望，走了好幾十里路才來到這青鸞峰，額頭的汗珠都沒及擦淨，自從幾天前聽鄉人不停說起一個老者，彈得一手好琵琶，那手法特別與人不同之後，他的一顆心始終不得安寧，今日總算趕來會一會，只惜到遲了，挨在人群外近身不得，好一會兒，書生一顆急哄哄的心才開始沉靜下來，他索性站在山門，隔段距離，用心聽那琵琶，那彈詞，倏地，他靜靜愣在當下。

當日呵，那娘娘在荷亭把宮商細按，譜新聲將〈霓裳〉調翻。晝長時親自教雙鬟。

舒素手拍香檀，一字字都吐自朱唇皓齒間。恰便似一串驪珠，聲和韻閒，恰便似鶯與燕弄關關，恰便似鳴泉花底流溪澗，……

聽眾們聽得如痴如醉，那人群外的年輕書生差點哭了出聲，啊！琵琶猶似舊時音。

傳集了梨園部、教坊班，向翠盤中高簇擁著個娘娘，引得那君王帶笑看。恰正好嘔嘔啞啞〈霓裳〉歌舞，不隄防撲撲突突漁陽戰鼓。剗地裡出出律律紛紛擾擾奏邊書，急得個上上下下都無措。……

人群鴉雀無聲，年輕書生的眼神落得好深好遠。

鑾輿後攜著個嬌嬌滴滴貴妃同去。又只見密密匝匝的兵，惡惡狠狠的語，鬧鬧炒炒、轟轟劄劄四下喳呼，生逼散恩恩愛愛疼疼熱熱帝王夫婦。霎時間畫就了這一幅慘慘悽悽絕代佳人絕命圖。

人群傳來聲聲嘆息欷歔，不少人頻頻揩淚抹淚。

破不剌馬嵬驛舍，冷清清佛堂倒斜。一代紅顏為君絕，千秋遺恨滴羅巾血。半科樹是薄命碑碣，一抔土是斷腸墓穴。再無人過荒涼野，莽天涯誰弔梨花謝！可憐那抱幽怨的孤魂，只伴著嗚咽咽的望帝悲聲啼夜月。

抽抽噎噎的聲音此起彼落，有人開口問：「那長安兵火之後，不知光景如何？」那彈詞的老人說：「列位看官啊，好端端一座錦繡長安城，自被賊兵攻破，光景十分不堪了。請聽我再彈——。」

梨園一曲翻新韻，那段樂坊的日子短暫美好得像場醒來怔忡再難尋覓的春夢，年輕書生含淚微笑，他知道這老者是誰。黃幡綽聲音清亮，馬仙期聲音高亢，雷海青從不開口歌唱，能將彈詞唱得如此渾厚蒼茫又婉轉清楚，字字送進人耳轂裡去的，只有教坊班頭李龜年。

掌聲如雷響起，賞錢叮叮噹噹不停，人群裡有人又說：「法會就到今天，明兒起就沒能再聽你老的琵琶與彈詞了，老先生，你就特別為我們再奏一曲吧！」

琵琶聲滾珠般再響起，忽然有笛聲相伴相應，眾人尋聲回頭，山門口站了個玉樹臨風的書生，正忘情擫笛，琵琶聲與笛聲天衣融合渾然無痕，你來我復的，眾人自然退開，讓出一條音聲的甬道，書生一邊吹笛一邊走近，老者撥絃的手沒停，驚喜從神情逐漸宕開，眼底是訴不盡的心情，人群裡懂樂的人輕聲說：「這曲子實在是仙樂天音了！」旁邊有人回道：「莫非這就是〈霓裳〉？」

一曲終了，歡聲雷動，老者邊起身，邊哭著呼喊來者：「李謩！李謩！」

琵琶老者和鐵笛書生的傳說，打通任督兩脈似的，讓西鄉小鎮三元匯頂元氣虎虎了好長一段時日，今生有幸聽〈霓裳〉，那些懂樂、愛樂的人，作夢都在笑。

那一天，李謩請李龜年回家，星夜趕路，薜荔與女蘿圍繞竹籬的鄉間茅屋裡，李龜年見到何多嬌。

燈下，笑淚與往事。

何多嬌素顏布衣，已然是個恬淡的農婦，長安城陷前夕，李謩回到掖庭宮尋找多嬌，慌亂亂中，什麼都不必說，他們攜手千辛萬苦回到李謩的家鄉，曾經與死亡一線之距的人，都充分明白活著是這麼不容易，尤其還能和自己心愛的人相廝守，李謩和何多嬌在鄉間耕田、種菜，從補丁的衣衫，漏水的茅草屋看出日子並不好過，但是他們擁有避世的一畦清寧。

彈打樹頭，群鳥亂飛，李龜年說起長安離亂，那一天在梨園，大家圍成一團哭啼啼，有人逃不掉決定留下，有人還是要往西追隨皇上的背後尋去，他決定帶一群人南下避難，到了南方，大家各自東西謀求生路，他淪落在街頭賣唱維生，聽說西鄉青鷲峰寺有法會，他便趕熱鬧去賺些賞錢。

問起故人音訊，賀懷智病逝來江南的途中，黃幡綽起初留長安最終仍逃離，馬仙期全無音訊，那剛烈的雷海青罵賊而死，「對了」，李龜年想起一事：

「我曾經去到金陵的道觀乞討，遇見永新、念奴，她倆已在那兒出家當女道士了。」

多嬌開心的說：「沒想到她兩人也到南方來了？李教師，你儘管在寒舍居住，找一天，我們三人一起去金陵看望永新與念奴。」

40 南國遠，秋光為一奠

金陵，女貞觀。

焚香洗心，細翻經藏，趁秋氣無限佳好，永新、念奴兩位道姑，一起搬桌椅、經函到日頭下晒書，她們將經書一本本拿出箱篋，攤在桌上、椅上。

永新說：「記得在宮中，聽娘娘教雪衣女誦《心經》，一字一字的，不只雪衣女，我們也全都會背誦，只是全然不懂，平嘉公主來說了幾次法，我也全不懂，今天，算是稍稍懂得。」

念奴說：「那時是熱鬧繁華時刻，很難懂下一步，更別說是明白究竟。」

永新點點頭：「其實，我哪能真懂什麼色與空，只是，比從前不害怕。」

念奴笑著說：「哪件事會比離京那一天讓你害怕的？扶著我，不知道要去哪兒，沒命的在宮裡亂跑。」

「說也奇怪，你昏迷了一天，錯過了和皇上娘娘逃出宮的機會，那天下午卻突然清醒好一陣，我們一走到宮門口，不早不晚，剛好遇上李教師一群人要到南方，真是奇妙。」

「是奇妙。江南，女貞觀，你與我，都是奇妙的因緣。」念奴對永新說。

永新看了一眼後院的大桂樹說：「桂花開得真美，今天記得多摘一些，你記得貴妃娘娘那場月宮夢嗎？醒來袖子裡還有桂花，滿屋子瀰漫桂花的香氣。」

念奴點點頭：「宮裡的生活，歷歷如昨。我在想，皇上與貴妃這一場，莫非就是演示在我面前偌大的繁華若夢，色即是空。」

永新說：「是啊，我也想過，我們本身，或者是每個人的一生，也都是一場成空的過程吧！」

念奴問：「那，永新，你能不怕一切成空嗎？」

永新說：「我有時怕，有時坦然；我怕死，怕擁有的會失去，怕努力都歸了烏有，我也坦然，因為，我有點明白了，死去是為了再來，空與有是相互依存的。」

念奴說：「一切成空顯得那麼的虛無。原來，死，老早在前頭靜靜的等著我們。」

「想你與我，自幼在宮裡，該學的，學得認真；該做的，做得周到，怎樣的繁華都看盡，如今經過這一場戰亂，能來在這平安的小道觀誦經禮佛，我感到，好像此生該做的全都適宜剛好。」永新整齊放妥經函在案桌，拿起空箱篋拍塵撲灰，秋光醇如酒，她對著念奴再說：

「昨天我剛聽到玄奘法師的故事，他圓寂之前，認為自己這肉身著實可厭，而一生該做的事又已全都完成，是到了該走的時刻了，『無宜久住』，他這樣說。」

念奴說：「這樣瀟灑，卻也這樣無情。」

永新連忙笑著說：「還沒，還沒，他還有最後一句，『願所修福慧回施有情』。」

念奴低聲憮然：「多麼好，多麼實在，生無沾戀，你瞧他無情得如此溫暖多情，空得這樣無限寬廣啊。」

「永新，那你想，楊娘娘死的時候，會有怨嗎？」

「如果她覺得是在完成該做的事，就無怨。」

話正說著，看見觀主帶著幾位客人走進來，指著庭園說：「她們就在那兒，正忙著晒經書呢。」

永新、念奴齊抬頭，金燦燦陽光下，定睛一看，啊！那不是——，是李教師來了！身邊那年輕書生是——？竟會是鐵笛李暮！那走在後頭的年輕婦人？走近些，再端詳，二人齊聲喊出了口：「多嬌！」

南國遠，五位故人，相逢竟似一夢中。

離亂多坎坷，彼此道敘別後種種遭逢，然後，永新讓念奴摘來大把桂花，拿出一陌紙錢，擎起一杯清茗，帶著眾人到觀後別院。

別院裡燃著光明燈，放置一列列亡者牌位，念奴將桂花、紙錢、清茗供在一位前，只見牌位上寫著：「皇唐貴妃楊娘娘靈位」。

「北方貴妃娘娘的墓頭想必新草已長，沒想到，在這水湄他鄉，遙遠南國，反而有人定時在供養祭拜。」李龜年老淚涕泗，多嬌早已哭到不能言語。
三人齊拈香祭拜，法界蒙薰，馨香盈室，李龜年哭奠：
「懊惱望故國，楊娘娘，桂花一束，清茗一杯，但望圓成獲超昇。」
素齋後，少敘便須告別，李龜年問永新、念奴：「聽說郭子儀已打到長安了，不久，皇上、太上皇都會回鑾，你們會再回宮中嗎？」
永新與念奴一望，雙雙微笑搖頭。「我們會在此終老」，永新說，「我們定時祭拜楊娘娘，在此聞經聽法，將一生該做的事都完成。」
「你們呢？多嬌你們會再回去嗎？」永新問。
多嬌笑望李暮，李暮說：「我們已安於樂於這樣的生活，江南是我的故鄉，我們不再離開，何況，我們要好好教養自己的子女。」
永新、念奴驚喜的拉起多嬌的手，瞧著她的肚子，念奴開心的說：「有新的小生命要誕生了！」
多嬌說：「無論男孩女孩，我一定要他跟他爹學鐵笛。」
李龜年說：「看來，只有老朽我一人要回長安供御了，長安恢復舊時樣貌後，宮裡教坊梨園一定需要我這樣的舊人去重新整頓，舊薪火需要有新傳承，我勢必歸去。」
那日，永新、念奴送三人直至山腳下，揮揮手，轉身，日頭正戀戀沒入山的那一頭。

41 李泌歸山

這是一場烽煙不熄，鐵騎與民心的戰爭。

有時逐北，有時敗北，李光弼強硬轉戰於河北，郭子儀屢仆屢起堅定向長安。

潼關喋血，陝郡屠城，睢陽絕援。

閏八月，李亨犒賞大將，宣布向長安進軍：「大事成敗，就在此次出征」，郭子儀回答：「不捷，臣必死。」

九月，廣平王李俶、郭子儀率朔方精兵，回紇精騎、西域軍等聯軍共二十萬人，直撲長安。

血戰。

最令唐軍聞風喪膽的，一向是飄忽剽悍的漁陽突騎兵，但這次，回紇兵展現驚人的戰鬥力，他們精騎善射，素有「引弓之民」稱譽，在奔馳的馬上他們可以連發十餘箭，箭箭疾速鳴鏑，那哨音真能令人一聽破膽，心理崩潰而不戰自亂。

燕軍於埋伏包抄唐軍，回紇軍反包抄，前後夾擊，大殲燕軍，殘兵逃入長安城，彼此踐踏擠入壕溝而死。

入夜，長安城中呼號、叫囂、輪輜、馬嘶聲四起，敵軍要棄城逃離了，廣平王李俶並不追擊，天亮，李俶就已騎在馬上準備率軍進長安。

九月二十八日，失陷一年零三個月的首都光復了！

城外的人民聚著、擠著、跑著擁在李俶的馬邊，爭著撫摸他的足、他的腿脛，喊著、笑著、哭著，李俶行進得緩慢，突然回馬來到回紇親王葉護的馬前，低頭拱手行禮說：

「現在才收復西京，如果您立即搶奪財產、掠奪婦女，東京人民恐怕反而會替反賊固守，官兵進軍恐怕就困難了，對您的承諾，可否請求到東京再兌現？」

原來，李亨急於收回京城，向回紇借兵之初，即承諾「克復長安那天，土地和男子歸中國所有，金銀財寶和婦女、兒童全都屬於回紇所有」。李俶實在不忍長安人民遭劫掠，對葉護提出當下的請求，葉護一聽，連忙跳下馬回禮，他跪下捧著李俶的腳說：「我們願意為您改到東京。」於是率回紇軍與蠻族聯軍，從長安南郊繞道過去。

李俶率官兵入城，長安百姓男女老少全都在道路兩旁歡呼，悲喜交加，淚流滿面，李俶停留三日，率大軍出城，直接揮軍洛陽。

在鳳翔的李亨聽到捷報，立即接見百官，到郊廟涕泗縱橫告祭祖先，並宣慰百姓，然後派快馬二匹，一匹從前線接回李泌，另一匹前往巴蜀報捷。他還得做許多事，凡事他都得仰仗李泌給他最沒漏洞、最萬無一失的意見。

李亨拉著趕回來的李泌說：「我已經上疏奏請太上皇回京了，我仍然當我的太子，是吧？」

李泌說：「能派人將奏章追回來嗎？」

「怎麼？來不及了，信差走遠了。」李亨不解。

李泌說：「那麼，太上皇是不會回來的。」李亨急著問原因。

李泌說：「不能只有您的上疏，一定要有文武百官聯名的上疏；不能簡單告捷請太上皇回京，要細訴從頭，比如馬嵬坡去留的為難，比如在順化的不敢接玉璽、詔書，那玉璽與詔書一直放在便殿，您如人子對父母一般對之晨昏定省，然後您一定要再說到，如今收復長安，陛下您對太上皇的思念是如何深切，陛下，您一定要表明您渴望太上皇早日回京，以成全孝養之心的急切。」

李亨大驚失色：「我以為自己一片實心誠意，其實一點都不夠周延嚴謹。」

於是李亨在李泌面前，再寫成一篇奏章，經李泌認可，再度派人快馬送去西蜀。

李亨真想和李泌分享這些日子的種種心情，很微妙，很曲折，很不足為人道的心情。自己不特別聰明，才幹也不突出，是個從小不討父皇歡心的孩子，在父親面前，他分外誠惶誠恐，以至於侷促拘謹，雖為太子，但心知肚明這是老臣們的力保，並非父親的本意。三皇子被殺事件是他心中揮不去的暗影，與自己親近的人，在朝廷上會被排斥，他長期懷有朝不保夕的危殆感，他極畏懼父親，一直都是，他今生唯一敢對父親的違抗，就是馬嵬坡上的「未決」，沒想到，自己能實現收復長安這意義重大的關鍵性大業，「我能」，「我畢竟能」，「父皇，您看見了」，這些聲音，不只一次在他心中複雜的盤旋，忘情的呼喊。

真想有人可以訴說這些，但李亨知道絕對不能說，李泌是奇人，或許能猜到，但有時，他其實更願意獨自捂掩這一層。

飲酒酣暢話興濃，李泌突然說：「西京已收復，東京的收復亦指日可待，我想要穿回白衣，恢復我明月清風的閒散生活。」

「為什麼？先生，有苦都同擔了，如今苦將盡，甘將來，怎麼先生反而想要離開？」李亨不解。

「我離開是為了我不想死。」

「胡扯！誰膽敢威脅你？」

「陛下，我離開的原因有五項。一、我和陛下認識的時間太長，二、陛下對我太信任，三、陛下對我太厚愛，四、我的功勞太大，五、我的事跡太奇。所以我絕不能留下。」

李亨沉思了會兒，開口說：「今天不說這個，改日再商議。」

「陛下，遲一日，就是您推我向死亡一步，換句話說，我在您身邊，就是站在死亡的旁邊。」

「先生，你此言太重了吧！我豈是狡兔死、走狗烹，長頸鳥喙如同越王句踐那種只能共患難，不能同享樂的人？我怎麼可能會殺你？我無論如何不會殺你的。」李亨略微不悅。

「陛下，正因為您絕不會殺我，但我又太敢說話，所以我要離去。」

李亨想了想，接著說：「難道是因為沒聽從你的意見直搗賊穴范陽這件事？」

「收復長安是蓋世奇功，大舉振奮浴血作戰將士們的心，也給哀哀無告百姓有靠有望，但是——」李泌停頓了一下，決定將話說完整：

「這樣，戰事會拖得很長，短時間內不會結束，國力仍在耗損，百姓依然受苦，取下范陽，才能斷其根本，讓戰爭一場一場如熄滅燈光般一盞一盞結束。但我並非為這個原因才離去。」

「那麼，先生，一定事出有因，請你明說。」李亨放下手中的酒尊。

李泌說：「陛下，您冤殺了建寧王李倓。」

李亨氣極敗壞的辯說：「建寧王誠然勇敢聰明，立功最多，但他不應該功高就生異志二心，意想謀害自己兄長廣平王以當太子。」

「陛下忘了，您曾經想任命建寧王為天下兵馬元帥，是我的建議才改命廣平王，如此說來，建寧王應該痛恨我，但他與我始終友善、信任；若行刺之事是事實，廣平王何至每每與我說起弟弟就痛哭流涕，連聲呼冤。」李泌緊盯著別過頭去的李亨，又說：

「陛下，您處事可有慎重周延？或者，您是否猶疑不決的時候，聽信了身邊最親近的人的話，而失去自己正確的判斷？」

李亨垂首，默然，哽咽低聲：「先生，你的話都對，其實，一斬殺建寧王，我就恍然大悟，知道錯了，只是──，我的確莽撞輕信，他真的是我的好兒子。」李泌毫不容情，再說：

「殺兒子，宮廷常事，骨肉至親有時竟是心中的暗谷，一生的夢魘，不是嗎？昔日則天皇帝大殺李氏子孫，她的兒子李賢留有一首〈黃臺瓜辭〉詩，陛下，容我為您朗誦。」

「先生──。」李亨欲言又止。

種瓜黃臺下，瓜熟子離離，一摘使瓜好，再摘使瓜稀，三摘猶為可，四摘抱蔓歸。

李泌說：「陛下，我非離去不可，但一定要提醒您，您已摘一瓜，千萬不可再摘。」

「先生，我真的需要你留在身邊。」李亨懇切的說。

「在您最需要我的時候，我總會來在您身邊。此後，您居天子神器，身邊自會有許多佐助的賢臣。」

「身邊少了一個你，我對很多事，沒有把握。」

「陛下，位置，總讓人看向同一方向；習慣一個方向久了，就只愛聽一種聲音，如果陰雲來圍繞，陽光自然就會不見。」

「我謹從先生教誨。」

李泌放下酒杯，起身鄭重的說：「陛下，再請成全微臣一件事。」李泌開始說起皇甫惟明將軍滿門抄斬的往事，李亨嘆惋：「當年，株連了一群與我親近的人，可恨我當時沒有能力救他一家！」

「啟稟陛下，當年，我未曾與您商議，擅作主張千方百計搭救了皇甫家的一條命脈。」李泌繼續說：

「皇甫將軍的獨子皇甫政。他後來就編在東宮第一禁衛隊，改名李開。」

李亨睜大眼睛：「啊呀！有這樣的事！先生，你一直瞞著我！」

「非常時期非常手段，此事非同小可，陛下，您不知道才好。虎父無犬子，那李開的確是個秀異的將才，後來，他自請調往洛陽守皇城，洛陽城陷後生死未卜，如果有一天，李開的名字在您面前出現，陛下，臣敢請——。」李泌彎身一拜。

李亨扶起李泌：「先生，謝謝你，為我做這麼多事，冤殺皇甫惟明將軍之事，是我心中揮之不去的痛。我懂，先生，只要李開尚在人世，我一定會找到他，恢復他的名籍，以告慰他父祖在天之靈，我並且回復皇甫將軍昔日官職，令其世襲傳承。」

李泌再拜，三拜。

數日後，第一位去西蜀送信的宦官回來，帶來太上皇的詔書，表明自己希望擁有劍南道即可，不再北返。幾天後，呈遞百官聯名賀表的使者回來，帶來太上皇歡喜接受的消息，並且已下令定期啟程。

李亨放下一顆懸掛在半空中擺盪的心，轉頭對李泌說：

「先生，這都是你的功勞。」

李亨即日從鳳翔出發往長安，並派人去西蜀迎接太上皇。

李泌不斷請求回山，於是李亨准他返回衡山隱居，供應三品官員待遇。

三日後，李亨在咸陽縣，再接到收復洛陽的消息。

長安、洛陽，兩京收復！

42 李亨的長安，史思明的燕京

十月二十八日，李亨駕臨丹鳳門，下詔陷賊為官者不同的懲處，兼及永王李璘的附逆，其中候旨處決名單中列有一人名叫「李白」。郭子儀得悉消息，連夜寫成章表上書，拯救昔日救命恩人，朝廷因郭子儀功高，特別遣官查勘，將李白減罪，流放夜郎。

十一月二十二日，太上皇從成都到鳳翔，李亨派精銳騎兵三千人迎駕，先行的李輔國要求太上皇六百隨從的盔甲、武器全數繳械，數日後，太上皇從鳳翔到咸陽，李亨以象徵天子車駕的法駕親至望賢宮迎接，太上皇登上望賢宮南樓，李亨在樓下，下馬，脫掉黃袍，改著紫袍，快步趨前，跪拜，以兒臣之禮拜見父皇。太上皇走下樓，父子相見。

太上皇流淚手撫著李亨，李亨捧著父親的腳痛哭，太上皇拿來黃袍，親自替李亨穿上，李亨叩頭推辭，太上皇說：「這是天數與民心，你不能違逆，能讓我頤養天年，就是你的大孝。」

李亨穿上黃袍，儀仗隊之外，上千百姓同聲歡呼，拜伏在地，眾人歡欣談論著：「今天簡直看見兩位聖人。」

太上皇入長安，從開遠門入大明宮，步含元殿，接見文武百官，再到長樂殿，獻祭九廟。

回來了，他淚流不止，回來了，他駕幸興慶宮，選擇在他最熟悉的地方安度餘生。

形式上，李亨繼續上表請太上皇復位，太上皇依然不答應；李亨繼續攝理國政，太上皇頗願意安享天倫，朝廷在整頓中，皇宮披著柔軟的溫情面紗，漫天落塵彷彿漸要平息，其實只是暫時風止。

十二月十五日，李亨大赦天下，並賞封功臣，郭子儀加封司徒，李光弼加封司空，隨太上皇至蜀地，以及隨李亨至靈武護駕立功的臣子，全都加官晉爵，增加食邑。

其中最引人注目的是，睢陽要褒忠嗎？

長安收復，大舉進軍洛陽，河北戰事旺烈，有斬獲、享勝利的平行時刻，睢陽，正悲慘的淪陷。

江淮是經濟命脈，供給中原豐富的戰備與物資，睢陽，就是進入江淮的門戶，安慶緒即位第一件事，派大將尹子奇率領十三萬大軍下江淮，攻睢陽。

鐵桶一般長期的圍城。

張巡與許遠以一萬士卒，對抗十三萬燕軍。大小戰役四百餘次，殺燕軍十二萬人，尹子奇不斷增兵。

張巡用兵如有神助，靈活詭奇，飄忽不羈，為人坦率正直，護愛士卒，士卒都願為之拚死效力。許遠和善寬厚，有如一位溫煦慈藹的長者。

一個月又一個月過去。密不通風的與外斷絕，物資不斷耗盡，睢陽軍民天天作戰，作戰，時刻盼望援兵到來。

賀蘭進明在臨淮、許叔冀在譙州、尚衡在彭城，都在睢陽附近，卻都擁兵不發。每一天、每一刻，睢陽軍民都在想：「援兵今天就會到」，不知什麼時候開始，他們有了共同的習慣動作：登在高處就覷眼望遠，話說著，突然停下來，側耳注意聽聽動靜。

覺得天，好長好長，有人這樣說；不只一個人，開始逢人就說：「來了，來了，我聽到遠遠兵馬聲，來了，他們來了。」

他們一天一天瘦弱，等著掩埋的屍體，戰死的之外，多了病死與餓死，仍然天天作戰，作戰，時時刻刻盼望援兵到來。

先是開始吃樹皮、樹葉、紙張，然後吃戰馬、煮皮革，繼而羅飛鳥、掘地鼠，城裡，絕糧很久了。

小將南霽雲奉命黑夜突圍，去向賀蘭進明討救兵。賀蘭進明沒開口答應，他在心中想著，自己若出兵，一向不和的許叔冀會不會趁機偷襲？更何況，張巡，他不是一向用兵如神嗎？天下戰將的光采全都在張巡一人身上，人人都願意為他效死，怎麼，這樣的人也有需要援兵的時候？

但賀蘭讓南霽雲把話說完，因為他用心打量著南霽雲，多麼驍勇英武的小將，率三十人成功突潰敵軍箍得緊緊的重圍，只折損二員，站在眾人面前陳述事情又如此理直氣壯落落大方，賀蘭進明聽他正在說：「睢陽軍民團結一志，苦守城池，等待賀蘭將軍救援，如大旱之渴望虹霓」，賀蘭回答：

「說不定，這個時候，睢陽已經陷落了，援軍去，又有何用？」

南霽雲急急說：

「絕不會，我以性命擔保，睢陽仍在苦守，何況睢陽若不保，𤋮軍下一目標就會是臨淮，脣亡而齒寒，你怎能見死不救？」再開口，南霽雲語塞，哽咽著說：

「睢陽軍民飢餓羸弱，城中絕糧日久，祈請賀蘭將軍迅速出兵，深恩大德，南霽雲肝腦塗地，來日必報。」說罷，跪地叩請。

賀蘭進明親自下階扶南霽雲起身，立即設宴、作樂款待睢陽突圍的士兵，面對一桌案的美酒佳餚，南霽雲說：「我來的時候，睢陽軍民已多日未食，我想起他們，食怎能下咽？」

南霽雲知道賀蘭終無相救之意，於是，直身站起，咬下自己的一個手指，鮮血淋漓展示於眾，在眾人一片驚駭聲中，慷慨說道：

「我不能完成長官交付的任務，留下一指為證，以便回營覆命。」

說完，轉身離席。

賀蘭進明叫住他說：「睢陽苦圍，遲早必陷賊手，南將軍，何必再回睢陽？你等全數留在我軍中，賀蘭必定不會虧待。」

南霽雲對席間隨行的兵士大聲宣布：

「睢陽城弟兄，去與留，悉聽君便，不必勉強」，出營門，上馬，急急馳往睢陽的方向，士兵紛紛上馬追隨，無一人留下。

出臨淮城的時候，南霽雲快馬奔馳中突然扭身抽箭，朝山上佛塔射出一箭，正中，他大聲吼道：「退敵之後，我必定回來滅賀蘭進明，以此箭為誓。」

他說給自己聽，說給弟兄聽，說給天地聽。

南霽雲深夜突圍，再入睢陽城。城中守軍知道終無援兵，大家放聲大哭。

張巡殺了自己的小妾，許遠獻出自家的僮僕，讓士卒分食人肉，然後，殺城中婦女，供戰士吃，再殺男子老弱不能作戰者，每個人都知道自己必死，卻沒有一個人掙扎、背叛。

終於，敵軍從西南角登上城牆，湧入睢陽城，正準備大肆屠城，赫然發現，那令他們天天提心吊膽、咬牙切齒、百攻不克的睢陽鐵城，竟然像一座荒城，城中只剩四百人，個個瘦弱至一無戰鬥力。

他們怎麼作戰的？燕兵肆意屠戮的刀突然舉不起來，這些五花大綁，滿身血汙，坐在地上，引頸就戮的俘虜，一個個都是他們最可敬的敵人。

最了解睢陽城的尹子奇，考慮不殺張巡等一千人，但其他蕪將反對：「你看他們，死到臨頭，沒一個乞求投降的，不會馴服的人留下來，一定是禍害。」

張巡、南霽雲、雷萬春等皆從容就義，許遠押解洛陽後，被殺。

死前，南霽雲對張巡說：「可惜，我還有個願望沒實現，不過，生與死都跟著你，我沒話說。」

丹鳳城追贈儀式之前，有人對李亨悲切訴說睢陽圍城的壯烈，但也有人非議吃人肉的不道德，有人懷疑許遠未曾死於睢陽，又說，城陷就是從許遠所守的西南角開始……。

睢陽要褒忠嗎？大家都在等著看天子李亨的處置──。

阻擋蕪軍入江淮，睢陽城，守一城，捍天下。睢陽圍城所有犧牲的將士都進行褒贈，張巡追贈揚州大都督，許遠為荊州大都督，南霽雲、雷萬春等都獲得追贈。

二十一日，太上皇在宣政殿，將傳國玉璽交給李亨，李亨終於流淚接受。

至德三年二月，改年號為乾元。三月，冊封已是淑妃的張良娣為皇后，五月，封李俶為皇太子。

李俶改名李豫。

九月，以郭子儀等七節度使，率步騎兵二十萬人，李光弼率部眾協助，宦官魚朝恩為監軍，數十萬大軍大舉討伐安慶緒。

衛州會戰，燕軍大敗，郭子儀包圍鄴郡。

唐軍攻下洛陽的那一天，燕帝安慶緒逃到鄴郡，臨行前誅殺哥舒翰等被囚禁的唐朝官員，改鄴郡為成安府，改年號天成，依然擁有七州六十餘城，不久，燕軍從四處陸續集結，聲勢大振。

安慶緒對史思明在范陽的壯大，十分顧忌畏懼，但鄴城圍城令他束手無策，只得向史思明輸誠求救，並不惜將皇帝寶座相讓。史思明出兵十三萬，來到鄴城附近，卻駐兵觀望，並不立刻救援，只派一萬兵力，駐紮在離鄴城六十里的滏陽，與安慶緒遙相呼應，不久，史思明奪下魏州，自稱大聖燕王。

鄴城圍城日久，城內城外都感疲憊困頓，於是趁此良機，史思明出魏州，向鄴城。

鄴城之戰，官兵潰敗，犧牲殆盡，安慶緒一見官兵撤退，便想將史思明拒絕於城外，他一點都不想兌現讓位的承諾。

史思明既不追擊官兵，也不流露任何意態，他在鄴城南郊駐兵，每日只犒賞士卒，飲酒作樂，反而安慶緒沉不住氣，他派人轉告史思明，只要史思明解甲入城，他便奉上璽綬，史思明洞悉安慶緒意圖，親寫奏疏回給安慶緒，表明自己無論如何都不能接受安慶緒對自己稱臣，他希望兩人各自稱帝，永結兄弟之邦，互為屏障，相互支援。安慶緒十分高興，於是與史思明相約歃血為盟，各自稱帝，永結盟好。

定約當日，安慶緒帶三百名騎兵來到史思明軍營，獨自入中軍帳，愧悔失去長安洛陽以及感謝相救的話一說完，史思明突然翻臉大怒喝斥：「你弒父奪位，天地不容，人人得誅，我怎能背叛我兄弟安祿山，接受你的無恥諂媚。」於是將安慶緒就地綑綁，連同陪伴前來的人一起人頭落地，安慶緒的人頭在黃土地滾了幾滾，睜眼張口，還沒真正弄清楚到底是怎麼回事。

史思明整軍入鄴城，收編安慶緒兵馬，七州六十餘城盡歸所有，他讓自己的兒子史朝義留守，自己領兵返回范陽，四月八日，自稱大燕皇帝，改元順天，立妻子辛氏為皇后，史朝義封懷王，改范陽為燕京。

一方君位嬗遞，一方改朝換代，時局總在不斷出人意表的發展中進行著猝不及防的演變折轉，只是，史思明收復長安、洛陽，重新奪回安祿山局面的野心從未改變，唐王室一心想回到天寶十五年之前一統盛世的心願也從未稍止，於是，架梯、築牆、攻防、水火、鋒鏑、苦勝慘敗、彼偃此起、殺與被殺，人如螻蟻，密密麻麻一波又一波，河北烽煙不熄，江淮另起他事，殺戮，殺戮，無止盡的殺戮……。

殺——，天荒地枯。

盛唐已死。

43 站在最後一頁記憶裡

荒蕪的田園平躺在大地，像呼吸起伏的胸膛，山是暗影，看不出皺褶的深淺，天邊一顆特別金亮的星。

莫前連連登升，任禁軍第六軍左神武軍衛將。第一事，星夜馳馬向馬嵬。

回長安後，李亨建立一支新的禁衛軍：左神武軍、右神武軍，專為拔舉追隨李亨從馬嵬坡北上，從靈武返京的軍人及其子弟，體制一如左右羽林軍、左右龍武軍。此六支禁軍總稱為北衙六軍。

天開地靜，馬蹄聲答答一記記敲響莫前心中的想望，他曾經不知道前路，被註記命運似的追隨太子到靈武，但現在，他不再徬徨迷惘，經歷兵燹生死，所謂前路，務實向前走就是了，完全不是自己可以決定，他全然可以掌控的是，奔向馬嵬坡這條路。

深夜，金城縣郊東村，荒煙蔓草間的空村，野狐在掩沒屋頂的雜草間逃竄，夜梟怪鳴，莫前讓馬喝水，月光下，看見斷壁殘垣間有兩個躲藏的身影，他一個箭步圍堵了他們，十二、三歲少年，身旁帶著七、八歲女孩，二人都一身藍褸、滿臉汙髒。

莫前問他們，滿村盡空，怎麼不走？少年回說：

「燕兵來了，爸媽帶著我和妹妹隨一些村人上山避難，回來的時候，村子成了廢墟，人全都死了，山上回來的人四處逃散，我娘半途餓死了，爹只好帶著我們再回到村子，挖些找些東西吃，前幾天，有官兵打從村子經過，我爹喜孜孜的從田裡跑著迎上前去歡迎他們，誰知道他們強拉我爹去從軍，我爹沒敢叫我，怕我也會被強拉去。我和妹妹就躲著，眼睜睜看爹被帶走，怕我們被發現，他連頭都不敢回。」

莫前說：「你要永遠記得這田園，記得你爹，知道嗎？但這兒並不安全，這樣吧！我給你些銀子，你帶著妹妹去長安做買賣討生活，將來需要人幫忙，就想法子問人怎麼能找到左神武軍營，你就說，你是衛將莫前的親戚，記住了，你要找的人叫莫、前。」

小兄妹仰首看著莫前上馬離去，莫前問：「你們叫什麼名字？」

「我們姓張，我叫果子，我妹妹叫梨子。」那少年大聲回答。

僕僕風塵馬嵬坡。

來在坡下，莫前看見前頭有一簡陋的酒鋪，裡面二個客人，酒帘下，站幾個人躊躇觀望著什麼。賣酒的嬸嬸，看見年輕的軍爺走進，連忙熱絡招呼：

「軍爺，外地來的？」莫前打量這酒鋪，嬸嬸說：「我是王嬸嬸，太平重見日之後，才在這兒開鋪賣酒。軍爺，吃點什麼？」

旁桌一位中年壯漢插嘴說道：「王嬸嬸，你店裡最好的還不亮出來？」王嬸嬸啐了他一口，對莫前說：

「是這樣的，我店裡是有樣好東西，這遠近人家，來這飲酒的，都兼求看這東西，來的人多了，我便另外收錢，免得將這東西看乏了，摸壞了。」

「沒錢的不必想，有錢的看這裡，三文錢看一眼，五文錢摸一下。」那漢子揶揄。

王嬤嬤說：「是這樣的，那一日，貴妃娘娘吊死在大梨樹下，不想，樹根旁落下一隻錦襪，被我拾撿了回家，也還想去找鞋找其他什麼的，都沒有啦！就一隻錦襪。」

莫前豎耳認真聽著，王嬤嬤說得起勁了：

「我保護得像侍奉姑奶奶似的，到現在都香烘烘、亮閃閃的，軍爺，你不惜幾文錢的話，我這就拿出來供你端詳把玩。」

莫前說：「我願意多付錢。」王嬤嬤轉身去櫃臺，那中年漢子將椅子挪過來，酒帘下那幾個躊躇觀望的人也聚攏了過來。

「你們這些人光會找便宜占，又想免費看襪兒，快一邊去，軍爺，你請看。」王嬤嬤打開層層包裹。

哇！一夥人小聲驚呼，空氣浮漾起淡淡異香，那襪兒形狀像一枚彎環月，那織錦紋繡精巧雅緻得像捧在手心一隻斂翅的彩蝶，「喂，別太靠近！」王嬤嬤說：「你們的哈氣太粗，怕將這襪兒化了去。」

「嘖，嘖，嘖，又輕又軟，可以想見那玉足纖纖，在黃金殿堂，小步輕挪移。」一人說道。

一直靜默坐在角落喝酒的老頭兒，突然開口說話：「唉！客倌們，你們看它做什麼？這不就是個亡國的不祥物嗎？」大家不約而同別過頭看。

「怎麼個不祥？香得很呢！」

「太上皇帝不就是嗜美愛色，朝歡暮樂，才弄壞朝綱，所託非人，使得干戈四起，生民塗炭，老朽我殘年將盡，還得遭此戰禍離亂。今日聽說有此錦襪，我還真痛恨無比呢，事去人亡了，這遺臭之物，還留它何用？誰能還我家園靜好？誰能還我家人性命？」

「唉喲！這位客倌，我怕你是出不起看錢吧？」王嬤嬤被掃了興，悻悻然說。

「嬤嬤，你不要逞口舌，先將錦襪收起來。」莫前出言制止，並走向老人身旁一作揖。莫前介紹了自己，老人見是禁衛軍，態度才軟化，並且說：

「老漢叫郭從謹，太上皇離開長安那一天，沒飯吃，就是我代表鄉人獻的飯。」莫前記得當年老人不僅獻飯尚且進言，趕忙恭謹致敬。

「那日與我一同前去見駕的鄉民，現在沒幾個是活的，軍爺，禍根在此，何必看它！」

老人感慨萬千，欷歔再說：

「不說國殘家亡，也該看得懂傾國傾城，無非幻影，想什麼沒用的舊日繁華，何必再對著這殘絲憶舊蹤。」

莫前謙稱受教，但是因由禁衛軍的宮廷責任，他還是想買回貴妃娘娘的遺物，「給個高價吧！嬤嬤。」王嬤嬤忙不迭搖手：「不，不，不，老身無兒無女，下半輩子的生活都在這襪兒了，實難從命。」

莫前問郭老，怎麼又來在這兒？郭從謹說：「你沒接到消息嗎？馬嵬驛最近來了一個新驛丞，他帶來消息說太上皇已在回鑾長安的路上，這兩天會特地來到馬嵬坡，老漢我還能有多少日子，經過這場戰亂沒死，還想再見太上皇一面，以了今生心願。」

莫前一聽心喜，告辭了郭從謹，給了王嬤嬤酒錢，上馬往馬嵬坡驛站馳去。

驛站荒涼殘破，推門，莫前走進葉子凋落滿地的庭院，佛堂仍在，透著微光，這一年，薄脆羸弱是他新學會的生命認知，弟兄們在他身邊一個個倒下，敵人也從他的刀下一個個倒下，倒下的人都有著相同的死之眼神，驚的、恐的、不解的、害怕的、空洞的……，不知從哪一刻開始，他已不敢再想絕對與執著，不敢相信完整的擁有。現在，他正站在最後一頁的記憶裡，恐怕太大的聲音會驚動搖散眼前既有的一切，連記憶也會不見，就在昔日簷邊的梨樹下，他輕聲呼喚著今生最寶愛珍重的名字：「蝶朵！」

「莫前！」莫前轉身，看見。

時光站著，永恆不死。布衣素服，藍花布包頭，手挽的竹籃裝滿新摘的野菜，肩背樹枝薪柴，直直的眉，開敞的眼，瘦了彷彿也抽高了些，與這世界無干無涉，不驚不動的蝶朵。

「你回來了。」她緩緩走來。

「我回來了。」他專心回答。

「我以為不一定看得到你。」莫前上前。

「我什麼都沒敢多想。」蝶朵站在莫前跟前。

攜起蝶朵的手，莫前說：「收拾好，我們一起回長安。」

不等蝶朵回答，莫前再說：「太上皇就要到了，他會作主將楊娘娘遷葬。你不會離開楊娘娘的。」

馬嵬驛丞急噓噓趕來：「聽說左神武軍衛將來到，我有失遠迎，尚請見諒。只因太上皇御駕將至，小官新上任，這驛站百廢待舉，我必須到外村落去張羅。」

「太上皇何時會到？」

「已經到坡下，那兒有一群百姓扶老攜幼在迎駕，還有位老翁要面見太上皇。我先回來安排些事，太上皇說要將楊娘娘遷葬長安，但馬嵬坡這兒也要改築一座新墳。」

莫前到驛站門口等候，遙遙看見騎在馬上的陳玄禮，及他身後的翠華鑾輿、飄飄旌旗，他深吸一口氣，奔向前去。

冷清清佛堂，枯索索大樹，太上皇終也重新踏上他曾經死去一次的地方。

庭院草深，秋風涼透，落葉在泥地上翻滾，樹幹上刻著「**貴妃楊玉環之墓**」，几案上白燭、鮮花、祭品、冥紙一落落，太上皇流淚祭拜，讓將士全都退去。馬嵬驛丞請來村裡幾名婦女，帶著鐵鍬、鋤頭，奉命小心的挖開舊墳，以改築新墳。

太上皇悽愴愴傳喚蝶朵，蝶朵眼娑婆淚不止。

娘娘就埋葬在這兒？

是的，梨樹下這微微隆起的黃土。

那金釵鈿盒呢？

貴妃交待要殉葬入土，因為那是她和太上皇您今生定情，生生世世相尋的信物。

她可有話交待？

貴妃囑咐我和高公公，一定要仔細照顧太上皇。

她，害不害怕？

貴妃始終平靜和勇敢。

最後，最後，她還有說什麼？

貴妃最後呼喚了一聲，三郎！

那麼，你就一個人在此守墓？

貴妃娘娘愛熱鬧，從不曾孤獨一個人，我留下來陪伴她，晨昏定省有人祭拜，風起雨落有人說話。

你靠什麼維生？

亂世土地多荒蕪，我親自耕種黍稷與菜蔬。

可有遭遇特別的事？

蒙貴妃娘娘庇佑，賊兵不曾來接近。只是收復長安之後，聽說有鄉民拾獲娘娘的一隻錦襪讓人觀看以營生，祈請太上皇買回娘娘的遺物。

一直站在一旁的莫前開口說：「啟稟太上皇，錦襪的事是事實，臣在來此的途中親見，曾願以高價買回錦襪，但對方不願出售。」稟明莫前的身分、來歷及在此的原由，陳玄禮在一旁笑著說：「啟稟太上皇，他從十六歲到長安，就跟在我身邊為我揹箭，他一路上進，我一向就賞識他，當日，他是那殿後的二千羽林軍，跟著太子，喔，當今的天子北上靈武。他果然沒讓我失望。」然後，陳玄禮走到莫前跟前，用力拍莫前的肩說：「朝為田舍郎，暮上天子堂，小子，好好幹，要當就當大將軍。」

太上皇端詳了莫前與蝶朵，意味深長的說：

「左神武軍衛將——，將來前途無限，難得的是，深情又重義，還好，我皇家也還你一個深情又重義的蝶朵。」

馬嵬驛丞上前啟稟：「幾乎看得見裹身的紫錦褥了。請太上皇移駕窆穴，親臨啟墓。」

在墓邊，靜默很深，很深。

那開墳的婦女，突然面面相覷，停下手中鍬鋤，訥訥的說：「啟稟太上皇，掘地三尺，只有一件紫錦褥，卻是一個空穴，並沒有貴妃娘娘玉體。」

眾人吃驚，俯身一看，的確是空穴，掀起紫錦褥，只見一個香囊，完好無缺在土裡。

太上皇驚呼：

「這是那日在長生殿初試〈霓裳舞〉後，我親手為妃子戴上的。」

「敢情被人挖掘盜墓？」馬嵬驛丞說。

「斷斷不可能，佛堂門口就是我這一年的臥榻，任何動靜我不可能不知曉。」蝶朵說。

「不是盜墓，盜墓不會留下這值錢的皇家錦褥及香囊。」莫前說。

「難道連遺容都不能讓我一睹嗎？」太上皇無限哀沉。

高力士說：「老奴想到，自古神仙多有尸解的事，或者貴妃娘娘就是尸解成仙去了。那黃陵橋山上葬的，也只是黃帝的衣冠，所以，貴妃娘娘的新墳，何妨就葬她的紫錦褥及繡香囊。」

「是啊——，娘娘或許確實是尸解成仙。」太上皇記起幾度夢境裡的蓬萊山，玉真殿。

「那就這麼辦，新墳埋葬貴妃的紫錦褥及繡香囊。再仔細看看，底下是否有金釵與鈿盒？」

再掘三尺，並無一物。

「啟稟太上皇，奴婢認為，那是貴妃與太上皇您生生世世相互尋找的信物，娘娘必然會帶在身上，片刻不會離身。」蝶朵說。

太上皇點頭，吩咐將香囊用紫錦褥包裹，再盛以玉匣，依禮安葬於驛站附近的山腳。不多時，王嬤嬤由那馬嵬驛丞領了來，怕惹罪上身，自動獻上貴妃的那隻錦襪，太上皇令王嬤嬤用心守楊娘娘的新墳，每月得領官家糧餉。

滿眼盡是來時路，鑾輿裡，太上皇捧著貴妃娘娘的牌位，一遍遍對著牌位喃喃的說：「妃子，我們回我們的華清池、長生殿，我們回我們的興慶宮、勤政樓，我們回去就好，回去就好……。」

挑盡燈火眠不得，

愁悒更深層。

梧桐葉敲起愁的旋律。

土之卷

榮枯與絕滅

44 雨與梧桐的長夜

熟悉，是既有物件缺一不可的齊全所架構的整體穩固狀態，所帶來的心靈對應關係，以為不齊全的熟悉，仍算是一種熟悉吧，出人意表的是，殘缺被熟悉無遮掩凸顯，往往造成最大的失衡，嚴重陷人於進退失據之地；尤其是物是人非。

太上皇居南內興慶宮，李亨時來參拜問候，龍武大將軍陳玄禮、內侍監高力士，依然服侍於左右，李亨命平嘉公主、蝶朵、以及梨園弟子相伴之外，再多派宦官、宮人悉心侍候。

陌生的環境因空白無疊影，可以篩減簡化細節，讓情感的疼痛大片大塊存在。而熟悉的環境，讓所有無一遁形，無可迴閃，每一視、嗅、聞、觸、思、感都浸在細節記憶與深銳疼痛裡，疼痛於是變成情節，會鋪展，會對立，會互襯，會迴轉，會深細再剜挖，平靜了，猝不及防再剜挖。

挑盡燈火眠不得，愁悒更深層。

梧桐葉敲起愁的旋律，雨夜，太上皇起身披衣，高力士也起身。

「太上皇，不睡了？雨聲吵人？」

「是啊，一庭苦雨，半壁燈愁，很難安眠。」

「老奴知道，恐怕也是為了今天皇上沒有允准的那兩件事？」今天一大早，太上皇為了二件事，親自移駕大明宮見李亨。但李亨全都沒答應。

「兩京收復，但戰亂未平，我皇兒為了士氣民心，不准楊妃入宗廟或立祠，自當有他往大處的考量。」太上皇的聲音平靜但蒼涼。

「老奴知道，內侍監李輔國握有兵權，禁衛軍全聽他指揮，他又阿附張皇后，兩人聯手弄權，連皇帝都不與深較。有些事，皇上未必知道，知道了恐怕也得和李輔國、張皇后商量才能定奪。」

「皇兒掌理天下，總有他的為難吧！只是，內侍掌禁衛軍，前所未有。」太上皇輕輕一嘆。

「但是，皇上拒絕為神武軍莫前與宮女蝶朵賜婚這樁事，別說陳玄禮將軍氣得差點要衝到朝廷面聖，老奴，也實在不以為然。」

「如今，但凡與楊家沾到一點關係的，無不撇清以免遭殃，莫前軍功大，眼看就要掌禁軍大任了，蝶朵卻是妃子忠心貼身的宮女，還曾為楊娘娘守墳，自然會有顧忌。」

「話是如此，只是每一事都不曾為太上皇而特別通融成全。老奴倒是聽內侍們說，張皇后想在自己娘家中選一位姪女許配給莫前。」

「是嗎？妃子的靈牌，我們還可以在寢宮內私祭，只是，唉，怕真的是要委屈莫前和蝶朵了……。」

高力士問：「太上皇，近日還夢到貴妃娘娘嗎？」

太上皇點點頭：「昨晚夢見她在馬嵬驛庭等我，原來那日，她喬妝易服逃匿去了，並沒有死在亂軍手中，現在回到梨花樹下，天天等候我，我趕忙穿越夾城複道出皇城，眼前出現一位將軍率領一隊羽林軍擋路，不讓我出皇城，這次，我厲聲喝退了他們，喘氣噓噓到了驛庭，只見滿眼蕭然慘淡，風搖樹，寒蛩唧唧，不見我妃子，只一霎，怎麼卻到了曲江池，好一片大水，但岸上盡是斷砌殘垣，突然驚濤捲浪，大水湧出一頭怪物，豬首龍身，奔突向我撲來，我一驚，醒來天已亮。」

高力士說：「那都是夢，還好，都是夢。」

「但，會不會妃子果真芳魂未散？就留一個空穴怎能叫我篤定心安？成仙女也要有個下落吧？她會在哪裡？我真想知道她好不好？她鎮日都在做些什麼？我好想再見她一面。」

窗外，咚咚咚三更更鼓響起，高力士說：「太上皇，您聽這更鼓，夜已深，請安寢吧。」

太上皇嘆口氣說：「昔時，漢武帝思念李夫人，還有李少君為他招魂相見，今日，就沒有這樣的高士奇人了嗎？」

「啟稟上皇，老奴從老伶官那兒知道，有個道士，名叫楊通幽，自稱鴻都客，四川臨邛人氏，近日來在長安城，他既能呼風掣電，御氣上天門，又能攝鬼招魂遊地府，老奴——。」

太上皇一聽大喜，拉著高力士的袍袖：「愛卿，你快幫我宣他即日入見，請他幫我尋找妃子！」

高力士說：「何消您說，太上皇請放心就寢，老奴天明就出宮著辦此事，免得您白髮一天一天添染不休。」

太上皇將身子躺下，對高力士說：「你也早些休息，明日好辦事去，我且入眠了，但願於夢中再能見到妃子。」

窗外雨不歇，疏疏密密低低高高，不一會兒，殿冷夢杳，雨聲越發的大了。

45 楊通幽

楊通幽，幼學天書，木訥寡言，絕聲利，遠囂塵。

高力士從馬嵬驛站白綾掛上那棵梨樹說起，羅縷道敘太上皇纏綿不休的思與夢，楊通幽靜默聽完對高力士說：

「皇家事，貧道一向無意沾涉，想那天子無非位極人尊，恣肆愛慾，後宮嬪妃無非終朝奪愛爭寵，而那楊家，禍害天下又如此酷烈，貧道雖道行尚淺，也絕不願為此事效力。只是，聽君一席話，真沒想到人間自是有情痴，尤其會是在皇家，明明死生已分明，太上皇的真情卻不滅不滅，但除此之外，更讓我感動的是你。」

高力士不解，楊通幽說：「天下人都只知道因為太上皇，公公你拜高官、得財富、享榮華，沒人看到你對主人無比的真誠與忠心，你和太上皇之間雖是主僕，卻是一種絕對的信賴，不變的世間關係，連父子、兄弟、夫婦至親都不見得可以確定的穩固關係。」

高力士微笑點頭：「道長，就憑這段話，我就知道能將重要事託付給你。」

子時暗夜，楊通幽結壇於虛空，位通紫極天宮，壇上掛貴妃肖真畫像一幀，兩邊點燃一對大白燭，黑煙繚繞升空，旗幡刺刺在晚風中飄揚。

七星寶劍在手，口唸咒語，劍指向前，楊通幽躡罡、踏斗、登陽明，旋即禮拜星斗，再將黑色令旗揮下：「司風、司火、司電、司雷，今日驅鬼召魂誰供驅遣？急急如律令，聞者即速前來聽命。」

然後，站在一旁的童僕上前獻香說道：

「請吾師拈香。」

第一炷。祝當今皇帝享無疆聖壽，鞏國祚延綿。

第二炷。願民安盜息無征戰，家豐戶足樂田園。

第三炷。單只為幽明隔，情難了。祈禱這香頭一點，溫熱夜臺幽魂。

獻懷夢草。特地採來蘅蕪草，將它接枝相思樹，施法術，瞬間長出盛開並頭蓮。

獻還形燭。心燈只為一情傳，照冤愆，續痴情。

獻柳枝水。這一滴楊枝淨水穿透九泉，召回心神轉回程。

楊通幽繼而攝起招魂衣，在圖像前揮招宛如舞蹈，將號召神將的符籙，以及太上皇御筆親書的文疏青詞一起焚燒，然後口中喝令：

「符籙使者，速臨壇場。」

定睛片刻，看見今日當值的黃巾力士，正騰空穿雲降落，於是楊通幽指向畫像，對黃巾力士說：

「有煩使者，將此符令，速召貴妃楊氏陰魂到壇場。」黃巾力士領命離去。

子時已過，不見黃巾力士回來，楊通幽對著靜悄悄的壇臺再燒一道催令符，持劍再踏天罡七星步，再三掐指唸劍訣。

丑時過，楊通幽進屋回覆高力士：「高公公，符籙使者人間遍覓楊娘娘陰魂，卻無從召喚。」

高力士說：「唉呀！這如何是好？還有其他法子嗎？」

楊通幽說：「請公公先回宮去覆旨，就說貧道會親操力為，飛出自己的元神，上窮碧落下黃泉的去尋找娘娘，不出三日，定有消息回報。」

「飛出元神」實在惹人疑竇，楊通幽說得更分明仔細：「得道之人，在火中不怕燒，進水不溼衣，足踏虛空如同踩在實地上，踩在實地上又像踏在虛空中，儘管九地之厚，巨海之廣，八極之遠，萬方之大，我一念之間可以上下縱橫升降飛騰，什麼也阻擋不了我。」

高力士說：「如此，有勞道長。感念太上皇牢牢守定真情，一點都無變更，請道長千萬相助成全，帶回楊娘娘一點訊息與蹤跡。我且先回宮稟報。」

高力士走後，楊通幽叮囑童僕小心守候，自己走入屋內，放下雲幃，叩齒、閉目、打坐，元神從腦頂竄出，踏踩虛空飛飄自如，當下決定赴幽冥，先向黃泉去尋索。

接引之花曼珠莎華遍開黃泉路，血色如焚，如荼，一路火照延燒到奈何橋，橋頭排不盡森森悠悠的身影，正魚貫等待喝下孟婆湯，走過奈何橋，卻也噗通噗通不間斷的有人毅然跳下橋。

孟婆灰衫灰褲灰髮鬢，遠看狀貌是老嫗，近看眉眼鮮明，容顏如春。遺忘讓人回春，她在湯缸上紅紙黑字貼上這一行字。孟婆很忙，舀湯的手不疾不徐，端湯向人的時候，她總是在經意與不經意之間，流覽那一雙雙端湯就口，躊躇遲疑的眼，惶恐迴避的臉，和那仰頭一飲剎那不返顧的神情。

孟婆很忙，不只舀湯，也忙著一遍一遍說著相同的話：「你不喝也無妨」，她總是溫柔體貼的告訴每一個掙扎顫抖的人，「不喝就跳入橋下的忘川水，千年之後，如果你還沒忘記你所愛的人，那艘千年之船就會來載你去和愛人相逢。你要嗎？」橋下一池腥臊血汙，浮沉著一個個不願忘記今生的人，但他們的神情滿布痛苦哀傷，孟婆說：「你從沒忘記過對方，但千年之間，你得一遍又一遍看著對方走到橋頭，喝下孟婆湯，無視於你千遍萬遍的呼喚，木然走過橋，他不會為你止步回頭，他不認識你，你們會像那曼珠莎華，花開不見葉，長葉不見花，花葉千年不相見。你要嗎？」千年之船悠忽在忘川，孟婆很忙，很忙。

飛過奈何橋，楊通幽片刻不停留，直接來到森羅殿，閻王還未到，殿裡日夜巡撫整理著刑具，牛頭馬面、皂隸、吏屬、小鬼各各都在位，他找到一手人間生死簿，一手判官鐵筆的文判官，表明來意，判官說，凡是下地獄的宮嬪妃后，地府裡另有收藏，領著楊通幽到別室，在一格一格標著夏、商、周、漢、魏、晉、南朝、北朝、五代、十國、隋、李唐的木抽屜中，抽出李唐這一層，翻開抽屜裡的名冊，武后、韋氏、太平公主、韓國夫人、秦國夫人、虢國夫人之後，一片空白，並沒有楊貴妃的名字在其中。

地府沒列名，楊通幽的元神急急飛天界。一出南天門，就遇見了天孫織女。

「你是誰？人間道士膽敢逗留天界，不怕犯禁嗎？」

「小道楊通幽，奉旨尋訪玉環楊氏之魂，地府裡尋之不得，特地到天上找尋，誰知天上竟也沒有，只好黯然離開南天門。」

織女說：「那楊玉環之魂，本來就不在地下，也不在天上。」楊通幽一聽，失望的心點亮一星希望。他真渴望織女能多說些線索。

「她原是天上仙女，犯了罪遭讁謫下凡間，仙界之人死後，人間凡習俗例當然也留不住她。」

楊通幽央求織女多調撥指點以便回去覆旨，織女不應允，編派楊通幽自己誇口說了大話，自己要負全責。楊通幽於是告訴織女，自己原非好事之人，只因歲月不曾讓太上皇的真情淡去，相思越累積越深厚，如今傷心煎熬心肝，他老邁又多病，更加想要能有貴妃的一點音訊，自己無非被真情所感，想要成全別人。

織女想起那一年七月初七，在驪山上空，與牛郎並肩鵲橋上，俯看地上長生殿，那與天上的他們如鏡子一般相互映照著的一對凡塵有情人。她想起牛郎說的一句話：「我們的一年一度是永恆不變的，他們的朝朝暮暮是短暫會結束的。」

「原來是他們？他們生死相隔了。」織女的心柔軟了一下。

「那麼，通幽，我指引你一個所在吧！你沒聽過嗎？世界之外，別有世界，山川之外，另有山川嗎？」

「仙女所指是何洞府？尋津問渡要具備怎樣的因緣？」

「那東方之東，大海之外，有一座仙山，名叫蓬萊，你去到那兒，自然會有楊妃玉環的消息。」

楊通幽猛然想起太上皇夢中隱約曾見，不禁驚嘆：「那是心有靈犀一點通的精誠得致啊。」

謝別織女的指示，楊通幽的元神御天風，扶雲氣，逕往東海飛去，絕天涯，跨海角，回首望九州，只剩淡濛濛九點飛煙，迢迢又遙遙。不知過了多久，來在海東邊，忽然看見雲霧虛無縹緲之後，有一座高山峻嶺的仙山，琪樹瑤草碧晶晶的，白鹿玄猿在林間自在穿梭，一幢蜿蜒的樓閣掩映在林間，楊通幽心想：是了，元神已降落在一棟玲瓏宮殿前，抬眼一看：

「玉妃太真院」。

46 這等奢侈的痴情

雲中駕香車，楊玉環奉織女之命上天界，銀河璇璣宮內相見。

織女問道：「太真，一向我都不曾問你，今日，你可願意將生前與唐天子的一段恩情，細說一遍讓我知道。」

楊玉環未語先哽咽，絮絮娓娓訴前情，「只怪我自己，繁華夢裡過了，痴情卻一點一點無摧折，嵐障霧濛裡一路冥追上蜀道，只恨我的魂魄輕似一葉，屢屢會被風吹散，行進既不得，魂魄只好黯然回到馬嵬坡等候聖上回鑾。」

「咳，無非都是一星心頭不熄的痴愛。」

「一日，馬嵬坡土地公奉東岳帝君之命來在驛站，告訴我我原是蓬萊仙子，名為太真，封號玉妃，因為些微的過錯謫落凡塵，如今浮生年限已滿，不可再飄遊人間，可以尸解成仙，再返仙山。」

「是啊，太真，忘卻塵緣，重做你的蓬萊仙子，不好嗎？」

「仙山是回得去的，只是心底的刻痕，無由消散。我和三郎他，相知相惜、不棄不離，矢誓生生世世為夫妻。」織女點點頭，再問：

「可是，馬嵬坡遭劫那日，你走過他身邊去赴死，他沒救你，他負了你。」

「自己蒙難的人怎麼去救人？換你我是他，可有更好的法子能兩全？是我甘心就死，死而無憾，能為他解決牢套於身上的難題而死，死而榮耀，與他有何干涉？他何負之有？」

楊玉環拿出金釵與鈿盒，「織女娘娘，你看，這是我與他的定情物，蒙難之時，與我同葬；攜入蓬萊，我朝夕佩玩，我必將以此相尋相覓，再續前緣，只是冥陽相隔，我不知怎麼做才能夠？」

織女說：「太真，如今你已證[14]仙班，情緣宜斷，若一念牽牽纏纏，怕你會無端的再墮凡塵再歷情劫。」

「我不怕，我已知因緣是生生世世流轉，這些日子，我飽受千迴萬轉的思念，位縱在神仙列，夢不離唐宮闕，倘若能與他情絲再續，我情願再謫下仙班，墮人間受盡責罰在所不惜。」

「唉！好吧，那我告訴你，那唐天子對你亦是痴心一片，他請託道士楊通幽地下天上尋找你的芳魂，想要再見你一面，想和你訴說來不及說的心中話，我念他如此情鍾，已指引那道士往蓬萊仙山去了，怕你心中會殘餘憾恨，特地宣你來問明白，如今一席話，我確

[14] 證：佛家語。猶言契合，以智慧契合於真理，稱為證。

知你二人真情無換，我會上奏天庭，將你倆的真情說分明，請玉皇大帝為你們作主。」

「多謝織女娘娘憐念，我但求與三郎能再見一面，於願足矣。」

織女說：「每年中秋，月宮會奏你新譜編的〈霓裳羽衣曲〉，嫦娥必然會邀你前去，明年的中秋日，恰巧就是唐帝上皇仙逝飛昇的日子，那個時刻，會是你們相聚最好的時刻，也是唯一的時刻，到時候，我會令楊通幽引領太上皇到月宮，如何？」

「萬千感謝，只是月宮那邊，我要如何打點？」

「放心，你儘管期待最後這場月宮相見，其餘的事，讓我來編派調停。」

織女突然想起一事說：「快回去吧！那人間道士楊通幽，應該已經到了蓬萊仙山。」

47 天上人間會相見

楊通幽的元神回轉，人間已三日。

那一段地下天上尋不得，忽聞海上有仙山如此不可思議的經歷，讓高力士驚訝不已，並連夜引領楊通幽入宮覲見太上皇。

上皇這陣子消瘦憔悴，太醫悉心照料用藥，一直不見起色，「傷情，該下的是心藥」，太醫小心的說，上皇闔目苦笑：「只是，做什麼都沒了意義。」

楊通幽眼前是個端莊威儀，但掩不住病態的老人，因為楊通幽的到來而振奮矍鑠，亮著眼急切的說：「快告訴我詳情，道長，快告訴我，什麼都別遺漏。」

先黃泉，再碧落，有判官，有天孫，楊通幽一五一十道敘，將蓬萊仙山那一段，說得格外詳盡分明。

楊通幽於是來到蓬萊仙山「玉妃太真院」前，花下扣銅環，來應門的婢女說：「玉妃娘娘去璇璣宮了，請仙師稍待。」

他從容悠閒的佇立瑤階，雲海沉沉，看仙鶴松樹下閒步，不一會兒，只聽得細碎叮噹好聽的環珮聲風中微響，先是一隻白色鸚鵡盤旋飛舞前來，不久，有人從雲間微步姍姍下車，好一個丰神殊麗的女子，「玉妃娘娘回來了」，侍者上前迎接。

上皇驚呼：「那下車的仙女是玉妃？還是楊娘娘？那白鸚鵡可是雪衣女？」

玉妃一見道士，竟知道是唐家天子派遣的人間使者，彎身一揖，開口便問：「上皇可安好？」

蓬萊仙子玉妃，果真是人間楊妃娘娘。

楊通幽據實相告人間事，也表明上皇在宮中，即景盡皆傷心，朝夕思念，因而成疾，他對楊妃說：「這次我的上下尋索，無非特地要將上皇的痴戀舊情，傳示給伊人盡知。」

那玉妃一聽掩面哭泣許久，啜泣請道士務必也要將她的痴戀舊情，傳示給伊人盡知。

楊通幽領旨，並且央請玉妃娘娘賜給一物當作信物，以證此行真實不妄。玉妃娘娘想了一下說：

「金釵玉鈿永完好，我與上皇有一定情之物，如今我將雙扭的金釵分一股，將雙扇的鈿盒劈出一扇，煩請仙師示與上皇，並代我轉告上皇，只要兩意能堅定，定可不負前盟。」

說完，她含淚分釵盒，謹慎託付在道士手中，再次叮嚀：「一定要轉達，只願此心堅定如初，終必會有相見時。」

楊通幽再請求一事：「釵盒誠然具實可貴，但乃是人間所有，獻給上皇，恐怕不足以全然被採信，可否請玉妃娘娘告知當年一樁只有你們彼此知道，他人絕對不知道的事，讓我可以以此驗證，貧道所知所言，半點不是虛假。」

玉妃說：「那就煩請仙師告訴他——」，玉妃哽咽語堵塞：

「七月七日長生殿，夜半無人私語時，願生生世世為夫妻，永不相離；在天願為比翼鳥，在地願為連理枝，天長地久有時盡，此誓綿綿無絕期。」

在場每個人聞言都憮然心動，楊通幽對玉妃娘娘說：「請娘娘放心，有此一事，貧道一定可以回覆上皇。貧道就此告辭。」

臨去前，玉妃娘娘急忙叫住楊通幽說：

「還有一事，上皇他原是天上的孔昇真人，明年八月十五夜，月中大會，會奏演〈霓裳羽衣曲〉，恰好此夕會是上皇升天的時候，我會去在月宮等候他，敢煩仙師屆時指引上皇到月宮，失此機會，便永無再見之期。來生再見，我與他是全新相貌全新生命，全然不會記得今生的。」

楊通幽於是領旨而回，回頭看見玉妃娘娘流著淚相送。

聽完楊通幽的稟告，時空安靜。

「那玉妃娘娘，安好嗎？」太上皇開口。

「安好，只是，淚不止。」楊通幽奉上金釵一股與鈿盒一扇，太上皇接過來，挲摩手中，淚流滿面：「是這釵這盒，沒錯，她臨終吩咐蝶朵釵鈿殉葬，啟墓時空穴裡卻不見蹤影，原來妃子她始終寶愛不離身邊，帶到仙山去了，那一日，華清宮，她浴罷新著妝，我賞賜給她兩股合體金釵和兩扇團圓鈿盒，我說，釵不單分，鈿盒永完，如今鈿盒分開，金釵拆對，都像分別後的形單影隻。那七夕長生殿的盟誓，也只有我們知道，妃子，真的是妃子，她成仙了，她在，她還在！」釵鈿貼熨在懷，上皇放聲大哭：「妃子，啊妃子！」

好一會兒，太上皇噙淚問：「她說中秋夜，月宮相見？」

「是的，妃子請太上皇保重龍體，不要太過悲傷。」楊通幽答道。

「妃子既許下重逢的日子，我的病體全都好了。」

「是啊，上皇，為見妃子，一定要保重身子。」高力士伸手攙扶著太上皇，並向楊通幽道謝不已，楊通幽告辭前說：

「待到中秋之夕，貧道再來引領上皇到月宮。」

那一頭人間痛絕，這一廂仙家念熱，唉，問世間，情何物？緣何解？楊通幽玉成他人美事，步履分外輕盈，獨自走在夜街，趁四下無人，旋身一個踏步高陞，足踩一朵彩雲，飛家去了。

48

回不去的寂寞南內

沒有什麼事是永遠，不過憶舊與養老而已，沒想到，終也得有離開興慶宮的一天。張皇后不喜歡李亨常探望老父，父子見面的機會就少了。

太上皇派人去韶州曲江奠祭張九齡的事，在朝廷造成議論。李輔國告訴李亨，此事應該請求天子下詔，不該私自進行。

太上皇經常登上西北臨街的長慶樓，那兒可登樓望見長安市街，當長安子民經過，抬頭瞻仰，都會伏地叩頭高呼萬歲，太上皇有時以御膳宣賜街市父老，也經常設宴賞賜朝臣，座中有羽林軍將軍郭英。

李輔國告訴李亨，太上皇住在興慶宮，經常接見舊臣，又與外頭的人往來，隱然形成一股新勢力，而禁衛將士都是靈武功臣，他們看在眼裡，心中常感疑懼不安。其他事，李亨可以不聽，但只要一提到「禁衛軍」，他一定專注凝神，久在宮廷，他太熟知禁衛軍的力量，從玄武門到誅殺韋后、太平公主，甚至到馬嵬坡，每一樁政變，禁衛軍都是關鍵角色，他，很不喜歡聽見父皇與羽林將領的往來。

李輔國告訴李亨，興慶宮與民間街巷相鄰，圍牆又不高，裡頭的事，外面都看得清清楚楚，實在不是太上皇應住的地方，他建議應將太上皇移居皇宮內院。

李輔國告訴李亨，陳玄禮、高力士都有舊勢力，聚在一起的機會多了，好似有密謀。

李亨聽，並不置可否。

興慶宮有三百匹好馬，不久，李輔國假託李亨的敕令，將馬調走，只剩十匹。太上皇感嘆：「我兒的孝心，恐怕不能到頭。」

然後，李輔國發動禁衛軍包圍皇宮號泣請願，要求將太上皇移居西內太極宮以便於保護。李亨身體不適，正困倦臥床，李輔國趁機假傳聖旨，以迎接太上皇遊逛太極宮之便，計誘太上皇離開興慶宮。

走到睿武門，五百名禁衛弓箭手，抽出刀擋在太上皇馬前，上奏道：「興慶宮狹小潮溼，不利居住，迎太上皇遷居大內。」眼前竟是逼遷，太上皇在森森刀刃前一驚，差點跌下馬來，高力士挺身而出，護在太上皇馬前，厲聲說道：「誰敢如此無禮，李輔國，你還不下馬聽旨！」

李輔國沒預計到這一幕，只得下馬接旨。

「太上皇誥命，禁衛軍接旨！」高力士朗聲。禁衛軍全都插刀入鞘，急忙跪地。

「禁衛將士露刀刃擋路，驚嚇太上皇，這是執兵器驚擾上皇乘輿犯上的罪，罪當處斬，今日，念及爾等行為雖莽撞，動機卻無犯意，不再追究，希望你們知所分寸，不要輕易觸犯刑罰。」將士們叩首稱萬歲。

眼前形勢只能挽回一些尊嚴，但興慶宮確定是回不去了。高力士清楚立場，於是怒斥李輔國驚駕，命其為太上皇牽馬以謝罪，自己跟隨在馬後護駕，一步一沉重，他知道，連安享餘年都是奢望，眼前還有更大的事在等著他們君臣，而他們一點都沒有招架的餘地。

當日，護送太上皇至西內，住進太極宮甘露殿。

李輔國將興慶宮大多數侍衛撤走，只留下幾十名年老體弱的衛士，連陳玄禮、高力士，以及蝶朵等舊宮人都不能再隨侍，另選宮女一百多人於西內，侍候太上皇。

李亨至太極宮拜望太上皇，太上皇唯恐李亨會不安反而安慰他：「興慶宮我住得太久了，一直想換環境，今天能住這兒，我真是稱心如願了。」

所有去過，或想到太極宮探望太上皇的臣子都遭貶官流放，包括靈武功臣顏真卿。

不久，李亨下詔，高力士以結黨之罪流放巫州，陳玄禮被勒令致仕歸鄉，平嘉公主出宮返紫雲寺，蝶朵回掖庭宮。

太上皇心中明白些什麼，但對所有事情選擇全然接受，他食素、養氣，一天比一天沉默，他數著日子，等候來年中秋。

李亨患病在床，李輔國與張皇后開始不斷產生嫌隙，他們從同陣變政敵，爭鬥益加嚴烈，處心積慮想除去對方。李輔國一心想當宰相，張皇后千方百計阻擾。

張皇后聯結太子李豫陰謀殺掉李輔國，李豫不敢，皇后遂單獨行動，埋伏兵士於殿後狙擊李輔國，不料事跡敗露，被李輔國反制。張皇后害怕，逃到內殿緊緊陪在李亨病榻邊，哭泣請李亨救命。

臥床不起的日子，李亨細細想起很多事，明白一切都是李輔國與皇后在設局，父皇沒結黨，陳玄禮沒營私，當年是高力士力保自己東宮的位置，馬嵬坡事變，他們曾經多麼的有志一同……。

是自己一直活在宮廷疑忌相殘的陰影裡，無法真正信賴與被信賴？或者，父皇攀藤誅殺自己的太傅、岳父、好友……那一日的情景，真是自己終生不癒的苦痛？皇甫惟明，滿門抄斬……，還好，神策軍中找到一員戰將叫李開。但世上能有幾個運亨的李開？自己不也親手殺了孝勇聰明的建寧王……？

「李泌先生離開朕太久了吧？」李亨心中有個無助的聲音不斷在說，而張皇后伏在他身上啜泣，他心愛的女人，曾經與他患難與共，卻在得天下之後離自己越來越遠，如今，他真的真的無能為力……。

腳步急急，一隊人馬鏗鏗鏘鏘硬闖內殿，奏道：「啟稟皇上，奉令請皇后娘娘遷宮。」

李亨連說話的力氣都沒有，聽著張皇后斥罵悲泣，禁衛軍生生從李亨身邊拖走張皇后，不久處死。

淚。

宮廷政變，李亨一生的熟悉，內侍、宮人都驚散逃走，他一個人，躺臥龍床，流下眼淚。

八月十五日，太上皇駕崩，終年七十八歲，兒子李亨病重，無法舉步走到太極殿舉哀。十五天之後，李亨寂寞晏駕，享年五十二。太子李豫即位。不變年號。

第九任皇帝李隆基安葬泰陵，號「至道大聖大明孝皇帝」，廟號「玄宗」。十天後第十任皇帝李亨葬建陵，號「文明武德大聖大宣孝皇帝」，廟號「肅宗」。

高力士遇赦從巫州回京城，途中，聽聞太上皇死訊，哀痛大哭，大口吐血而死。死後埋葬泰陵邊，繼續服事太上皇。

李光弼、郭子儀、神策軍率兵將仍在河南河北轉戰，南方有亂新起，天下戰事未息，平亂的重任落在新天子身上。

49 凡間，一場最美的空花幻影

那一日午後，太上皇突然清醒，沐浴、著裝、薰香，拿出紫雲笛，倚窗吹奏，宮人們都說：「今日太上皇精神大好，昏沉了好幾日，著實叫人擔心。」

望著窗外爽高的碧雲天，迤邐遍鋪的黃葉地，他等著楊通幽的到來。

宮人爭相稟告，今日竟有雙鶴飛來園庭，棲遲不去。

楊通幽求見。

「道長仙師，我準備好了，正等著呢，怎麼去？」太上皇一見楊通幽就微笑著問。

「太上皇，沒眷戀與交待嗎？」楊通幽低聲問道。

太上皇閉上眼，說道：「一無可戀。」

楊通幽點點頭說：「雙鶴已等在庭園，太上皇，您躺在錦鋪，闔眼如平日一般安睡，我自會領帶著您的魂魄，乘雙鶴，上月闕。」

太上皇如言，檢看了袖中金釵一股、鈿盒一扇、錦襪一隻，便安詳的闔上眼。

「太上皇不必憂心，請隨我來。」

楊通幽領著太上皇到庭園，雙雙跨上仙鶴，楊通幽說：「連駕雲氣、運天風都不必，因為您是天上的孔昇真人，那雙鶴是您天庭的使者，奉旨下凡來接您。」

仙鶴鼓翅飛起，太上皇回頭看見熟悉的甘露殿裡自己躺在熟悉的床上，宮人有的跪在床邊，有的慌忙奔走，「我看見我自己」，太上皇說，楊通幽回答：

「太上皇，那是您今生的肉身，肉身會壞、會老、會病、會死，但您永遠不曾真正死去。」

「是啊，我看見自己病逝甘露殿。」太上皇不可置信的說，再問：

「道長，我死了，可是我還活著？這個『我』永遠不死嗎？」

「是的，每個人都有和宇宙同存的本靈，因由種種因緣聚合，開始割裂出一部分，生生世世流轉於輪迴，死而生，生而死，換做不同的姓名與身世，不同的長相與際遇。但本靈永遠都在。」楊通幽說：

「但是，上皇您是天上的孔昇真人，楊娘娘是蓬萊仙子，您們都是因故被貶謫下凡的神仙，已在人間輪迴許多世，謫仙死後本應還原復歸仙位，除非，執念很深，發願再到凡塵。」

「執念？發願？」

「您袖中的金釵、鈿盒、錦襪，不就是一種執念發願？情緣執著，盟誓堅固，您和楊娘娘有情終不變，所以，一定會有來世，再償夙緣。」

皇城響起報喪鐘。

「道長，你聽，這是我的喪鐘。」

空，空，空，鐘聲持續響著，冉冉鶴飛。

「那是皇城，那是大明宮，啊！興慶宮，勤政樓──。」

「太上皇，您只看自己嗎？除了您與皇城，難道，您沒看見別的？」

「哦，是黃昏太濃嗎？整座長安城，怎麼會這等蕭條昏茫？」

「燈火好冷清，長安百姓呢？怎麼完全不似昔時貌，長安像一張暗褐的褪了彩的邋遢舊畫。」

「是啊，太上皇，您可是看清楚了，人民曾稱您是太平天子，但國家終究在您手中蒙塵。」沒等上皇回答，楊通幽說：

「啊，上皇，且坐安穩吧！我們已越飛越高，翔翩就要穿河漢了。」

碧天如水，銀漢無塵，雙鶴比翼飛雲霄，正感到一股漠漠寒意撲漫，楊通幽已指著遠方圓澄澄的大玉輪說：「太上皇，您請看那空曠無垠的所在、琉璃明亮的宮闕，我們到月宮了。」

雙鶴翩然棲止，只見樓臺隱隱，天香撲鼻，宮門高掛「廣寒清虛之府」，太上皇說：

「妃子曾上過月宮，這瀰漫的香氣是桂花香。」

迎面一位宮女笑吟吟走近，一揖說道：「想必是太上皇與人間道士楊通幽駕到，奴婢寒簧在此等候多時。」

「榮幸到此月宮仙境，有勞仙女指引。」楊通幽回揖。

「請跟我來。那玉妃已在月桂樹指點仙女們奏〈霓裳〉，說也奇怪，人間新譜的〈霓裳〉，就是比天上原有的悅耳好聽，這幾年，每到中秋月圓夜，嫦娥娘娘必定要請玉妃回到月宮調教。」

一路走向，聽見樂音悠揚，穿越皎皎光輝傳來，上皇驚喜低呼：「這一節是我修的譜」、「這一處是妃子加的拍」、「你們聽，這兒聲情俊朗」、「唉呀！情意如此綿遠」，突然聽他呼喊一聲：「這是我和妃子的〈霓裳〉，沒錯——」

「我的妃子當真在這兒！」

桂樹下，一群仙女在奏樂，寒簧上得前去，突然一隻白色禽鳥凌空撲來，一邊叫著「三郎來了，三郎來了」，「三郎，萬安」，然後落在太上皇肩頭，彎頸偎貼著太上皇的頰，太上皇柔聲輕呼：「雪衣女！」

然後，寒簧引一位素縑金冠仙女姍姍的，姍姍的，走近。

「妃子，妃子，上窮碧落下黃泉，我一直苦苦苦苦的找你！」太上皇巍顫顫走向前，抖瑟著雙手，伸長，迎展。

「三郎——，三郎！」貴妃哽咽，淚漣漣落，蓮步急趨赴。

痛咽，難言。

專屬於兩人的淡金結界落下，圈箍。

我就在你手裡，你就在我手裡，是我？是你；是你？是我。我就在你懷裡，你就在我懷裡，是我？是你；是你？是我。我就在你心裡，你就在我心裡，是我？是你；是你？是我。我就在你生命裡，你就在我生命裡，是我？是你；是你？是我。

是我？是你；是你？是我。

太上皇撫著貴妃的臉：「眉黛青，肌似雪，你，一點也沒改變。」

貴妃溫柔端詳上皇的臉：「鬢如霜，髮疏落，您，憔悴消瘦得多。」

「六年又二個月，你離開我六年又兩個月。」

「我也曾一路冥追上蜀道，只是輕飄飄隨風散去。」

「我特地回到馬嵬坡，但只剩空穴和錦囊。」

「我日日守在梨樹下，土地神牽引我上天庭。」

「我無時無刻不受悔恨的煎熬，痛苦一吋吋嚙噬著我，我應該反抗六軍的侵逼，我應該為你拚生死，我應該追隨你死去，我應該，我應該——」太上皇嚎啕大哭了起來：「宰負全是我！」

「不，對天下而言，那是當日最好的解法，除此無方。對我而言，不如此，我如何報答這一生您的天恩對我？」貴妃擁緊上皇，輕聲再說：

「我對您，早已在生死之外。」

「我是如此如此的思念你，特令道長千辛萬苦覓尋芳魂。」

「在在都是別人的成全，那天孫娘娘、嫦娥娘娘都說，您和我，如此生死情鍾，不由得她們不憐憫。」

「妃子，你仙鄉日月悠長，我人間烽煙未止，這些日子，我終也明白那日你請奏南詔立大悲幢的深意。你終究比我早慧、能悟。」

「三郎，記得我說過，我們都有錯。」

「尤其是我——。」

「何只南詔二十萬大軍曝屍荒野，當今戰亂經年，我大唐將士、子民慘遭酷烈屠戮，十倍百倍千倍的二十萬孤魂——。」上皇又凝咽。

「三郎，您我都痴愚，只知耽溺眼前的逸樂，不明白下一步的危機，不明白真正的慈悲是顧惜，您我都沒能拔高些站峰頂，縱觀覽瞰整場人生。這虛空裡有一座偌大無形的輪，從生到有到散到滅流轉不停，從沒失過速，也從沒改過軸心，三郎，我們都在這轉輪裡，無一例外。」

「生前，我從未真正面對錯誤，也未曾對人真正懺悔，我是天子，不被允許軟弱，但我李唐的沉淪，真真浮凸了我的貪溺、淺薄、殘忍、自私、無能——，我因身為天子，罪愆千萬倍深重。」

「我在仙宮，常覺今是而昨非。」

「因為失去，我反將世事看得深透；情感的澄澈專一，讓我清晰鑑照自己。」上皇淒然一笑，握著貴妃的手說：「太遲，太晚？或者不遲，不晚？」

寒簧對兩人說：「嫦娥娘娘吩咐，稍後，天孫娘娘會為你們特地親臨月殿，請玉妃娘娘與太上皇移步前往廣寒宮。」

「上皇，您且隨我來看一樣新奇東西，再去拜見兩位仙女娘娘」，雪衣女開心的撲翅，飛高俯低，在前頭飛行，他們來到偏殿，貴妃指著一個鏡匣，告訴上皇，這是「因緣鏡」，人面一映照上去，前世就會一幕幕如電閃現，「去年，嫦娥娘娘指點我看，我由此了悟一些情緣，上皇，您且試試看」，太上皇對鏡臨照，鏡中影像迅速演示——

青山綠園，農夫農婦，幾個奔逐嬉戲的小兒，盜匪呼嘯侵奪，血洗村莊，滅村。

秀才與閨女，大紅花燭，子女相繼出生，天地變色，焚書，坑儒，秀才死於非命，妻子自縊。

戰亂，荒野一具不蔽體女屍，和尚行經，唸了一聲佛號，脫下袈裟為女屍掩蓋。

縣丞。園林亭臺。夫人笑吟吟廊間走來。拋箱倒篋，抄家。法場，午時三刻，斬決。妻子在衙門外撞向石獅。腦漿鮮血滿地。

男孩走過倉庫，看見鐵籠裡的小倉鼠，偷偷打開籠門，放走小倉鼠，小倉鼠從草地回首，靜靜看了一眼那年輕童僕。

武林恩仇，宗派血劫，滿身血汙的男子，揹著重傷的妻子，逃到斷崖，後有殺手，一步步逼近，男子仰首歷歷青天，握住妻子軟垂在他胸前的手，躍身一跳。

員外。妻妾成群，子孫滿堂。幡旗飄。老夫人哀嚎。滿門盡服喪。老員外壽終正寢。

深宮。美麗的妃子迎接皇上的臨幸。亂兵衝殺進宮，妃子與皇帝驚駭相擁，一起死在亂刀下。

「可以了。」太上皇移開眼，低聲說：「我懂，妃子，我懂。」

「您與我的累世，您也許是那皇帝，我也許是那妃子；我也許是那童僕，您也許是那小倉鼠。」太上皇說，然後，從袖中拿出釵鈿與錦襪，貴妃莞爾也從袖中拿出釵鈿。

「就憑我們這份堅定的真情，我們下一世又會再相逢。」

貴妃說：「今夕得相會，也誠非偶然。」

上皇沉思一下，說：「可是，死亡怎麼可能不來呢？」

「是啊，時間面前，人人終歸是平庸，再來一世，又一次相遇、相愛、相離。」貴妃也悄然若有所思。

兩人將手中釵鈿並陳，並肩一起凝視。

「有幸，我們已經被最熱烈的愛過。」貴妃說，仰起頭意態絕決的再說：

「三郎，您在哪兒，我就在那兒。」

寒簧過來催請，上皇與貴妃攜手走進廣寒宮。

那恬靜溫柔的美麗女子是嫦娥仙子，眼神迷迷濛濛，髮髻高聳如堆雲，斜插一枝長長的丹箭，上頭猶留后羿的手溫。

天孫織女嬌甜苗條，肩斜揹著一只大織梭，上頭牽纏千百色繽紛絲線，讓她神彩更加俊逸，一見面，她就笑彎一雙眼說：「織就天上千絲巧，綰[15]就人間百世緣。」

嫦娥說：「恭喜你們情緣永證。往事就休提起了。」

「最近滿天庭、仙界都在探問你們釵鈿情緣的故事。」織女笑著說：「那一年七夕夜半，你們在長生殿的盟誓，飄上星空鵲橋上，被我和牛郎兩個人聽到呢！」

「多謝天孫仙女與嫦娥仙女的鑒憐，讓我和妃子今日能在月宮重聚。」上皇再謝。

「其實，這一生的前因後果，都是你們自己的因緣在星現。不知多少世之前，當你們還是孔昇真人、蓬萊仙子的時候，就已有了慕喜悅愛的牽連，結果雙雙謫降人間，流轉在累世的輪迴裡，如今你們謫限已滿，本該歸位天界仙班，但你們彼此情執太深，恐怕還得再回人世滌瀝情劫。」

上皇牽起貴妃的手，回答說：「火裡，水裡，我倆只要能相守就好。」

織女說：「我知道你們會願意。只是，幾世幾劫，一切有為法無非空幻，所以，我擅自為你們向天帝說了情，玉皇大帝特別准許你們可以永遠居住忉利天界，雙鶴自會送你們前去，此天位於須彌山頂，四角各有一峰，由大力金剛守護，在那兒有種種妙寶，有殊勝的樓閣、臺觀、園林、浴池、階道等，最重要的是，那兒有男娶女嫁的事，換句話說，居住忉利天，你倆可以成雙作對永為夫婦，是天上夫妻，不是那終須離別的人世夫妻。」

上皇與貴妃驚喜，對望，深視，一笑，上皇將手中百寶翠花金釵兩股合體，再將鈿盒兩扇團圓，交給貴妃重新收拾入袖。

兩人一起深揖再拜，貴妃說：

「多謝嫦娥娘娘憐憫我們的衷曲，多謝織女娘娘讓我們不墮苦海，釵鈿情緣好合永完，長生殿誓詞字字得證，全仗仙家的成全，一謝，再謝，我和三郎敬謝再三，願在仙界修習

綰[15]：音ㄨㄢˇ。牽繫，纏繞。

精進，以補前愆。」

天孫與嫦娥也相視一笑，嫦娥說：「我沒功勞，是織女出力得多，誰叫她和玉皇大帝是一家人，天孫，天帝的孫女。」

織女笑對嫦娥說：「天帝的孫女卻救不了自己，一年苦等一天才能上鵲橋，其實是他們自己的因緣俱足，今日正值良宵，正好，月圓人團圓。」

「來，我們一起去那丹桂樹下吧，再聽一遍〈霓裳〉新曲，這曲子我百聽不膩，人間的譜比原先的悠和好聽，啊，正是你們倆人的傑作呢。」嫦娥說。

寒簧領路，一行人步下宮墀，走到桂樹下，〈霓裳〉正悠揚。月兔在不遠處搗藥，吳剛一斧接續一斧，楊通幽和雙鶴牴角鬥力，玩得正開心……，貴妃別頭凝看上皇：「三郎，此刻就是我的永恆。」

金澤流閃，嫦娥與天孫含笑翩翩，目送貴妃與太上皇在〈霓裳〉樂曲中，跨上雙鶴，貴妃伸出手，雪衣女乖巧的飛過去停棲。上皇對楊通幽說：「道長，在我人生最是痛苦迷惘的時刻，多麼有幸能有你的牽成指引，尤其生死這件大事，是你助我坦然安度。請受我一揖道謝。」

楊通幽微笑拜揖：「上皇，萬千珍攝，瀟灑到天宮。」

雙鶴撲翅飛翔，流雲漾，織女撥動肩上的梭，抽出滿手絲線，揚手，揮灑滿天潑彩似的絲線繽紛紛相送，鶴上雙仙回首，月闕寒意帶些明亮潤感，那樣圓好盈盈，永世無缺。

50 一座悲傷的城池

洛陽一陷再陷。

當日，長安收復二十天後，失陷一年十個月的洛陽，同樣迎進廣平王李俶及王師。

李俶無話可說，洛陽人民歡欣鼓舞的容貌依稀還在眼前，他實在無法面對這群苦哈哈的子民，笑容收斂未及，一臉困惑錯愕的問他：「為什麼是我們？」

幸好，全城立即主動募集百車金銀、珠寶、上萬匹布帛、綢緞，由地方長老跪地，恭敬奉獻給回紇軍，洛陽才免於這場劫難。

但一口氣沒喘定，史思明整軍，一路進擊，叛軍再度攻向洛陽。

洛陽又成為攻守拉鋸的戰場。

數年征戰，洛陽附近都是主戰場，從天寶十四年冬天開始，六年之間，洛陽四周數百里，郡縣皆成廢墟，農田荒廢，人煙斷絕；戰爭，就是洛陽城池的原上草，離離草木深，烏啼草木長，春風，春風不知吹在哪一方的不止息的吹，只見一座城，一再淪陷的城，形銷骨毀，氣息奄奄，一直衰耗慘弱下去，百劫不復。

起先，李光弼撤出洛陽的人民與物資到河陽，讓洛陽以空城之姿迎接史思明，史思明反而趑趄[16]不前，進城數天，讓兒子史朝義進洛陽，自己駐軍城外，與河陽的李光弼隔著黃河，時時對戰。

河陽大戰，唐軍勝；邙山大戰，燕軍勝，萬萬沒想到，是叛軍自己停下致勝的腳步。燕軍有事，史思明長子史朝義弒父，登基大燕皇帝，並造成根據地范陽的嚴重內亂。

乘瑕抵隙[17]，趁敵方內部不穩定，新天子李豫任命僕固懷恩為天下兵馬副元帥，率各道節度使，會同鎮守東邊的李光弼、在陝郡的神策軍、回紇精騎、吐蕃援兵，寶應元年，十月，分道並進，合攻洛陽。

史朝義兵敗向東逃走，洛陽再次收復。

此番會戰，唐軍視洛陽為敵占地，恣肆劫搶掠奪；回紇軍進洛陽，也大肆姦淫燒殺、劫掠財貨子女，城中大火連燒幾十天，被回紇、吐蕃軍隊殺死的洛陽百姓數以萬計……一連三個月，洛陽蒼生天地不應，無路可逃，家家戶戶，只剩下空蕩蕩房屋，許多人一無所有，出門以紙蔽體。東都殘毀，百無一存。

神策軍左武鋒李開，佇立傾圮的若草寺前。

竹林沒了，山門沒了，滿地焚燒過的黑焦土，毀倒了大半的寺廟根本看不出形體，如果洛陽城門啞著口，無聲哀號，那麼，若草寺像一具癱軟於地的肉身，屍身殘壞，肉血糢糊。

那年輕的和尚從康村趕了過來，對李開敘述別後。梅妃娘娘沒過完那年冬天就辭世了，後山一棵梅樹下隆起的雜草地就是她的香塚。不久，住持老和尚打坐入定、坐化圓寂，遵其遺囑，遺體放入缸中，生石灰與木炭鋪底，讓遺體水分被吸乾而成坐式肉身，放於寺後邊房。尋雲姑娘就在寺裡幫著年輕和尚，天天灑掃、整菜圃、清香爐，和康村的人換些東西做些買賣，她愛坐在大槐樹下，讀書、寫字、做針黹，人人都知道，那尋雲姑娘在等人，因為黃昏守候在山門已是她生活的儀式，夕照如掛起的燈，讓她約莫得見那光影未全部翳去的鬱密密的竹林，直到天黑才肯返身進寺裡去。

那一大片遮掩的竹林茅茨，讓若草寺躲過了安祿山、史思明，卻沒躲過史朝義。一天，燕軍披斬荊棘草叢闖進寺裡，尋雲姑娘和年輕和尚躲在住持老和尚缸旁閣樓，燕軍進此屋，胡亂搜查，開缸照見老和尚肉身，驚駭逃離，才讓他們鬼門關前撿回一命。臨去前，燕軍毀滅性搗桌毀椅、拆床、砍匣、撞塌屋頂、樑木，胡亂搜刮與洩恨。眼看若草寺不能住人了，康村好心要收留兩人，但尋雲姑娘怎麼也不肯離開，她收拾些可用的物品擠身在屋頂傾倒了一半的灶間，一個人，始終沒離去，刮風、下雨、霜降、雪落，天邊掛起一盞黃昏，她還是去在守候的山門，天黑，才轉身進去。

16 趑趄：音ㄗ ㄐㄩ。躊躇不前的樣子。

17 乘瑕抵隙：趁對方疏於防備時入侵。

史朝義逃走了，洛陽再次收復。那一天，一隊回紇軍呼嘯來去，一把火燒掉整座竹林，火舌伸長一併燒淨了山門與若草寺寺牌，餘燼再丟向眼前只是一堆歪倒的廢屋塌木，回紇軍一刻都沒逗留的離去，但世上真正消失了竹林掩映的若草寺，那兒只是大槐樹下蔓生野草中一座蛛網交結蟲蟻窩生的廢墟，躲在後山的尋雲姑娘隨後就回來，她還是一個人住在那兒。

軍隊之外，還有山賊、亂民、山精、狐兔、狼虎、魍魎[18]，荒亂的世道，時刻都充滿不可預測的下一步的致命危機，大家都這麼勸過尋雲姑娘，但尋雲姑娘好似什麼都不怕。

都幾年了，你等的人恐怕回不來，他八成不回來了，他絕對不會回來了，無論村民對尋雲姑娘怎麼勸說，她都不離開，一個人，最愛坐在樹蔭越來越濃、越擴越大的大槐樹下，黃槐花開，黃槐花落。

那日城破，李開傷重，被丟在成山的死屍堆裡，趁黑夜他用盡力氣，爬出屍堆，越過荒山原野，垂死昏倒在芒草蘆花的水澤邊，被一群出沒在蘆花蕩中搖船的船家解救，見他是個禁衛軍，設法從水路運他到安全的地方，李開九死一生輾轉投軍，來到神策軍衛伯玉將軍的麾下，智勇雙全，戰功第一。這些年，他隨戰事不斷在河南河北流動徙轉，心，永恆只定向唯一的所在，終於，他等到回洛陽的這一天。

洛陽，他夜晚巡城，星夜仰首，這裡是與伊人攜手逛遊，若草寺裡寧靜相伴，夢與幸福在即的，他盛美無雙的洛陽。那麼尋雲呢？尋雲在哪裡？

灶，只餘冷灰，杯碗齊整，一床棉被和草薦都捲得妥好，一枝筆掛在半截竹籬牆，像一朵倒懸未開的荷，一落經卷，一裁宮製宣紙，密密寫滿毛筆蘸泥水寫的淡土黃蠅頭細字，一疊褪了色新洗的衫裙摺疊在旁，針線盒開著，一根針針眼還連著細絲線，正著附在一件迤在地上，針腳歷歷綻了線的衣衫上。尋雲一個人和她的如常，而變故，迅如閃影過隙。

沒血印，沒痕跡，「我才躲了幾天沒過來」，和尚搔搔頭說，四處看了看，再對李開說：「真不知道尋雲姑娘哪兒去了？」

尋雲迎著天光從菜圃抬頭，笑著向他奔來。尋雲從外頭走回來，笑彎一雙眼睛，梨渦倩倩然，快步跑了過來。尋雲從消失的山門轉身，跨下土階，一抬眼，看向槐樹下，容顏水漾一般笑了開。尋雲去了後山，正從樹林邊走了過來。尋雲在補衣，揉揉眼，看向槐樹這邊，不可置信。尋雲就在他眼前，燦燦然笑，偏一下頭，伸手給他⋯⋯。

李開在槐樹下坐了許久，感覺自己看見青苔正在無聲緩慢的滋生覆厚，陰陰的，頑強的，誰也無能阻止的，樹根、牆垣、泥地、石縫，一寸一寸爬、蔓，一寸一寸增、厚，他甚至看見幾枚深深淺淺的腳印裡，滿滿也是青綠苔痕；覆蓋，無聲而強悍，窒息，而你一

18 魍魎：音ㄨㄤˇ ㄌㄧㄤˇ。山川木石的精怪。

點辦法都沒有。

青苔湮滿了土地，隱隱的爬升，四野，靜而無聲，被綠茸茸的一吋一吋占滿，大樹，樹林，天際，蠕蠕擠擠，一沾攀上了天空，停不住的生，從天邊綠陰陰的過來，一直逼近，一直包覆，很厚的一直欺壓，李開看見自己的靴褲鎧甲衣服袖領都漸漸爬上青苔，無嗅，無味，輕、軟、厚，緩慢安靜不停止，苔蘚爬滿頸脖、頷頰、眼眉、額髮，沒頂……，還在長，還在生，還在爬，青苔，青苔，青苔。

一色的青，青還要更青，侵滿，壓縮，覆蓋，滅頂，張口無法呼吸的青。

成群寒鴉忽地一聲從槐樹的葉間成群飛起，夕陽落去如燈滅。

尋雲的時光拉慢一點，我的時光拉快一點，一點，就那麼微毫的一根髮的距離，我們就能相逢。

李開一直想，等待與尋雲從遠路的兩頭靠近必須如此漫長而艱辛，但，被輕輕一撥，就會岔開散去，潰毀崩壞，人，究竟要向誰理直氣壯亮出那極限堅持的專與深？要向誰去懇請一絲成全的補救與償贖？向誰？

「她不等了！」和尚不知該如何說，但一開口說就知道不妥，「還好沒見到屍首」，越想化重為輕就說得越糟糕。活著，尋雲就不會離開，這才是他說不出口的話。

李開等了三天。

留下銀兩囑託和尚重建若草寺，將老和尚坐化肉身塑像供奉於後廂，邊房則要妥當安置尋雲的房間等她回來：筆掛在牆，一落經卷，一裁宮製宣紙在几案，棉被蓆墊、褪了色新洗的衫裙工整摺疊在炕上，旁邊針線盒開著，一根針針眼還連著細絲線，正著附在綻了線的衣衫上。

離去的時候，走過蔭深如潭的大槐樹，李開抬頭，浮雲冉冉飄過天空，風吹起，秋葉落滿焦黑的土階。

51 愛上了，就是愛上了

寶應二年七月，李豫改年號廣德。賞賜封爵軍事將領。

莫前奏請御賜完婚，這是新天子即位後，他的第二次奏請。「掖庭宮宮女杜蝶朵」，李豫唸起這個名字。

李豫真的曾經想過：不如就成全莫前吧。

那年六月往靈武路上，二千禁衛軍的護送功勞，他一直沒忘卻，患難中的情感彌足珍貴，尤其是莫前。

二千殿後的禁衛軍，突然被命令不再護王駕西巡，反而兵力單薄的改隨太子北行，清晨號角響起，隊伍踏出的每一步都是未知，那焦躁不安的情緒一直在行伍中盤旋醞蓄，那時候，所幸有皇弟建寧王李倓，他請兄長專司負責照顧太子殿下，他自己則與兵士們同臥同蓆，每一份飲食，都先賜予兵士們，李倓曾說：「幫助我安撫軍心、鼓舞士氣，出力最多的，就是莫前中衛長，他是我兄弟。」很快的，於一個破曉前的曦光下，二千將士由莫前率領，出發前齊聲宣誓效忠，與太子殿下共捍家國，矢志不移。李豫一直沒忘記，當時父皇噙著淚，李倓回頭與自己相視會心的影像。有一次，李倓和莫前邊說話邊大笑，一起向他走過來，他由衷讚嘆，在心裡忍不住多想了一些：「有一天我當天子；如果真有那麼一天；這倆人，絕對會是我的股肱，絕對。」

李豫好愛自己的弟弟李倓，李倓永遠那樣胸有成竹，永遠敢站出來面對難題，他甚至想過，論功高與才幹，父皇若果真讓李倓當太子，他也毫無芥蒂，他當然也知道，那正是父皇的心意，是李泌先生保住自己。

李豫真的當上天子了，但李倓永遠消失不在，而莫前，當然是神武大將軍最佳的後備人選，只是，莫前自己，並不關心仕途前程，他老是在提與那宮女的事。

掖庭宮宮女杜蝶朵，其實，李豫也有印象。

六軍從馬嵬坡出發，空氣中一直浮盪著一股說不出的詭譎不明，鬧過一場遂了心願，可是沒一人敢狂歡慶祝，為楊家的遭遇欷歔感嘆吧，即便心中是這樣想，可是沒有一個人敢流露一點痕跡，人人小心著自己的表情，更小心著別人的表情，一夕之間，所有人都變得很糢糊，很空洞，很能忍，很怪譎，很高深。

李豫注意到，只有那一個宮女，素衣，垂眉，斂容，從黃昏就蹲在梨樹下焚香、燒冥紙，清晨兵馬啟程，她又來在梨樹下，素衣，垂眉，斂容，焚香，燒冥紙。天塌地陷了她都一派清和安靜。

車聲轔轔，隊伍前行，李豫特意回轡，深看一眼那女子的顏容，臉色蒼白疲倦，平直的兩道粗眉，單薄的眼皮，獨自站在驛站邊送行，滾滾沙塵裡，不歸屬於任一方，只是遺世佇立。

「那宮女不隨行？」拉一下轡，李豫忍不住問。

一旁的衛士回答：「她是楊妃娘娘的近身侍女，留下來為貴妃守墳。」

「守墳，就她一個人？」

「是的。」

「怎麼會這樣？」

「她自己懇請的。」

李豫問：「這宮女叫什麼名字？」

「杜蝶朵。」

莫前上的奏書，從石堡城說起，青梅竹馬、父母交情、邊地孤兒、皇甫營、一起進宮……。

不知為什麼，李豫竟有著微微的妒意。

他們怎麼能，他們只是無依無靠的孤兒，很多事對他們而言為什麼都可以這麼不慌不亂，人生只有一個定向，就恆一不變的走去？

而自己呢？

父皇在馬嵬坡上被百姓包圍的時候，自己是真的不知如何是好，是李倓毅然拉住父皇的馬頭。

李倓被殺的時候，自己躲在房裡狂亂的哭。

對李泌先生說起李倓冤屈的時候，連「他絕不可能行刺我」、「有人陷害他」幾個字都哭到含混咕噥說不清。

聽說父皇想廢太子，真不知該找誰出力，惶惶只在殿中終宵狂走。

與回紇的約定要兌現，長安與洛陽，李倓會怎麼做？而自己只會以洛陽換長安。

張皇后祕密會見自己，圖謀一起誅殺李輔國，自己嚎啕大哭嚇得說不敢。

被張皇后召見入宮，自己不敢去也不敢不去，幸好李輔國半途攔截，將自己藏在飛龍殿，迅速處置了張皇后一黨。

對回紇、吐蕃，不斷賞賜禮敬，明知道他們稍不順意，揮刀就斬下地方官的首級，搶掠姦淫從沒因為朝廷的賞賜籠絡而停止，自己對他們仍是不斷賞賜籠絡。

已登基當天子了，李輔國猖狂的當面說：「內事您處理，外事就全交給我」，自己還得恭恭敬敬忙不迭「尚父」、「尚父」的稱呼他。

李豫真厭惡那不知如何是好的自己。

父皇還在世的時候，莫前的請婚就被駁回，父皇說：「神武軍就以莫前最傑出功高，他遲早會是朕的神武大將軍，怎麼能娶對楊家如此忠心的人，如此，怎能安朕禁衛軍的軍心？神武大將軍，一品武將，他該娶的是公主，該娶的是朕皇家的人。」

幾年來，莫前竟然不曾改變初衷，而自己，說不出具體的理由，就是還不想痛快成全。

李豫終於御筆批示神武軍衛將莫前的奏請：「迎娶公主之日，即榮陞神武大將軍。屆時掖庭宮宮女杜蝶朵為妾不為妻。」

曲江、樂遊原還是會去，回長安後，莫前與蝶朵最常相見的地方倒是普安寺。

他們陪伴普安寺從戰後殘垣逐漸恢復舊觀，他們還在寺後栽植桐樹、槐樹、銀杏，說是每一次來，可以看著它們一季一季長高又長密。這裡，曾有過他們和尋雲昔日的足跡，這裡，他們曾和歷劫的李開哭笑相聚。

莫前將皇上批示的話一五一十讀給蝶朵聽，當他們在普安寺後落葉鋪徑的林間攜手散步的時候。

「神武大將軍等同龍武大將軍，莫前，那是你替陳玄禮將軍揹箭的第一天，就在心裡想過的將來有一天，只是，當時它是一場不可能的夢，如今，它在你眼前，等你伸手取來。」蝶朵偏過頭看著莫前，丹紅秋葉染得莫前的容顏分外好看。

「是啊，小孤兒，進皇城，什麼都不懂，只知道拚命的做事，多苦都可以吞得下，我的人生真正從長安才開始……，夢，是拿來讓自己不哭的。」莫前微笑，偏一下頭，迎住蝶朵的眼，兩雙眼，兩泓泄泄的秋光。

蝶朵頓了頓，很小心的說：「莫前，妻或妾，有關係嗎？我是說——，你和我的情感還需要什麼正式名分嗎？」

「情感上，我只認你，禁不起之間還有其他。習慣了。我沒辦法。」

「你不會有麻煩嗎？」

「放心，皇上與我，患難之交，我們有很不同的交情。」莫前平靜的說。

「那我們就仍像目前一樣，還是同住在皇城，共看一樣的星空、一樣的雲起，相約在長安城走走，等著普安寺的樹長高長大，這樣，便感到很滿足充實。」蝶朵笑說。

「我也是這樣想的。」莫前緊了一下蝶朵的手。

蝶朵點點頭說：「我知道，我們已經很幸運了，經過這麼多事，還能有這樣的日子。」

「是啊，活著，呼吸，散步，真好。」莫前繼續說：

「我到現在都沒能忘記戰場，沒能忘記建寧王李倓上刑場時候的勇敢鎮定。當時，我好想劫住他，殺出一條血路，逃出軍營。但是，又如何呢？下一步？人生有這麼多始料未及、事與願違。阿政受難時，我在那裡，又能如何？在那棵大梨樹下，我連勸你一起離開馬嵬坡都辦不到，不是嗎？當時，我真的以為今生見不到你了，但我也不知該怎麼辦，而你、李倓、阿政，都是我生命中的最愛。」

「莫前，我們真的一路走，一路走，不知走過多少風煙。」

「還不知道去想怎麼走，就一路往前走了。對了，阿政有好消息。亂事初起時，那神策軍還留在隴右，他們後來才投入戰場，所以保留住最完整的軍力，這次兩京的收復，神策軍果然居功最多，一路掃蕩史朝義又立了大功，那得寵的魚朝恩又正好身兼神策軍的監軍，軍中都說『當紅神策軍』，阿政絕對會青雲直上的。他想要什麼你一定知道；他誓回石堡城皇甫營。」

「我知道，從小時候就知道，阿政一定可以的——。」蝶朵開心的說，旋即低下頭。

「在想什麼？想起尋雲，是不是？」蝶朵點點頭。

「戰爭，真是最可怕的虛耗浪擲。才華、青春、夢想、志氣、奮發、堅定、忠誠、良善、情感、生命……都沒有用。人的命運，完全不掌握在自己手中。」

「那麼，究竟掌握在誰的手中？」蝶朵輕問。

莫前苦笑：「一層又一層，環境、朝廷、時代、可以推到最後最高的天。而我們是最底層，微不足道的小民。」

「莫前——。」蝶朵輕喚，莫前偏頭看她。

「我們，不來長安會比較好嗎？」

「你以為不來長安，安史之亂會放過你、我、尋雲、阿政嗎？傻ㄚ頭。你以為命運會因為我們所經歷的一切就轉身成全我們嗎？」莫前將牽著的手放在唇邊深深一吻，悽惻而坦然。

「你想要說，沒來長安，尋雲就會仍在我們身邊，楊娘娘就不會命喪馬嵬坡，或者，我們經歷的一切就會不同，對不對？」莫前又苦笑：「不會不同。蝶朵，蝶朵，我們何妨這樣看，一場千萬人毀滅的大災難，只為了成就你我小小的愛情。」

「大災難的毀滅下，請讓我還擁有這一點點不變就好。所以，除了你，我誰都不要。你懂嗎？我只認你。」莫前說。

普安寺鐘聲響起，他們一起抬頭，天意如此遼闊。明白了也篤定了什麼的相視一笑，他們一起轉身，牽妥手，滿山秋色醉酡顏紅。

「神武大將軍迎娶美麗的公主，簡直是天下男人都痴心妄想的齊天鴻運，莫前，你的損失真的很大，真的很大很大喔。」蝶朵笑了起來，小梨渦深深陷在嘴角。

莫前看著眼前熟悉了一輩子，他寶愛無比，見之忘憂，始終清純憨厚，他心中永遠的小女孩，不能完婚的心酸突然一陣湧升，但他真的可以用笑容速速掩去眼眶裡的潮溼潤熱，是真的毫無怨尤能相見相愛就好，全然承容天地一切，莫前真心真意的說：

「誰叫我，愛上了，就是愛上了。」

52 成與住，壞與空

親歷安史之亂源起的兩位皇帝，都沒及看見安史之亂的結束。

平定安史之亂的軍事將領也不是李光弼、郭子儀。

天下兵馬副元帥僕固懷恩率領回紇軍與各路唐軍共擊燕兵，直搗河北，叛賊一路東逃，寶應二年正月三十，史朝義兵敗，窮途之寇，走投無路，在樹林自縊而死，首級被送到長安。

驛使箭矢一般由長安向八方發射，捷報喜訊傳至各地，延續七年零三個月的安史之亂平定。

戶籍數由九百零六萬九千餘戶，銳減到一百二十餘萬戶，一直到安史之亂結束七年後，還有一道朝廷詔書中，仍這樣寫道：

天下凋瘵。……，比屋流散，念之惻然。人寡吏多，困於供費……。京畿戶口，減耗大半。

安史之亂帶來絕對性的毀滅，方位全面、無算可估；從外貌到精神，從小個人到大家國，從過去到未來。

以王朝生機而言，唐朝徹底凋敝羸弱了。

在異族眼中，大唐小了，可欺了。

對藩鎮而言，可以坐大跋扈，割據獨霸。

在人民心中，壓迫剝削重了。

宦官權勢日漸強大，染指禁衛軍，涉足軍隊監軍，為患朝廷，與領兵將領矛盾日深，亂源叢生。

大唐剩下最多的，是對一去不復返宴平繁盛的回憶。

大唐人新擁有的，是即便歡喜也無法透徹，那惶惶不確定的末世感。

杜甫在四川，得知官兵大捷，狂飲大醉，嘟嘟噥噥著如何從襄陽到洛陽，夜半挑燈打包自己的萬卷詩書，天一亮，他就要帶著妻兒回家鄉。卑微小民，最足以代表一整個時代的重量，苦難太多，心與骨鐫刻滿滿的悲惻與同情，性格孤峭了起來，但他用詩篇一首接繼一首，記下戰火離亂中塗炭生靈哀苦的臉孔，也就等於側記了王朝的榮枯與興滅。世號「詩聖」並「詩史」。

王維〈凝碧詩〉裡一句「百官何日再朝天」，讓他免於平叛後，陷賊為官的死罪，後官至尚書右丞，正四品下，世稱「王右丞」。但他的生命被亂事洗禮重塑後，他索然無味於功名，喜歡放身掠影山水，空山鳥鳴、日影苔深裡深靜諦觀終始。號為「詩佛」。

李白，一縷枯寂的靈魂，苦苦跋涉向南荒夜郎，不意勝訊傳來，他半途從天下大赦中脫身，水路歸來，順江行舟，啊！兩岸猿聲啼不住，輕舟已過萬重山。回得家鄉度餘生，李白絕口不提長安事，後老病而終，安葬青山山腳，世代務農傳家。謫仙的逸采與暗淡的燈滅，樸黯參差、交互梭錯，織就一疋落落不盡、光輝異特的紋錦，一如垂天之雲，落地曳引成一代又一代不絕的傳奇。其號「詩仙」。

李光弼，戰功推為中興第一，封臨淮王，與郭子儀齊名，號稱「李郭」。後遭程元振、魚朝恩讒譖，與李豫君臣之間產生嫌隙。畏懼奸人設計陷害，幾次抗命不入朝，生病後，仍上表皇帝表明耿耿心跡，廣德二年，死於徐州，得年五十七歲。

郭子儀加封汾陽王，大唐命脈微弱時，他臨危受命，災難稍平，即受小人讒言陷害，曾被奪去兵權，但他始終心平氣和，對朝廷一心一意。晚年退休私第，善處富貴，不使人疑忌，七子、八婿都是高官顯爵，享年八十五歲，福壽雙全，死後陪葬建陵。唐朝制度，郭子儀墳高應當為一丈八尺，葬時破格增加一丈，以表彰他身繫天下安危三十年的無上功高。

新天子李豫，事無大小，都徵求「尚父」李輔國的意見，但暗中卻重用宦官程元振、魚朝恩，逐步計劃奪取李輔國的大權。他先將常住在宮中的李輔國遷居宮外，再架空他的實權，不久，有刺客進入李輔國家，砍下李輔國的人頭與一條手臂而去。凶手始終是個謎。

朝中政權、軍權移轉到程元振、魚朝恩手中。從此，宦官從皇帝的工具，搖身一變，讓皇帝真正成為傀儡。

平定安史之亂的天下兵馬副元帥僕固懷恩，擁兵叛變作亂。

西北吐蕃、回紇、党項入侵中原。

初起，形成，高峰，崩壞，絕滅，成空再初起；一世的浮沉與興衰遂唱成一首循環不已的歌。

結束是一種開始，開始也是一種結束。

貞觀奠基，武聖曌天，開元之治，天寶盛年，安史之亂，靈武中興，亂與亂相乘；唐興、唐盛、唐恨、唐滅，走過，就不回頭。

安史之亂結束後一百四十四年，唐朝滅亡。

53 迴環

寶應元年，五月，神策軍兵馬使李開戰功彪炳，擢升右金吾大將軍。

七月，李開歸籍復名皇甫政。奏請從洛陽若草寺歸葬梅妃娘娘入宗廟。

廣德元年，皇甫政出任隴右節度使，治所鄯州，恢復石堡城皇甫營，加封采邑四百戶，官爵世襲。

前往長安前夕，洛陽若草寺前，儀仗為導，嗩吶鐘鼓齊鳴奏，來了一支紅衣迎親隊伍，隴右節度使皇甫政馬前結紅綵，身後大紅花轎裡鳳冠一頂、霞帔一襲、聖旨一卷，山門前，由內侍公公宣旨皇上賜婚，隴右節度使皇甫政迎娶上陽宮女李尋雲為妻，並親詔李尋雲為外誥命一品魏國夫人，賞賜珠寶綢帛錦緞。

蝶朵掀起大紅轎簾，捧出鳳冠霞帔，與莫前、皇甫政一起走入若草寺，開廂房，迎娶尋雲一件衣衫，與鳳冠霞帔、天子詔旨一起放進大紅花轎回長安。

等待一名靈慧女子的歸來，詔令，若草寺邊廂房永保原貌。

莫前與蝶朵如約在同一個城。到老，莫前都沒成為神武大將軍。

掖庭宮門邊有幾幢小屋，一屋住著十個宮女，有老宮女、有大宮女，一同調教著幾個剛習成內宮禮儀的小宮女。

那屋裡總有說不完的故事，今兒個止了，明兒個可以續，老宮女愛說，小宮女愛聽，一到夜裡，小宮女幫著老宮女篦篦髮、搥搥腿、捏捏膀，就這麼沉香繚起，燭火影搖的，安祿山、華清池、延秋門、馬嵬坡、兩京失陷與收復。

大宮女會過來催促大家早些安寢。她們總是對老宮女說：「姑姑，夜深了，少說點，早點睡，要不然明天又要呼疼喊痛的。」她們總是對小宮女說：「多用心學本事，聽多了，對你沒用。」

蓂莢樹長滿了長莢，今晚過來巡房的大宮女叫蝶朵。

馬嵬坡的故事裡有她，幾個小宮女嘁嘁喳喳從棉被裡伸頭偷偷看她，大膽一點的開口問：「蝶朵姊姊，貴妃有對你說什麼嗎？」

蝶朵說：「有。她說哪個小宮女最多話不規矩，晚上她就去找誰！」

小宮女們阿哇一聲躲進被裡，低聲嘻嘻哈哈鬧著。

角落傳來稀微的啜泣，蝶朵問原由，有小宮女搶著回答：「是新來的，她前天才進宮，分到尚燈局，她想家，晚上蒙在被子裡哭。其實她也沒有家，只有一個兄長在神武軍當差。」

蝶朵停住腳步，對被窩裡的人說：「要有志氣把自己照顧好，才能安家人的心喔，晚上睡好覺，白天當差的時候專心幹活，千萬別出錯喔，二十天、一個月會輪到排假，到時候不就可以回家，不就可以見到自己親人了。」

被窩裡停止了啜泣。

蝶朵撚熄了燈芯，轉身離去，回頭看見那小宮女掀被坐起，看不清長相，在床榻上囁嚅的說：「謝謝姊姊。」

蝶朵輕輕一笑，問她：「你叫什麼名字？」

「我姓張，我叫梨子。」

窗外一輪又大又黃的圓月亮，浮騰升起。

梧桐雨

白樸／撰　王星琦／校注

《梧桐雨》敘述唐玄宗與楊貴妃之間的愛情故事，是元代著名雜劇作家白樸的代表作。內容從兩人七夕定情的深情繾綣，到馬嵬之變的分離哀痛，最後結於玄宗凝望貴妃畫像，襯以秋夜雨打梧桐之境，抒盡玄宗內心的幻滅之情。本書校勘以王季思《全元戲曲》為本，同時參考各家版本，審慎斟酌，擇善而從。注釋部分，簡明扼要，務求貫通，有利讀者深入領會《梧桐雨》的動人之處。

長生殿

洪昇／著　樓含松、江興祐／校注

《長生殿》是清代著名劇作家洪昇的代表作品，成功地演繹了唐明皇與楊貴妃之間悲歡離合的愛情故事。本書以稗畦草堂本為底本，並參校其他版本，注釋側重疑難詞語的含義和闡述典故，對角色、時間、人名、地名以及紀年等作簡要的說明，同時注明各戲下場詩的出處，並附書影及暖紅室初刻本插圖，實為集前人和當代學者研究之大成的優質版本。

隋唐五代史：世界帝國．開明開放

王小甫／著

隋唐中國政治統一，為政者充滿自信、開明豁達，在唐前期締造了持續一百多年的繁榮昌盛局面，其間著名的「貞觀之治」和「開元之治」都是中國歷史上少有的治世。這是中國歷史、中華文化的光榮時代。

本書力求全面系統地介紹隋唐五代中國政治、制度、經濟、文化、民族關係、對外交流等情況，以利於讀者全方位地了解當時的中國社會。

衣：中國傳統時尚

沈叔儒、常淑君／著

您知道唐代女性為什麼衣著性感大膽？天子的龍袍總共有幾條龍？中國傳統服飾的世界美不勝收，巧奪天工的頭冠、刺繡精美的袍服，都告訴我們，古代人穿衣服可是十分講究的。作者以多年中國服裝史的教學經驗，輔以豐富的插圖，分門別類介紹中國歷代傳統服飾的發展與風格。您想知道古人該怎麼穿才不失禮，怎麼穿才最好看，且讓本書帶您逛逛古人的衣櫥！